Gert Hofmann:
Auf dem Turm
Roman

Deutscher
Taschenbuch
Verlag

dtv

Von Gert Hofmann
ist im Deutschen Taschenbuch Verlag erschienen:
Der Kinoerzähler (11626)

Ungekürzte Ausgabe
September 1993
Deutscher Taschenbuch Verlag GmbH & Co. KG,
München

Umschlagtypographie: Celestino Piatti
Umschlagbild: Regine Tarara
Gesamtherstellung: C.H. Beck'sche Buchdruckerei,
Nördlingen
Printed in Germany · ISBN 3-423-11763-X

Das Buch

»Und mir ist, nach dem Aussteigen, als ich unter dem Trommeln der Zikaden ratlos um den Wagen herumgelaufen bin, sofort aufgefallen – und das habe ich mir nicht eingebildet –, daß der süßliche Aasgeruch, der über dieser ganzen Insel liegt, hier womöglich noch süßer, noch stärker, noch widerwärtiger ist. Gut, ich steige also aus.« Der Erzähler und seine Frau, ein deutsches Urlauberehepaar, des Urlaubs und der gemeinsamen Ehe müde, geraten in ein verödetes sizilianisches Dorf. Das Auto muß repariert werden. Das Dorf scheint ausgestorben, und das Hotelzimmer gleicht eher einem baufälligen, notdürftig geweißelten Stall. Dies alles erleichtert die Lage nicht gerade. Maria nämlich hat ihrem Mann am Morgen gestanden, daß sie schwanger ist, und er denkt nur noch daran, wie er ihr möglichst schnell seinen Trennungsentschluß mitteilen kann. Mit ›Auf dem Turm‹ hat Gert Hofmann seinen internationalen Ruf als Romancier begründet. »Wegen seiner Erzählkraft, Komplexität, der Ernsthaftigkeit und Intensität gehört dieser Roman zu den faszinierendsten deutschsprachigen literarischen Leistungen der letzten Jahre«, schreibt Paul Michael Lützeler in der ›Zeit‹.

Der Autor

Gert Hofmann wurde am 29. Januar 1931 in Limbach/Sachsen geboren und starb am 1. Juli 1993 in Erding bei München. Hofmann war freier Schriftsteller und hat neben zahlreichen Hörspielen und Erzählungen mehrere Romane veröffentlicht. Für sein Werk erhielt er zahlreiche Preise, darunter den Ingeborg-Bachmann-Preis (1979), den Alfred-Döblin-Preis (1982), zuletzt den Münchner Literaturpreis (1993). Werke u.a.: ›Die Eroberung‹ (1984), ›Veilchenfeld‹ (1986), ›Unsere Vergeßlichkeit‹ (1987), ›Der Kinoerzähler‹ (1990), Romane.

I

Letzten Herbst, auf unserer Reise durch Sizilien, auf der wir einander wieder bis aufs Blut gepeinigt haben, dazu mit ihrem alten Wagen, der hinter *Canicatti* nur noch im ersten Gang gefahren, nein, gekrochen ist, um schließlich um die Mittagszeit, als wir, was ein Fehler war, auf der Suche nach einer Werkstatt die *autostrada* verlassen haben und, auf immer abseitigeren Nebenwegen, immer tiefer ins ausgebrannte und unwegsame Landesinnere, in die *zona morta* hineingeraten sind, vor den zerbröckelnden Mauern von *Dikaiarchaeia* endgültig stehenzubleiben. Und mir ist, nach dem Aussteigen, als ich, unter dem Trommeln der Zikaden ratlos um den Wagen herumgelaufen bin, sofort aufgefallen – und das habe ich mir nicht etwa eingebildet –, daß der süßliche Aasgeruch, der über dieser ganzen Insel liegt, hier womöglich noch süßer, noch stärker, noch widerwärtiger ist. Gut, ich steige also aus. Und ahne nicht, daß damit unser Geschick eigentlich schon besiegelt ist. Unsere Trennung, die kurz darauf, aber nur zum Schein, wieder rückgängig gemacht werden soll, ist sozusagen schon vollzogen, die Ortsbesichtigung schon angetreten, der Turm schon ins Auge gefaßt, die Leiche auf den Rücken gewendet. Entsetzt beugen wir uns über sie, um nach der Todeswunde zu suchen. Was, weil ich aus dem Wagen steige, wenn wir es auch nicht ahnen, nun alles vor uns liegt. Sondern um mich herum Ginster, Lorbeer, Farn, der fleischig und bis zu den Hüften hoch und, weil es in diesem Jahr nun schon acht Monate nicht geregnet hat, vom Straßenstaub – ein widerlicher Anblick – wie dick beschneit ist. Und ich erinnere mich, daß dieser Farn die älteste Pflanze dieser Gegend ist, eine notdürftige und vorläufige Bedeckung der Reste einer einst von Afrika nach Europa herüberreichenden, wahrscheinlich im Tertiär zerstörten Landbrücke. Und das Vulkangestein zu meinen Füßen ist das älteste Gestein, das es gibt, und stammt aus einer Zeit, wo es auf unserer Erde sonst nichts gegeben hat. Nichts von dem da, denke ich und blicke auf die gegen mich geduckten erdbraunen Häuser über mir, durch die ein heißer und drückender Wind geht. Und wenn ich es auch nicht gesehen habe, so habe ich doch, durch meine halbgeschlossenen Lider hindurch, das Bild einer vollkommen schönen klassischen Landschaft erraten. Wie glücklich man hier leben könnte! Und hier, in diese vollkommene Landschaft hinein, also diese kleine verfallene, fingerdick mit Staub belegte, nur hie und da mit gedämpftem Grün betupfte, armselige, grauenhafte und verabscheuungswürdige Ortschaft D. Von Anfang an kam sie mir nicht geheuer vor. Dabei heißt *Dikaiarchaeia* ja »Stadt der Gerechten«, man stelle sich das vor! Wie Menschen hier nur leben können, habe ich mich gefragt, während Maria, meine Frau, von der ich mich nach siebenjähriger Ehe nun endgültig trennen will, eingeschlossen in unserem, ihrem Wagen zurückbleibt, bei heraufgekurbelten Fenstern und verriegelten Türen, worauf ich bestanden habe, »selbst wenn du ersticken solltest«, habe ich zu ihr gesagt. Und behalte, als ich ihr dann den Rücken kehre und mit einem Satz durch einen Mauerriß hindurch in die mir unbekannte Ortschaft hineinspringe, ihr verweintes verödetes blasses Gesicht – wo ist unsere Ferienbräune in diesem Jahr? – hinter dem hochgeschlossenen Autofenster in dem vordersten Teil meines Kopfes und trage es behutsam über das Gestein hinweg und durch das Farnkraut hindurch in den Ort D. hinein. Weil die Sache nämlich die ist. Ich habe hier heute früh, als sie mir gestanden hatte, daß sie vielleicht schwanger sei, gesagt, daß ich dieses Kind nicht will, weil ich, neben ihr und unserer Adriana, in dem von uns rund zwanzig Kilometer entfernten L. ja auch noch ein dreijähriges uneheliches Kind, einen Jungen, Mario, habe, »von dem du bis jetzt nichts gewußt hast und für den ich ja gleichfalls aufkommen muß«. Lange hat sie mich nur angeschaut und mir nicht glauben wollen. Kurz: In *Dikaiarchaeia* ist es mir an diesem Mittwochnachmittag nur unter großen Schwierigkeiten gelungen, erst einen *meccanico,* der unser Auto in seine Garage bringen und sich die Sache hat anschauen und sie bis zum nächsten Morgen vielleicht hat beheben wollen, und dann für meine Frau und mich, für eine Nacht, in dem *Hotel Lucia* ein Zimmer, wenn auch ohne Bad, ohne Dusche, ohne fließendes Wasser, zu finden. Zu ebener Erde, das Fenster ist auf eine verstaubte *piazza* mit einer riesigen afrikanischen Schirmpinie hinausgegangen. Selten sind mir die Armut, das Elend und der Schmutz so offen begegnet wie in D. Und unser Gepäck, das wir wohl aus wohlbekannten Gründen natürlich nicht in unserem Wagen lassen konnten, haben wir, in Schweiß getränkt, völlig ohne fremde Hilfe, denn wir haben in D. bis auf ein paar zerlumpte Kinder, die vor dem Hotel mit einer Ziege gespielt haben, lange keinen Menschen gesehen, entweder weil es keinen gegeben hat, oder es hatte sich wegen der Hitze alles ins Häuserinnere hinein verkrochen, um uns, die Fremden, durch die Türspalten und die Fensterritzen hindurch ungesehen zu beobachten, zu überwachen. Also: Unser Gepäck, und das sind ihre Koffer mit den Kleidern und den Röcken und dem Toilettenkram, von denen ich ihr abgeraten und auf die sie bestanden hat – sie wollte tanzen! – und von denen sie auf unserer nun fast dreiwöchigen Reise, wie vorausgesagt, noch kein einziges hat auspacken und tragen oder anwenden können, haben wir, ich weiß nicht, in wievielen Gängen, aus dem defekten Wagen heraus –, einen steilen ungepflasterten Weg hinauf –, durch den Mauerriß hindurch – und in unser mit einer wackeligen Tür versehenes Hotelzimmer, das man sich äußerst einfach vorstellen muß, hineinschleppen müssen. Und wieder einmal habe ich festgestellt: Zu viel, wir besitzen zu viel! Auf jeden Fall haben wir zuviel mitgebracht, habe ich mir gesagt und alles in einer Ecke aufgeschichtet. Wo ein hoher Haufen entstanden ist, noch höher, als ich dachte. Und habe daraus, im Bewußtsein der Gefahr für unsere angehäufte Habe, sofort das Wertvollste, also die Gelenktasche mit dem Geld, den Schecks und den Papieren, sowie meine beiden Kameras, an mich genommen und umgehängt und von nun an den ganzen Tag und die halbe Nacht und, der Länge nach, die ganze Ortschaft D. hindurch bis zum Turm und auf den Turm hinauf einfach mit mir herumgeschleppt, einfach bei mir getragen. Nie hätte ich gedacht, daß zwei Kameras so lästig, so sperrig sein könnten. Und das Zimmer, das nur ein einziges, mit einem hölzernen Laden versehenes Fenster hat, also dunkel, dumpf und lastend ist, war früher sicher einmal ein Stall für Kälber oder Ziegen, man riecht es. Seine weißgetünchten Wände haben große blinde Flecke, während seine Decke, von der der Bewurf herabfällt, so niedrig ist, daß ich sie ohne Mühe mit den Fingerspitzen – und ich brauche mich dabei nicht einmal auf die Zehen zu stellen – erreichen kann. Natürlich drückt so eine Decke einem Menschen wie mir – ich bin ein empfindlicher und leicht verstörter, wenn auch großer und schwerer Mensch, der viel Platz, auch nach oben braucht – sofort auf den Kopf, so daß, sobald ich in dem Zimmer bin, sofort eine Beeinträchtigung da ist. Kurz und gut entpuppt sich das Zimmer, das man uns gegeben hat, als eine Niedertracht gegen uns, die Gäste, doch wahrscheinlich gibt es kein anderes. Denn daß um diese Jahreszeit, also in der Nachsaison, nein, zu allen Jahreszeiten Gäste, Fremde nie oder nur in den allerseltensten Fällen in diesen Ort verschlagen werden, liegt auf der Hand. Was ein Gast ist, weiß man hier nicht. Und im Bewußtsein dieser Ignoranz und dieser Infamie und dieser drückenden Last von oben und meines bedrohten Denkens und Fühlens und unserer Hilflosigkeit und Verlassenheit, und dann steht mir ja auch die ernsteste, die brutalste Auseinandersetzung unserer Ehe bevor, haben wir uns dann, da ich Hunger habe und durstig bin, in den am anderen Ende des Ganges gelegenen, gleichfalls dumpfen und leeren, nur von Fliegen belebten, von Fliegen *bestorbenen* »Speisesaal« geschleppt.

Wo wir uns nach einer Mahlzeit von Makkaroni und einem Stück zähen, sehnigen, mit viel Lorbeer und Rosmarin gekochten Fleisches, ich vermute, es war Kaninchen, meine Frau hat sich nicht geäußert, aß auch nichts davon, dazu zwei, drei Krüge Wein, kein Salat, kein *dolce*, nichts, lange über den Tisch weg stumm und erbittert, nein *haßerfüllt* angestarrt haben. Ein Fehler, diese ganze Reise, wie wir beide nun gewußt, wenn auch noch nicht ausgesprochen haben. Vielmehr hat meine Frau, die seit meiner Mitteilung ununterbrochen geweint hat und der angeblich auch übel (!) ist, von mir nun wissen wollen, wer die Mutter von Mario, den ich in meinem Leben nur ein einziges Mal gesehen habe, sei. Und da habe ich mich in meinem Stuhl zurückgelehnt und angefangen, es ihr mit knappen Worten, denn es gibt nichts zu sagen über diese Frau, zu erklären. Und habe, während ich langsam, in kurzen, klaren, nüchternen Sätzen gesprochen habe, zu meinem Entsetzen plötzlich bemerkt, daß draußen, unter der Pinie, die Kinder mit der Ziege ja gar nicht mehr gespielt haben. Sondern ich habe, während ich die für meine Frau tief verletzenden, für unsere Ehe wahrscheinlich tödlichen Sätze langsam aus mir herauslasse, ganz deutlich gesehen, aber sie haben ja ein Messer, aber sie quälen die Ziege ja, aber sie bringen die Ziege mit ihrem Messer ja um! Da ich so sitze, daß mein Blick durch das Fenster direkt auf die Pinie fällt – während meine Frau mit dem Rücken zum Fenster und zur Pinie sitzt – kann ich alles genau verfolgen. Zu fünft, wie auf ein Signal, sind die Kinder, alles Jungen, alle schmutzig, alle verwahrlost, alle schön, plötzlich über die Ziege hergefallen, haben sie, wie ich, die Kameras um die Schultern, von meinem harten Stuhl aus ganz deutlich studieren kann, an den Ohren und den Beinen und am Schwanz festgehalten, und dann hat ihr ein schöner schlanker Junge, der allerdings eine rote Narbe auf der Stirn gehabt hat, unter großer Mühe und mit beiden Händen ein langes, wahrscheinlich lange nicht mehr geschliffenes Messer, das er in der Sonne erst ein paarmal hat aufblitzen lassen, in den Hals hineingesteckt und herumgedreht. Um das Loch in dem Hals dann nach allen Seiten – er arbeitet rasch – zu vergrößern und den Hals nach und nach, erst von oben nach unten und dann von unten nach oben, durchzuschneiden.

Achtung, hinter dir geschieht etwas, das du besser nicht siehst, habe ich gerufen, dreh dich nicht um, Maria! Und meine Frau, wie zu erwarten war, hat sich sofort umgeschaut und hat, weil ihr Blick sofort auf das Blut gefallen ist, das aus der Ziege herauslief, einen lauten Schrei ausgestoßen.

Siehst du, habe ich gesagt, weil du nicht auf mich hörst.

Und habe, unter dem Sterbegemecker der Ziege, die noch lange nicht tot sein wird, meine Erklärungen über meine Beziehungen zu Marios Mutter fortgesetzt, »über die du dir den Kopf aber nicht zerbrechen solltest«, habe ich ungefähr gesagt, »denn sie sind immer sehr locker und zufällig gewesen, und sie selbst ist eine ganz gewöhnliche, wenn vielleicht auch attraktive Frau«. Und: Eine Ungeschicklichkeit, wie sie eben manchmal vorkommt, habe ich gesagt und mit den Achseln gezuckt. Und ihr versichert, daß es zu nichts führe, über, wie ich mich wahrscheinlich ausgedrückt habe, »eine so fest in der Welt verankerte Tatsache wie ein dreijähriges Kind« nun Tränen zu vergießen. Für mich, habe ich gerufen, den Blick auf die Ziege gerichtet, die inzwischen in die Knie gegangen ist, existiert dieses Kind, da kannst du beruhigt sein, überhaupt nicht, für mich ist dieses Kind tot. Und als ich dann trotz, nein, *wegen* der unerwarteten und uns beide bestürzenden Armseligkeit, auch Trostlosigkeit unserer Umgebung und trotz oder wegen der unter der Pinie begangenen Bestialität, anfange, ihr meinen endgültigen und unwiderruflichen Trennungsentschluß, *falls die Schwangerschaft nicht sofort aufhört,* mitzuteilen, geht, womit keiner gerechnet hat, unter einem eigenartigen Knirschen, wie Zähne, die Tür zu unserem »Speisesaal« auf, und ein vielleicht vierzig- bis fünfundvierzig- bis fünfzigjähriger, nach Art aller Sizilianer kleingewachsener, aber breitschultriger und wohlgenährter Mann in einem schwarzen, aber weißgestreiften, sonntäglichen, aber zerknitterten Anzug, den strammen Leib in weiße Wäsche gezwängt, die ihm besonders am Hals – die Krawatte! – viel zu eng und viel zu würgend ist, tritt herein, faßt uns ins Auge, kommt auf uns zu. Ich erschrecke, ich weiß nicht warum, sofort, ahne sofort nichts Gutes, frage mich sofort: Was will er? Und gebe für seinen Auftritt, ich weiß nicht warum, sofort meiner Frau die Schuld. Und sage dann auch leise zu ihr: Siehst du!, und stecke ihr unter dem Tisch, damit sie sich die Tränen abwischt, schnell mein Taschentuch zu, aber sie ist so erbittert, so haßerfüllt gegen mich, daß ihr alles egal ist und sie mir auch das Tuch zurückschiebt, und ich stecke es wieder weg. Und dann steht der Mann vor uns am Tisch.

Tedesco, fragt er, *o Inglese?*

Jaja, sage ich und schaue, da ich ihn schnell wieder loswerden will, nicht einmal auf, sondern sehe zu, wie draußen, auf der *piazza,* das Blut der Ziege im Takt ihrer letzten Herzschläge aus ihrem inzwischen offengelegten Hals heraus- und, aus ihrer durchgeschnittenen Kehle, in einen gelben Plastikeimer, den ihr eines der Kinder unterhält, hineinschießt.

Also Deutsch, ruft der Mann und grinst und reibt sich dann, glaube ich, sogar die Hände. Statt also Italienisch (Sizilianisch) mit uns zu reden oder es wenigstens zu versuchen, redet er von Anfang an Deutsch mit uns, das er sehr geschickt, sehr geläufig, wenn auch nicht immer völlig korrekt, doch dafür phantasievoll verwendet. Denn er hat, wie alle Italiener, offenbar Freude an seinen Formulierungen, die ich – nicht meine Frau! – bald teilen werde, wenn mir der innere Rhythmus seines Denkens bis zum Schluß auch unverständlich bleibt. Doch wird *der Sinn* von mir begriffen, wenn eben auch nicht aller. Und in diesem Deutsch, das ausgezeichnet wäre, wenn er seine Wörter nur etwas anders betonen wollte, erklärt er uns, daß er, als *der hiesige Kustode,* ja, so nennt er sich, von unserer Ankunft sofort verständigt worden und herbeigeeilt sei und sich freue, uns in D. willkommen heißen zu können, endlich, endlich! Und breitet mit einer der stark übertreibenden Gefühlsgesten, wie sie in diesen Ländern üblich sind, die Arme aus, umarmt uns aber nicht, sondern reibt sich dann bloß die schlaffen roten Hände. Dabei ist seine Frisur und sein Schädel plötzlich von einem Fliegenschwarm eingehüllt, der vorher nicht im Zimmer war, das schwöre ich. Und dann will der Mann, indem er sich die Fliegen, die ihm selbst peinlich sind, aus dem Gesicht fächelt, von uns wissen, ob wir *allein* gekommen oder Mitglieder oder möglicherweise die Vorhut einer größeren *Reisegesellschaft* seien. Und schaut sich bei dem Wort *Reisegesellschaft* in dem »Speisesaal« auch gleich ein paarmal um in der Hoffnung, er könnte an den anderen Tischen noch weitere »Mitglieder« entdecken, die ihm vielleicht entgangen sein könnten, doch der Saal, bis auf uns, sieht er, ist leer. Und hier fahre ich dann endlich dazwischen und lasse ihn seine Vorstellungen, die er sich von uns macht, gar nicht erst weiter entwickeln, sondern rufe mit einer energischen Geste: Allein, wir sind allein!

Nun, immerhin, sagt er, ohne seine Enttäuschung zu verbergen, sondern ... Nun, er zeigt sie eben.

Hören Sie, sage ich, da es sich bei dem Ganzen offenbar um eine Verwechslung handelt, weil wir beide, meine Frau und ich, aus Überzeugung *Individualreisende* und grundsätzlich allein unterwegs und im Augenblick ja auch gerade sehr mit uns selber, das heißt miteinander, wenn nicht gegeneinander, beschäftigt sind. Eine neue Schwangerschaft, man stelle sich das vor! Oder aber es ist, sage ich mir, der Auftakt zu einem der hier üblichen

Gaunerstücke, an dem wir, in der Rolle der Betrogenen, aber nicht teilnehmen werden, nein, das lehnen wir ab. Doch hier, dicht von seinem Fliegenschwarm umsurrt, unterbricht mich der Kustode schon. Mit einer Verbeugung, die nach dem Öffnen seines schwarzen Rockes verlangt, wobei eine schwere goldene Uhrkette, ein Paar buntbestickter, altertümlicher Hosenträger und eine breite erdbeerrote Schärpe, die er sich rasch um den Leib geschlungen hat und die vielleicht eine Ordensschärpe oder das Kennzeichen der hiesigen Kustoden oder auch bloß Farbenfreude oder Aufschneiderei ist, sichtbar werden: Ob wir dann, fragt er, wenn wir schon nicht mit einer Reisegesellschaft gekommen seien, wenigstens von der großen folkloristischen Veranstaltung *gehört* hätten und vielleicht deshalb, wenn auch einzeln, nach D. gekommen seien. Oder anders gefragt: Ob sich diese Veranstaltung – vielleicht sagt er auch: *meine* Veranstaltung – etwa schon im Ausland, ja oder nein, herumgesprochen habe. Und bei dem Wort *Veranstaltung* leckt er sich, wie widerlich, die Lippen! Ich, sehr kurz und der Wahrheit entsprechend, denn ich habe weder bei uns noch anderswo etwas von einer folkloristischen Veranstaltung in D., ja, nicht einmal von D. selber gehört, sondern ich habe nur einen Gedanken in meinem von oben bedrückten Schädel, nämlich den Mann samt seinen Fliegen so schnell wie möglich loszuwerden, um mein entscheidendes Gespräch mit meiner Frau und damit meine siebenjährige Ehe so schnell wie möglich *und ein für allemal* hinter mich zu bringen. Und werde mich hüten, angesichts der Rechnung für den Wagen, der ich mit Unbehagen entgegensehe – morgen ganz früh – noch neue finanzielle Verpflichtungen einzugehen. Und komme mir, drittens, weil ich aus übergroßer Vorsicht meine Kameras und meine Gelenktasche nicht abgelegt, sondern sie auch während des Essens um die Schultern und um das Handgelenk getragen habe, auch ein wenig lächerlich vor. Mit einer Tasche am Gelenk, das weiß ja jeder, wie soll man da essen können? Weshalb ich fürchte, daß er sich insgeheim über mich lustig machen könnte. Deshalb rufe ich so kurz wie möglich: Neinneinnein, und stampfe unter dem Tisch dann sogar mit den Füßen auf.

Nun, jedenfalls seien wir für die erwähnte einzigartige Veranstaltung *wie durch ein Wunder* – vielleicht hat er auch: *wie durch Gnade*, gesagt – gerade im rechten Augenblick gekommen, fährt er ungefähr fort, denn durch Zufall fände die Veranstaltung ja heute abend, und zwar um acht, also – er zieht eine große silberne Uhr aus seiner Westentasche – in ungefähr fünf Stunden statt. Und daß er uns zur Verfügung stünde, um uns hinzuführen und alles zu erklären. Und daß es Getränke und kleine Lekkerbissen *gratis*, sagt er, *gratis* gebe.

Ich denke: Guter Gott, begreift er nicht oder will er nicht begreifen? Und daß uns gerade *das* in unserer jetzigen Situation noch gefehlt hat: ein Zeuge, ein Begleiter! Wie soll ich ihr meinen Trennungsentschluß denn verkünden, wenn ein Begleiter da ist? Und überhaupt: Ich kenne dich, Kustode!, denke ich und erinnere mich mit Abscheu an die abgedroschenen Phrasen dieser »Führer«, die selbst vor den Wandmalereien in Pompeji zu nichts imstande sind als zur Aufzählung der aufgelegten Farben, die man ja selber sieht. Und schließlich: In einem Nest wie D., das offenbar schon vor langer Zeit von Gott verlassen wurde, was kann es da schon für eine »Veranstaltung« geben? Wir sind ja hier in der Provinz, wo sie am tiefsten ist. Ich also, nachdem ich meiner Frau mit einem Blick angedeutet habe, daß wir den Mann nun gleich los sind und unser unterbrochenes Gespräch, was sie aber auch nicht erfreuen wird, nun gleich weitergeht, zeige mein Erstaunen über den Vorschlag des Kustoden, auch Mißfallen, Ärger, Ungeduld. Nein, rufe ich, die Veranstaltung interessiert uns nicht, wir brauchen niemand, der uns hinführt. Und schlage mit der flachen Hand sogar zweimal, glaube ich, auf den Tisch oder will jedenfalls zwei- bis dreimal mit der Hand oder der Faust auf den

Tisch schlagen, doch da werde ich wieder abgelenkt, von draußen. Wo unter der Pinie, aus dem Ziegenvieh, das immer noch nicht dran glauben will, nein, sondern es sträubt sich noch und meckert aus offener Kehle, in diesem Augenblick nun das letzte Blut herausläuft. Wer hätte gedacht, daß in so einem kleinen Tier schon so viel Blut sein könnte.

Dochdoch, ruft der Kustode.

Wie, frage ich, den Blick nach draußen gerichtet.

Es muß Sie, sagt er und schaut in eine beliebige Richtung, jemand begleiten.

Wohin, frage ich.

Dochdoch, ruft er. Schon damit Sie den Turm auch finden.

Den Turm, frage ich.

Ja, den Turm, sagt er, indem er ein riesiges buntes, wahrscheinlich handgenähtes Taschentuch aus seiner an den Schenkeln viel zu engen, viel zu prall gefüllten, wie gewichsten schwarzen Anzughose herauszieht. Jemand, sagt er und wischt sich mit dem Tuch die Stirn, der Ihnen alles erklären kann.

Wie denn erklären, rufe ich.

Weil das, sagt er, wichtig ist. Nämlich sowohl die Geschichte von D. ganz allgemein wie auch die der Veranstaltung selber, aber auch die Geschichten *hinter* diesen Geschichten, die es nämlich gleichfalls gebe, so wie es, wenn das auch nicht allen bekannt sei, eine Welt hinter der Welt ... In einem Wort: Wir brauchten *ihn!*

Ich, da ich mich von der Überraschung und dem Gepolter seines Auftritts – einen Gehfehler hat er auch – nach und nach erhole und mich aus dem Gespräch mit meiner Frau nun endlich heraus- und in die völlig andersgeartete, gleichfalls widrige, gleichfalls schon viel zu lang sich hinziehende neue Situation hineinfinde, auch weil ich Wein getrunken habe, wenn auch billigen, sauren, schlechten, fühle mich dem Mann, als ich seinen verschwitzten Hemdkragen, das stoppelige Doppelkinn sehe, den fauligen Atem rieche, immer deutlicher überlegen. Und dann sehe ich plötzlich, wie er ganz ungeniert – ich kann es erst kaum fassen, meine Frau schaut auf der Stelle weg – sein Geschlechtsorgan in seiner engen Hose streichelt und hin- und her-, von rechts nach links, glaube ich, legt. Kurz und gut beschließe ich, nicht *mich*, sondern *ihn* für lächerlich, für das Burleske in dem schweren niedrigen Raum zu halten. Natürlich ist er lächerlich, denke ich, wie hat dir das entgehen können? Auch habe ich ja den Vorteil zu *sitzen*, wenn natürlich auch schwer behängt, während er vor mir *stehen* muß, allerdings unbeladen. Und die Beine habe ich lang ausgestreckt und strecke nun auch die Arme noch aus, weil ich gegebenenfalls verhindern will, daß mir dieser Mensch ungefragt etwa *noch* näher kommt und mich auf mediterrane Weise, vielleicht sogar anfaßt, beklopft. Und rufe, weil ich plötzlich die Vorstellung habe, paß auf, gleich küßt er dir die Hände, um solche *und schlimmere* Vertraulichkeiten zwischen uns gar nicht erst aufkommen zu lassen: Zwar seien wir erfreut – und überrascht – über sein gutes Deutsch, mit dem wir in dieser, vom Tourismus offensichtlich noch unerschlossenen und etwas eigenartigen kleinen Welt – ich zeige auf die *piazza* hinaus – gar nicht gerechnet ...

Sofort unterbricht er mich.

Sein gutes Deutsch, sagt er, käme daher: Er habe längere Zeit in Deutschland, in Frankfurt, gelebt, bis er durch ein Mißverständnis der Behörden plötzlich zur Grenze gebracht und abgeschoben worden sei, sonst wäre er jetzt nämlich gar nicht hier.

So, sage ich und schaue ihn einen Augenblick scharf an, wo wären Sie denn dann?

In Frankfurt natürlich, sagt er.

Und warum, frage ich, zur Grenze gebracht? Und warum abgeschoben?

Ein Verwechslungsfall, sagt er. Und fängt an, zum Zeichen, daß er Frankfurt kennt, einige Straßennamen, wie die *Moselstraße* und die *Elbestraße*, und dann sogar ein paar Hotels, wie das *Ederhotel*, aufzuzählen.

Prächtig, prächtig, rufe ich, ich sehe, Sie kennen Frankfurt.

Und natürlich die *Taunusstraße*, sagt er.

Jaja, rufe ich, Sie sind ein Mann von Welt. Was nun aber eine Teilnahme an der Veranstaltung am Turm oder eine Besichtigung des Ortes D. betreffe, so komme sie, fahre ich fort, da wir schon Palermo, Syrakus, Agrigent, Messina und Cefalù – hier lüge ich – besichtigt hätten und von allem, von der ganzen Insel fasziniert seien, überhaupt nicht in Frage. Wir kennen hier ja alles schon, rufe ich, wir kennen hier ja alles! Und außerdem, schauen Sie, sage ich, während eines der Kinder den Plastikeimer mit dem Blut – wer weiß wohin – leichtfüßig davonträgt, ich und meine Frau sind von unserer Reise, die nun schon viel zu lange dauert ... Und überhaupt, rufe ich. Vielleicht seien wir schon zu oft miteinander verreist und schon zu lange zusammen, sage ich und versuche, meiner Frau in die Augen zu schauen, aber sie hat den Blick gesenkt, so daß wir schon vollkommen apathisch und einer in der Gegenwart des anderen, *von* der Gegenwart des anderen ... Schauen Sie sie doch an, sieht so eine Frau aus, die mit dem Mann, den sie liebt, auf Urlaub ist, rufe ich und zeige auf meine verweinte, aus einer Bestürzung in die andere gejagte Frau. Merke dann aber, daß ich das nicht hätte sagen sollen und mit meinen Vertraulichkeiten zu weit gegangen bin. Nein, ich übertreibe, rufe ich, in Wahrheit ist alles ganz anders. *Ich* bin in Wahrheit nur der Erschöpfte, nicht sie, rufe ich, nicht sie. Nicht sie, sondern mich müssen Sie also anschauen, rufe ich, um meine Taktlosigkeit wieder gutzumachen, *ich* bin, rufe ich, strapaziert. Was ja auch den Tatsachen entspricht, so wie ich sie sehe. Erst der Ärger über die Schwangerschaft, welche vielleicht vorliegt, dann bleibt plötzlich der Wagen stehen, dann das Koffer-, das Taschenschleppen und nun das Herumhocken, das Warten. Und das alles bei dieser Hitze und bei diesem Druck von oben, während ich ja weiterwill, doch wie? Und bei der Vorstellung einer Besichtigung von D. schüttele ich mich dann sogar, glaube ich. Tatsache ist, daß wir nach all dem, was wir bis jetzt von D. gesehen haben, nun geradezu fürchten müssen, auf was wir hier noch stoßen könnten. Eine kleine Ziege, man stelle sich das vor! Kinder, etcetera. Jetzt, wie ich sehe, ganz mit Blut bespritzt, die Hände, die Knie, etcetera. Aber das sage ich alles nicht, sondern ich sage, es täte uns leid, doch müßten wir aus verschiedenen Gründen, die ich im einzelnen nicht nenne, auf eine Besichtigung der Ortschaft D. verzichten. Und zum Zeichen, daß das Gespräch damit beendet ist, gieße ich mir, da mir etwas Abschließenderes nicht einfällt – ich hätte aufstehen, ich hätte Maria nehmen, wir hätten davonlaufen sollen – den letzten Schluck Wein aus dem Krug in mein Glas und, obwohl ich wahrscheinlich schon einen roten Kopf habe, trinke ich es mit einem Zug leer. Und stelle das Glas dann so entschieden und so fest wie möglich vor mich auf den Tisch. So. Und wische mir mit den Armen, erst rechts, dann links, über den Mund. So. Doch der Kustode merkt das alles nicht, sondern stopft sich seine, durch seine Verbeugung hervorgeglittenen Manschetten, die im Gegensatz zu seinem hellen Kragen einen Stich ins Düstere haben, wieder in seine Ärmel zurück und sagt, Sizilien sei groß und habe vielerlei zu bieten, vom Erhabensten bis zum Gegenteil, doch sei alles sehenswert.

Und was ist das Gegenteil, rufe ich.

Auch ist bei uns in D., sagt er und hat einen breiten Streifen Licht im Gesicht, das, was es zu sehen gibt, gerade für Leute wie Sie, die vom vielen Besichtigen schon müde sind, absichtlich auf einen ganz engen Raum zusammengelegt worden, so daß von Marschieren, Kriechen, Klettern und anderen Strapazen gar nicht die Rede sein kann.

Und was gibt es zu sehen, rufe ich. Und was ist das Gegenteil? Leider, sagt der Kustode, besitzt der Ort, verglichen mit anderen Orten, besonders mit denen, die Sie die Güte hatten, bereits zu besichtigen und die natürlich unser aller Stolz sind, wenn wir leider auch nicht alle in diesen Orten leben und ihrer Schönheit teilhaftig sein können, aber in D., ruft er plötzlich ziemlich laut, muß ja auch jemand leben, und D., obwohl es auf den ersten Blick nur wenig bietet, muß ja auch besichtigt werden!

Und was, rufe ich, hören Sie doch auf meine Frage, hat es denn zu bieten? Was ist denn das Gegenteil?

Weil von unserer Geschichte und von unseren Mythen, antwortet er ungefähr, die in uns zwar noch lebendig sind, und wie!, leider so gut wie keine sichtbaren Spuren geblieben sind. Nichts, was man dem gebildeten, aus der Ferne angereisten und auf Schönheit oder Geschichte erpichten Fremden vorzeigen kann. Wenig Zeugnisse, bei denen man verweilen möchte, klagt er und meint wohl die Antike. Ein paar geschwärzte Steine zwischen ihren leider ein wenig *heruntergewohnten* Häusern. Ein paar Rekonstruktionen von Mauerresten vor ihrer winzigen, wegen mangelnder Nachfrage längst wieder sillgelegten Ziegelei. Trotz jahrelanger Grabungen nichts, ruft er, so daß man schon der Meinung gewesen sei, eine Reise nach D. könne man sich sparen. Doch habe man sich da geirrt.

Sie spielen, frage ich, auf das Gegenteil an?

Worauf, fragt er.

Ich dachte es mir, sage ich.

So daß wir schließlich, fährt er mehr oder weniger fort, unsere Hoffnung eine Zeitlang auf die Katakomben gesetzt hatten, doch sind die Katakomben ein Kapitel für sich. Zwar bin ich, sagt er, davon überzeugt, daß D. auf dem vielleicht größten Katakombennetz der Welt überhaupt errichtet ist, doch ist das eine Überzeugung, die ich im Augenblick nicht beweisen kann. Und nun hat die Stadtverwaltung, um Unglücksfälle zu vermeiden, die Eingänge zu allen Katakomben zumauern lassen, so daß eine Besichtigung nicht mehr möglich ist. Aber die Katakomben gibt es, das müssen Sie mir glauben, auch wenn ich sie Ihnen nicht zeigen kann. Und fängt plötzlich – ist das nicht lächerlich – auf dem Boden, auf dem er steht, mit den Füßen zu stampfen an. Hören Sie sie, ruft er. Sie meinen, frage ich und setze mich ein wenig auf.

Nun, die Katakomben natürlich, was sonst, ruft er und zeigt auf den Boden.

Gewiß, sage ich, obwohl ich erst gar nichts höre, doch dann, beim Weiterstampfen, klingt es für einen Augenblick tatsächlich so, als ob der Boden hohl sei. Und als ich dann wieder tiefer in meinen Korbstuhl hineinsinke – denn schon an diesem Nachmittag bin ich unruhig, sitze einmal so, einmal so, rutsche immer hin und her, ginge am liebsten weg – fällt mein Blick zufällig noch einmal durchs Fenster, und ich sehe, wie die nunmehr verendete und ausgeblutete und an Körpergröße, wenigstens scheint mir das so, stark verminderte Ziege, die nun, ohne Kopf – der liegt neben ihr –, mit schlaff von sich gestreckten Beinen, auf der Erde liegt, von den Kindern, die mich aber nicht sehen, mit einer Art Axt in Stücke gehackt wird. Mit einer Axt? Jawohl. Auch der Kustode wirft einen Blick auf die Stücke, doch redet er dann einfach weiter und bedauert noch einmal, daß ihnen außer den Katakomben sonst nichts geblieben sei. Deshalb der Turm, ruft er. Und daß wir die Veranstaltung um den Turm herum unbedingt besuchen müßten.

Sie meinen, sage ich und setze mich in meinem Korbstuhl plötzlich gerade auf.

Jawohl, sagt er, das meine ich.

Nämlich, frage ich.

Besuchen, ruft er und stampft auf, besuchen.

Und vorher, rufe ich, sagten Sie?

Es ist, sagt er, sonst nichts geblieben.

Nein, rufe ich, das andere.

Das andere, fragt er.

Ja, sage ich, das dazwischen.

Sie meinen den Turm?

Ja, rufe ich, ich meine den Turm. Und denke: Sollte es

also doch etwas geben? Und daß es ein Turm ist, den es gibt. Und bin bei dem Wort *Turm*, ich weiß nicht warum, vielleicht wegen des gleichzeitigen Anblicks der halbnackten, übrigens – doch das sagte ich schon – sehr schönen, sehr dunklen, nur eben ein wenig blutbespritzten Knaben nun vielleicht doch ein wenig erregt. Sollte sich die Erregung über die Knaben in eine Erregung über den Turm ...? Denn bei der ersten Erwähnung seines Turmes war ich ja noch nicht erregt, sondern es war mir gelungen, den Turm, wie die Knaben auch, als etwas ganz Natürliches und Alltägliches hinzunehmen. Aber jetzt ist das anders. Die Idee des Turmes erregt mich plötzlich. Deshalb frage ich auch, wo er ist.

In dieser Richtung, sagt der Kustode und zeigt zur Tür hinaus.

Weit, frage ich.

Nein, sagt er.

Hoch, frage ich.

Ja, sagt er.

Und um was für eine Art Turm, wenn man fragen darf, handelt es sich, frage ich.

Einfach ein Turm, sagt er.

Einfach ein Turm?

Ja, sagt er und läßt seine Stiefel knarren, einfach ein Turm.

Ein Turm also, sage ich und denke: Also ein Turm! Und hole tief Luft und fühle, wie von der Idee des Turmes auf einmal eine große, wenn auch unbestimmte Faszination, eine gewaltige, wenn auch undeutliche Erwartung auf mich aus- und von dem bloßen, von mir viel zu laut ausgesprochenen, zuletzt dann hinausgeschrienen Wort auf mich übergeht. Ein Turm also, ein Turm! Und von diesem Turm, den wir nun bald sehen und schließlich besteigen werden – nur wissen wir das noch nicht – ist hier die Rede, soll hier die Rede sein. Obwohl ich mit dem Wort an diesem Punkt also noch keine deutliche und bestimmte, sondern eine eher zerflatternde und zerrissene Vorstellung von etwas Hohem, Starkem, Festem habe, um das man, emporschauend, herumgeht, habe ich an diesem Nachmittag in dem dunklen, von Fliegen *und anderem* bestorbenen »Speisesaal«, an dem hölzernen, wie ein Reibeisen rauhen Tisch, die Gelenktasche hart zwischen den Schenkeln, nun lange über diesen Turm nachgedacht. Was heißt das? Denn da ja bekanntlich kein Mensch denkt, sondern es fällt ihm – oder nicht – dann und wann etwas ein, und diese Einfälle nennt er dann seine Gedanken, die er aneinanderreiht. Jedenfalls habe ich die wenigen Einfälle, die ich zu dem Wort *Turm* gehabt habe, aneinandergelegt, ohne zu einem Schluß zu kommen, sondern ganz im Gegenteil. Doch ist auch in allen mir bekannten Reiseführern über diese Gegend – und es sind ja eine Unzahl von Reiseführern, teils in Farbe, teils schwarzweiß über diese Gegend, teils mit, teils ohne Illustrationen, auf dem Markt – von einem Turm nicht die Rede gewesen. Aber dann ist in den Reiseführern von D. selber ja auch nicht die Rede gewesen. Und nun also ein Turm in D.!

Die *Torre di Dikaiarchaeia*, ruft der Kustode und zieht, ein Wichtigtuer, die Brauen hoch. Doch abgesehen von diesem Turm, sagt er, der ja eigentlich auch nicht sehr alt sei und, streng genommen, für uns in sich selber ja auch keine große Sehenswürdigkeit darstelle, sei sonst nicht viel da. Also, Herr Doktor, ruft er, wie wär's? Kommen Sie mit zum Turm?

Nein, sage ich.

Und warum nicht, fragt er.

Zu weit, sage ich.

Aber der Turm, sagt er, da täuschen Sie sich, ist ja gar nicht so weit, wie Sie sich vorstellen. (Wie will er wissen, wie weit ich mir den Turm vorstelle?) Also geben Sie sich einen Stoß und kommen Sie. Schauen wir uns den Turm an!

Nein, sage ich.

Und warum nicht, fragt er.

Zu müde, sage ich und gähne.

Aber nun behauptet der Kustode plötzlich, daß nichts auf der Welt so anregend und erfrischend sei wie ein Gang durch D., ein Gang zum Turm.

Bei dieser Hitze, rufe ich.

Ja, auch bei dieser Hitze. Weil der Turm ja schon außerhalb der Ortschaft liege, wo es schön luftig sei. Sie werden staunen, sagt er, wie luftig es ist bei dem Turm und wie Ihnen die Müdigkeit vergeht, wenn Sie den Turm vor sich sehen. Sie werden sich an den Kopf greifen und sich fragen: Warum habe ich nicht gleich zum Turm gewollt, warum habe ich »nein« gesagt. Also, ruft er.

Nein, sage ich.

Nein, fragt er.

Nein, sage ich.

Und warum nicht, fragt er.

Doch ich kann nicht erklären warum. Ich sage nur: Nein, nicht zum Turm! Und daß der ganze Vorschlag, die ganze Idee für uns ganz unmöglich sei. Und bin schon drauf und dran, ihn zu fragen, nur damit er mich sitzen läßt, ob er, statt zum Turm zu gehen, nicht ein Glas mit mir trinken möchte, aber dann fällt mir ein, daß das seine Anwesenheit, statt sie abzukürzen, ja um eine im voraus gar nicht zu ermessende Zeitspanne verlängern, die Fliegen noch vermehren würde. Ich frage also nicht. Trinke also lieber selber nichts, nur um ihn nicht einladen zu müssen. Da sagt er, er wisse, warum wir nicht kämen.

So, sage ich, da wissen Sie ja mehr als ich.

Ja, sagt er, aber unsere Angst, daß wir auf dem Weg zum Turm von Ruine zu Ruine springen und uns von Monument zu Monument schleppen müßten, sei ganz unbegründet. Es gebe solche Ruinen und Monumente in D. einfach nicht, außer dem Turm gebe es *gar nichts.* Gott sei Dank, denke ich und mache mit den Händen, die mir beim Sitzen bis zum Boden reichen – ein Affe bin ich in diesem Fall ja, ein Affe! – eine Bewegung, die so viel wie: Na also!, heißt. Warum noch länger darüber reden, schließen wir die Szene ab! Aber statt aus dieser, wenn auch vagen Bewegung die Konsequenz zu ziehen und die Szene abzuschließen und mit einer Verbeugung aus dem »Speisesaal«, wo die Luft auch ohne ihn schon schwer und faul genug ist, abzugehen, ruft er plötzlich: *Posso?* Und zieht sich, bei unterirdischem Gedröhne, einen Stuhl heran, schlägt rechts und links seinen Rock hoch und, ohne mich oder meine Frau zu fragen, setzt er sich zu uns an den Tisch. So daß ich, wegen dieser Zudringlichkeit, plötzlich das Gefühl habe, daß es sich bei dem Mann an unserem Tisch gar nicht um einen Kustoden, sondern um etwas viel Übleres handelt. Wie oft, wie man immer wieder liest, mieten sich gestrandete Reisende nicht in diesen kleinen unauffälligen Hotels im Süden ein und werden nie wieder gesehen! Während ihre ausgeplünderten Koffer Monate, ja Jahre später in ganz anderen Teilen des Landes wiedergefunden werden, die Reisenden selbst aber nie. Und an diese Reisenden, die in solchen Gegenden verschwinden, muß ich nun also denken. Zwar sitze ich noch, an diesem Nachmittag, in dieser Ortschaft D., in Gesellschaft meiner stummen Frau in dem *Hotel Lucia* am Tisch und spreche mit dem Menschen, das heißt Worte gehen zwischen uns hin und her, ich weiß nicht mehr, was für welche. Aber immerzu sage ich mir, daß ich eigentlich aufstehen und, mit meiner Frau am Arm, rasch aus dem »Speisesaal« hinauslaufen sollte. Und wenn er uns nicht durch die Türe läßt? Dann hätten wir eben, wie ich nun weiß, durchs Fenster springen sollen, und wenn wir uns die Gesichter zerschnitten hätten! Doch wir springen nicht durchs Fenster. Und es ist dieselbe Trägheit, die mich an unserem Tisch festhält, die mich nun schon seit sieben Jahren auch von meiner Frau, meinem Kind, Beruf, Karriere nicht hat loskommen lassen. Beschämende Zusammenhänge, die ich hier übergehe, zumal mir der Verdacht gegen den Kustoden dann wieder ganz irrwitzig vorkommt. Und ich mir sage, daß ich mit meinen Befürchtungen in die falsche Richtung gehe. Nein, denke ich, nicht in diese Richtung, sondern in die entgegengesetzte! Und der Mensch, so wie er mit gekreuzten Armen und übereinandergeschlagenen Beinen nun an unserem Tisch hockt, ist, denke ich, hier wirklich der Kustode, der dir den Turm wirklich zeigen will. Und daß es, falls es überhaupt etwas ist, etwas anderes sein muß, etwas, das du noch nicht herausgefunden hast und das du dir bis jetzt wahrscheinlich auch noch gar nicht vorstellen kannst.

3

Daß der Kustode in so einem ungelegenen Augenblick aufgetreten ist, ist natürlich Zufall, wenn auch ein unheimlicher, weil ich meiner Frau ja gerade meinen Trennungsentschluß mitteilen wollte, als er kommt. Und warum die Trennung? Das ist nicht schwer. Wegen Unvereinbarkeit. Und – als ob ich es nicht schon jahrelang insgeheim befürchtet hatte – nun also auch noch ein Kind! Und tatsächlich hat sie mir ihre Schwangerschaft mit genau denselben leisen, zögernden und schuldbewußten Worten verkündet, die ich immer schon erwartet, schon jahrelang auf mich zukommen gehört hatte. Obwohl mir im Grund also schon alles bekannt ist, versteinere ich sofort. Noch ein Kind! Warum also nun das, was darauf gesagt werden muß, nämlich die brutale Wahrheit, nicht jetzt und hier? Also an diesem Nachmittag, nach dieser stummen und verbissenen Mahlzeit, bei der das unbekannte Fleisch auf ihrem Teller bleibt, in dieser rücksichtslos fremden Gegend, gegen Ende unserer, wie sich nun herausstellt, letzten gemeinsamen Ferien. Doch wo immer plötzlich eine Wahrheit gesagt, eine Trennung beschlossen wird, bricht natürlich ein großer Jammer über den Betreffenden herein. Aber trotzdem muß die Wahrheit gesagt, der Entschluß mitgeteilt werden! Peinlich nur, daß ihre Schwangerschaft meinem Trennungsentschluß nun einen Stich ins Niederträchtige, in die Charakterlosigkeit gibt, was aber gar nicht der Fall ist. Sondern so ein Entschluß ist nach dem Verlauf unserer Ehe vollkommen natürlich. Hundert-, wenn nicht tausendmal habe ich ihr gesagt, daß noch ein Kind das Ende wäre. So daß es das Klügste ist, unsere Ehe nun enden zu lassen. Daß sie mich erst verführt, dann getäuscht, dann belogen, schließlich verraten, und ich sie schon lange nicht mehr geliebt, begehrt, gebraucht, etcetera hätte, könnte sie mir, könnte aber auch ich ihr vorwerfen. Gib doch zu, daß wir da kein Ende fänden, hatte ich ihr gerade über den noch unabgeräumten Tisch hinweg zurufen wollen, aber wegen des unerwarteten Auftretens und späteren Niederhockens des Kustoden nicht zurufen können. Kurzschenkelig, auch kurzatmig, mit aufgeknöpftem Rock und dicht an den Schädel geklebter, weit in den leeren Saal hinein riechender Frisur, sitzt er uns gegenüber und läßt seine Schärpe sehen. Und hat seine roten fleischigen Hände, die Pfoten eines bis jetzt bloß noch nicht erfaßten und festgestellten, aber gefährlichen Tieres, auf unseren Tisch gelegt, zwischen unsere Gläser. Und da ich so etwas auf unserem Tisch nicht liegen sehen kann und eine Verkündigung meines Entschlusses nun sowieso nicht möglich ist, stehe ich, für alle, auch für mich, überraschend, auf und rufe, daß er uns – ich sage nicht *mich,* ich sage *uns* – mit seinen Andeutungen auf den Turm neugierig gemacht habe und wir unter seiner Führung, die ja wohl die Welt nicht kosten werde – hier lache, hier meckere ich –, denn für Kustoden, rufe ich, gibt es doch wohl Tarife hier, an die man sich halten muß, uns das Städtchen, den Ort, die Örtlichkeit, kurz: *D. und seinen Turm* nun doch anschauen, besichtigen wollten, er habe uns überzeugt. Und denke nun nicht mehr, was kann er dir in dem verbrannten Inneren seiner Insel schon zeigen, sondern was sollen wir hier sonst tun, wie sollen wir hier den Abend und die Nacht denn sonst verbringen? Soll jeder für sich in seiner Ecke in dem niedrigen Zimmer hocken? Oder vielleicht hier im »Speisesaal«, umschwärmt von Millionen von Fliegen? Doch sind wir, was immer wir auch tun, an diesem Punkt schon verloren, wir wissen es nur noch nicht. Und ich sage mir, daß, wenn wir den Kustoden nur erst einmal aus dem »Speisesaal« wieder hinaus haben und, notfalls auch Arm in Arm, ein- oder zweimal mit ihm über die *piazza* gelaufen sind, wir ihn unter einem Vorwand jederzeit vor dem Hotel stehenlassen und uns auf unser Zimmer zurückziehen, uns in unserem Zimmer einschließen und, falls ratsam, die Zeit bis zum Morgen allein, das heißt miteinander hinter der abgesperrten Zimmertür verbringen können. Während er sich unverrichteter Dinge entfernen, in das Belfern der streunenden Hunde hineingehen muß. Und ich stelle mir vor, wie der Stuhl vor mir wieder leer ist, während mir der Kustode in Wirklichkeit nach wie vor kurzschenkelig, auch kurzatmig gegenüberhockt. Während meine arme Frau, die an diesem Tag von einem Schrecken in den anderen fällt, als ich sage, wir würden die Ortschaft und den Turm nun *doch* besichtigen, natürlich protestieren will, im Protest auch schon die Hände hebt mit einer Abwehrgeste, aber mit einem einzigen Blick bringe ich sie zum Schweigen. Anders der Kustode, dem, kaum habe ich mich erhoben, die Freude das Blut in den Kopf treibt. Er hatte mit einem Einverständnis gar nicht mehr gerechnet. *Grazie mille,* ruft er mit Glanz in den Augen, der auf den Wangen widerscheint. Und springt sofort auf und humpelt sofort zur Tür, läßt meiner Frau, die ich von ihrem Stuhl hoch- und hinter dem Tisch hervorziehen und durch den weiten und hallenden Saal buchstäblich zur Tür schieben muß, an der Tür dann den Vortritt. Und bereitet sich, nachdem er im Vorübergehen in einem mir unverständlichen Dialekt eine Anweisung, einen Befehl, eine Ermahnung, in die rauchgeschwärzte Küche hineingerufen hat, auch schon auf seine Führung vor. Indem er eine flache schwarze schirmlose Mütze, die hier alle tragen und die er bis jetzt in seiner Tasche stecken hatte, über seinen runden sizilianischen Schädel zieht.

Venga, venga, venga, ruft er.

Aber wir kommen ja schon, sage ich.

Beim Hinausgehen, den Korridor hinab, kann ich im Vorübergehen die Klinke unseres Zimmers fassen und herunterdrücken. Und kann feststellen: Es ist abgeschlossen! Also sind wir, denke ich, nicht ausgeraubt. *Noch nicht,* denke ich.

4

Draußen dann die Hitze, aber die ist nicht neu, sie wurde schon dargestellt. Und wird, weil sie eines der wenigen verständlichen Dinge an diesen zwei Tagen ist, immer wieder dargestellt werden müssen. Nämlich: Sie ist afrikanisch. Nämlich: Trotz der Nähe des Meeres ein wie aus einem Ofen heraus trockener sengender Wind. Keine Wolke, nur die Sonne und der Himmel, wahnwitzig, tief und veilchenblau. Das Licht blendend und stechend und ungebrochen, alle Farben grell und scharf. Und das lichte Weiß der zerbröckelnden Gemäuer, bei dem jemand wie ich natürlich augenblicklich an die Asche von Knochen denkt. Kurz: In afrikanischem Licht eine ursprünglich schöne, womöglich hinreißende, durch das Auftreten von Menschen entstellte, dann heruntergekommene und zugrundegerichtete, jetzt von Verfall, Ruinen und Unrat durchzogene, unerträgliche Landschaft. Und ich, den Zimmerschlüssel, der sein Gewicht hat, rechts in der Hosentasche – bald wird hier ein Messer stecken – falls es mit dem Kustoden zu einer Auseinandersetzung kommen sollte. Und die *piazza,* leicht erhöht, leicht angehoben, vor mir. Trotz des Sonnenlichts, der Tageshelle habe ich das Gefühl, in ein Theater hinein- oder auf eine Bühne hinaufzutreten. Jeder Baum, auch Busch, auch Brunnenrest eine Säule, eine Skulptur, nämlich künstlich, kulissenhaft. Und die Stille theatralisch und der Hall unserer Schritte inszeniert. Und ich denke, daß die Natur hier lange Zeit retuschiert, die Wirklichkeit verbrämt und gemildert und mit umfassendem Kunstverstand zurückgedrängt worden ist, nun aber, da alles in Teile zerfällt, wieder an den Tag kommt *durch Verarmung.* Eine Wirklichkeit, der man nur schwer gewachsen ist, wie jeder, denke ich. Und wir nun alle drei nebeneinander in diese unerträgliche Wirklichkeit hinein und über diese *piazza,* die an ihren Rändern mit Zedern, Korkeichen und Zypressen, die aber alle brandige, ins Rostbraune spielende Flecken aufweisen, und mit Holzbänken, die alle in sich zusammengesunken sind, umgeben und nicht nur verdreckt und verödet, sondern auch verpißt und verkotet ist, das ist die Wahrheit! Ja, wenn man nur nicht auf Schritt und Tritt auf Kot gestoßen wäre! Dann die Pinie, von der schon die Rede war, ein weitausladender Baum. Ich fasse meine Frau am Arm. Natürlich wehrt sie sich. Nach dem, was ich ihr heute »angetan« habe – mein zweites, mein verheimlichtes Kind! – will sie nicht, daß ich sie berühre, nicht einmal am Ellenbogen. Doch wie stets wehrt sie sich nicht lange. Ich nehme sie also beim Arm und führe sie, nicht links, da schlurft der Kustode, sondern rechts um die Pinie herum, so daß ich sie ihr verdecke, was auch meine Absicht ist. Denn unter der Pinie, in einer gelben Plastikschüssel, ausgeblutet und in Teile zerhackt, den Kopf kläglich auf ihren gekreuzten Schlegeln, liegt die Ziege nun. Und die Metzger, die Kinder, alle mager, halbnackt und zerlumpt, stehen, vom Wind getrocknet und von der Sonne geröstet, schweigend, mit blutigen Händen um die Schüssel herum und rauchen. Und mir fällt ein, daß die Ziege von ihnen vielleicht, nein, wahrscheinlich *unseretwegen* abgeschlachtet worden sein könnte. Und dann fällt mir ein, aber sie haben ja vergessen, ihr das Fell abzuziehen, es klebt ja noch am Fleisch. Oder sollte bei der Zubereitung des Tieres das Fell nötig sein? Und an dieser gelben Schüssel vorbei schlurft der Kustode nun und ruft den Kindern dieselbe, mir unverständliche Ankündigung oder Mitteilung, dasselbe Kommando, denselben Lockruf, den er schon in die Hotelküche hineingerufen hat, zu. Und sie nehmen ihn gleichgültig und stumm entgegen, nur der mit dem Messer senkt den Blick. Dieser kleine besonnte vergoldete Metzger: was für ein schöner Junge! Was für Schultern, was für Hüften! Und ich fasse meine Frau, die vor sich auf den Boden schaut, fester und führe sie, um sie vor weiteren blutigen Eindrücken zu bewahren, behutsam, wie eine Erkrankte, um die gelbe Schüssel herum. Und flüstere ihr dabei ins Ohr, daß das alles nicht nötig gewesen und *ich* an diesem Gang nicht schuld sei. Und daß ich ihr das, was ich ihr nach dem Essen, als der Kustode dazwischenkam, hatte sagen wollen, sofort nach dieser Unterbrechung, sofort nach Beendigung dieser Farce, der Besichtigung einer Ortschaft, in der es nichts zu sehen gibt, mitteilen, sagen werde. Es wird dich, so wie die Dinge liegen, nicht überraschen und auch nicht erfreuen, doch wirst du, wie über alles, auch darüber, glaube mir, sage ich, hinwegkommen. Und noch etwas, ich hoffe, daß du diesmal auf mich hörst, füge ich, sobald wir an den Kindern und der Schüssel vorbei sind, hinzu. Und flüstere ihr ins Ohr, daß, wie sie wisse, in diesem Teil der Welt alles sehr kraß und sehr roh und sehr sichtbar und ohne Scham und Anstand mitten auf der Straße erledigt wird. Du weißt, sage ich, was ich meine. Ich erinnere dich jetzt nur daran, sage ich, weil hinter uns etwas ist, das du nicht zu sehen brauchst. Also dreh dich jetzt nicht um. Hörst du, jetzt bitte nicht auf die Pinie, jetzt nicht zu der Schüssel schauen, flüstere ich, und natürlich schaut sie sofort hin.

Oh Gott, ruft sie, als sie die Schüssel und die Kinder sieht, die, Zigaretten zwischen den Lippen, den Rauch in unsere Richtung blasen, oh Gott, ruft sie.

Siehst du, sage ich, warum hörst du nie auf mich? Das, wie vieles andere auch, hättest du dir ersparen können.

Und darauf wieder der Kustode, der alles gehört hat, als Erläuterung, an uns gewandt: Alle und von allem Anfang an seien sie animalisch.

Ich, indem ich meine Irritation vor ihm gar nicht verberge: Wie?

Ja, sagt er.

Ich, ungeduldig, denn ich möchte rascher weiter und am liebsten durch den Ort schon hindurch sein, schon im Schatten des Turmes stehen, den ich mir hoch und rund vorstelle, und nicht immer so viel reden: Was denn? Wie denn? Wer denn?

Die Kinder, die Kinder, ruft er. Weil sie, sagt er und breitet, wie zum Fliegen, seine Arme aus, hier mit den Tieren, wie die Tiere aufwüchsen, doch das sähen wir ja selber. Was für sie, erklärt er uns, nicht vorteilhaft sei. Überhaupt sei es nicht vorteilhaft, in D. oder um D. herum zur Welt zu kommen, weil das Leben, *porca miseria,* hier lange Strecken wie ein böser Traum sei. Welchen man nach Tunlichkeit rasch, das heißt ruckzuck, sagt er, beendet. Und schwingt seinen Stock. Denn auch einen Stock (Spazierstock) hat er plötzlich, ich weiß nicht woher, denn als er eben an unseren Tisch trat, hatte er, glaube ich, noch keinen. Aber vielleicht hatte er ihn, ehe er hereintrat, draußen an die Mauer gelehnt. Und beim Heraustreten aus dem Hotel, als ich ganz mit dem Zerfall der Kulissen, das heißt mit der vergehenden Theaterhaftigkeit der Umgebung beschäftigt war, hat er ihn dann eben wieder abgeholt, wieder zur Hand genommen, und jetzt schwingt er ihn durch die Luft. Und dann, als wir die gelbe Schüssel endgültig hinter uns und fast schon wieder vergessen haben – wegen des Klimas, wegen des heißen Windes vergißt sich hier alles sehr schnell – wieder ich, mit meiner normalen Stimme, also laut und sicher und vertrauenerweckend und konversationsweise zu dem Kustoden, aber auch zu meiner Frau und zu mir selber, nein, zur ganzen Welt: Wir seien über vieles hier überrascht, nein, entsetzt, rufe ich.

So, sagt der Kustode, indem er etwas langsamer geht, worüber?

Worüber, worüber, rufe ich. Ja, sehen Sie das denn nicht?

Nein, sagt er, sagen Sie's mir.

Nun, sage ich, zum Beispiel über die Einsamkeit, die Verlassenheit, die Menschenlosigkeit hier. Was ja auch der Fall ist. D. liegt ja wie ausgestorben da, D. ist ja völlig leer. Kaum daß ein Hunde-, ein Katzenvieh matt unsere

Wege kreuzt. Ist es da nicht natürlich, daß wir, auch wenn wir nicht darüber sprechen, über diese Verlassenheit und Verkommenheit entsetzt sind und immerzu daran denken – wenn wir nicht gerade an ihre Schwangerschaft oder an seinen Turm denken. Ist nicht alles hier, den ganzen Hügel hoch und weit ins Tal hinein, abgestorben, rufe ich. Und wie das zu erklären, *ob* es zu erklären sei. Und da ich einiges über diese Gegend gelesen habe, habe ich auch zwei Theorien, eine soziologische und eine geologische, parat, doch bringe ich sie noch nicht vor, vielleicht später. Aber da sind wir dann schon ein gutes Stück die »Hauptstraße«, die hier weder gepflastert noch asphaltiert ist, noch sonst irgendeinen Belag hat und die ... Nein, ich beschreibe sie nicht! Und diese Straße sind wir schweigend hinaufgelaufen, ohne weder *vor* noch *in* den Häusern Menschen oder Spuren von Menschen, also Stimmen, Bewegungen, Rauch, Licht, Lärm wahrzunehmen, so wie wir ja auch schon vor und in unserem Hotel bis auf die Köchin, die uns den Zimmerschlüssel gegeben und uns das Essen serviert hat, keine Menschen oder Menschensignale gesehen, gehört, *wahrgenommen* haben, abgesehen von den Metzgern, den Kindern. Und was die »Häuser« hier betrifft, so sind sie, denke ich ... Was die Häuser hier betrifft, sage ich, so sind sie ...

Ich weiß, was sie sind, ruft der Kustode und winkt ab. Mir brauchen Sie es nicht zu sagen.

Und wie, frage ich, können Sie hier leben?

Aber wir können ja nicht, sagt er.

Und wie, frage ich, würden Sie die Häuser nennen?

Vielleicht abgewohnt, sagt er.

Abgewohnt, rufe ich und lache.

Oder eben, sagt er, indem er sich eine billige schwarze Alphazigarette in den Mund steckt, verfallen.

Ja, sage ich, und so abbruchreif, daß es für unsereins schwierig ist, zu erraten, ob sie überhaupt noch bewohnt und nicht längst schon vergessen sind. Also, Herr Kustode, rufe ich, sind sie noch bewohnt, ja oder nein?

Aha, sagt er und zündet sich die Zigarette an, da ist es also doch gut gewesen, daß Sie mich mitgenommen haben, oder? Da müssen Sie mir jetzt also dankbar sein, nicht? Und lacht und kommt mir dabei so nahe, daß ich in den Ecken seines Mundes die Tabakfasern hängen sehe. Denn ohne ihn, sagt er, während ich ihn sachte zurückschiebe, wären wir hier, was das Verständnis des Ganzen betreffe, offenbar verloren. Und erklärt uns, indem er stehenbleibt und auch uns mit einer Geste zum Verschnaufen einlädt: Die Ortschaft D., wie viele Ortschaften hier, sei auf den entsprechenden Landkarten zwar noch eingezeichnet und käme auch in Urkunden noch vor, aber in Wahrheit hätte sie schon vor einiger Zeit aufgehört zu existieren. Es gebe sie, und es gebe sie nicht, wenn ich wüßte, was er …

Sagen will, frage ich.

Meine, sagt er.

Also ist D. doch verlassen, ich dachte es mir, rufe ich. Hast du gehört, Maria, sage ich und trete an das nächstbeste Haus und klopfe, um mich von seiner Verlassenheit zu überzeugen, mit der Faust schnell ein paarmal gegen die Mauer, und wirklich, es klingt hohl und leer. Und will nun nach den Kindern fragen, die mir, im Zusammenhang mit dieser entsetzlichen Verlassenheit, plötzlich einfallen, und wo diese Kinder denn lebten (schliefen, äßen, daheim seien) und warum *sie* die Ziege geschlachtet hätten und ob das hier so üblich sei, daß die Kinder des Dorfes vor dem Fenster des Hotels die Tiere schlachteten und dabei rauchten, aber da unterbricht er mich.

Sie täuschen sich, sagt er ernst, die Häuser sind nicht leer, das habe ich nicht gesagt.

Also nicht leer, frage ich.

Nein, sagt er, nicht leer.

Obwohl es, frage ich, so hohl klingt?

Vielleicht hohl, sagt er, aber nicht leer. Weil es der Verwaltung bis jetzt gelungen sei, fährt er fort und schlägt seinen Rock zurück, so daß die rote Schärpe, die er trägt, wieder sichtbar wird. Und ich denke: Aha, jetzt will er dir zeigen, daß er zur Verwaltung gehört, vielleicht die Verwaltung *ist*, und zeige auf die Schärpe und sage in achtungsvollem Ton: Die Verwaltung, aha, die Verwaltung!

Sehr richtig, sagt er, jawohl. Also: Durch Maßnahmen, die alle auf eine Erschließung der Gegend für den Tourismus zielten, was hier *das oberste Ziel überhaupt* sei, sei es ihnen gelungen, die meisten Bewohner vom Weggehen, und das heißt nach Übersee und auf immer, wenigstens für den Augenblick noch abzuhalten. Hoffnung, sagt er, sei noch vorhanden, weil sie sie verbreitet hätten. Nur hätte man früher nach einer Rettung eben in der Erde gesucht ...

Jawohl, rufe ich, die Katakomben.

... doch da sei, fährt er fort, der antike Marmor und das andere, nach dem man gegraben habe, nicht zum Vorschein gekommen, so daß man jetzt, falls man so sagen könne ...

Aber sicher, rufe ich, aber selbstverständlich.

... also jetzt, sagt er, haben wir unsere Hoffnung sozusagen auf die Luft gesetzt.

Sie meinen, frage ich.

Jawohl, sagt er und schwingt seinen Stock.

Und wie, frage ich, wenn man fragen darf, meinen Sie ...

Ganz einfach, sagt er, ich meine das so. Und zeichnet mit dem Stock etwas Steilaufschießendes, Hohes, Spitzes in den Staub, in dem wir stehen. Sie erkennen es, fragt er.

Der Turm, frage ich.

Ja, sagt er, der Turm. Auf den wird jetzt gehofft, von allen. Auch in diesem Augenblick sitze man in den Häusern und hoffe. Man zeige sich bloß nicht.

Sie meinen, es gibt hier noch eine Bevölkerung, frage ich.

Ja, sagt er, das stimmt.

Sie meinen, frage ich, da drin. Und klopfe noch einmal an das Haus.

Kommen Sie, sagt er, schauen Sie selber. Und tritt an das winzige, halboffene Fenster des Hauses und winkt mich zu sich. Und da ich selbst schon so nahe an dem Haus – ich will es nicht beschreiben – bin und ja auch schon ein paarmal, wenn auch flüchtig, mit der Faust daran geschlagen habe, höre ich auf ihn und folge ihm ans Fenster, das er für mich nach innen aufstößt. Und als ich, aus einer Art Respekt oder Scheu, zögere, in das fremde und offensichtlich also *doch* bewohnte Haus hineinzuschauen, kommt es zu einer der Vertraulichkeiten, die ich schon gefürchtet hatte. Ehe ich es nämlich verhindern kann, greift er mir mit seiner unbestimmten, aber warmen Pfote einfach ins Genick und schiebt meinen Kopf einfach durch das Fenster, einfach in das Haus hinein.

He, was machen Sie denn, lassen Sie das doch, rufe ich, wie ich am Klang meiner Stimme, an ihrem Echo höre, schon im Inneren des Hauses. Und versuche, seine Hand, die mich nicht nur ekelt, sondern die mir auch wehtut, abzuschütteln. Aber, *signor,* ich tue Ihnen doch nichts, ich will Sie doch nur auf eine Eigentümlichkeit hinweisen, ruft der Kustode mit so viel Kraft, daß ihm lauter Speichel vom Mund fliegt. Sehen Sie sie, fragt er und lockert seinen Griff ein wenig.

Sehen, rufe ich, aber was soll ich denn sehen?

Aber, *signor,* ruft er, Sie haben doch eben selber noch danach gefragt.

Sehen, rufe ich, aber was soll ich denn sehen?

Nun, sagt er, natürlich die Antwort auf Ihre Frage.

Und was, rufe ich, hatte ich gefragt?

Aber ob der Ort noch bewohnt ist, hatten Sie natürlich gefragt, sagt er und zieht an seiner Zigarette.

Sehen, rufe ich noch einmal, und wie soll ich etwas sehen, wenn Sie mich im Nacken so drücken? Und tatsächlich bin ich, durch Nackendrehen und -wenden, viel zu sehr damit beschäftigt, mein Genick aus seinem Griff zu befreien, als daß ich etwas *sehen* könnte.

Da, ruft er, in dem Zimmer. Man könne nämlich *beides* sagen. Da das Haus natürlich nur ein Zimmer habe, sei beides ja ein und dasselbe. Es heiße *dammuso,* habe eine Tür und, wenn überhaupt, nur ein Fenster. Die ganze Familie lebe darin, zusammen mit den Tieren, falls es welche gebe. Sehen Sie es jetzt, fragt er.

Sehen, rufe ich, aber was soll ich denn sehen? Und habe nur einen Gedanken: wie kannst du deinen armen Hals aus seinem Griff befreien?

È be, natürlich das da, sagt er und zeigt über meine Schulter weg in eine Ecke des *dammuso.* Wo ich dann, als sich meine Augen an die Dunkelheit des niedrigen engen und übelriechenden Raumes gewöhnt haben und ich mich, mit weit vorgestrecktem, sozusagen selbständig gewordenen Kopf – er hängt in einer anderen Welt – darin umschaue, auf einer neben der Tür in die Mauer eingelassenen eisernen Stange, wie seltene Vögel in einem verdunkelten Käfig, tatsächlich vier oder fünf oder sechs hagere alte Weiber, die zahnlosen Mäuler gefletscht, die Wangen hohl und eingefallen und die verödeten und entfleischten und mit viel zu viel Haut behangenen Hälse wie zum Singen vorgestreckt, reglos dahocken und vor sich hinstarren sehe. Da erschrecke ich natürlich tief. Und habe, nachdem mir die verschiedensten Gedanken in die verschiedensten Richtungen durch den Kopf geschossen sind, einen Augenblick den außerordentlichen Eindruck, daß die Gestalten in dem *dammuso* auf eine mir nur noch nicht einsichtige Art entweder künstlich hergestellt oder tot sein müssen. Ja, denke ich, entweder tot oder künstlich hergestellt. Doch da ich nicht sicher bin und mich nicht lächerlich machen möchte, erwähne ich diesen ersten Eindruck dem Kustoden gegenüber vorläufig nicht. Ja, nicht einmal meiner Frau, die auf der Straße geblieben ist, rufe ich den Eindruck zu, sondern behalte ihn erst einmal für mich. Was ist es, frage ich nur.

Aha, ruft er, es interessiert Sie?

Ja, sage ich, was ist es? Mir können Sie es sagen.

Nun, sagt er, indem er mich, absichtlich oder nicht, mit dem kleinen Finger ein wenig am Ohr kitzelt, es sind natürlich die früheren Bewohner des Hauses. Sie werden eingeschlafen sein. Und läßt bei diesen Worten – endlich, endlich – meinen Nacken los.

Eingeschlafen, rufe ich und ziehe meinen befreiten Kopf rasch aus dem *dammuso* heraus. Und da ich immer noch denke, daß die Gestalten entweder tot oder künstlich hergestellt, also aus einem anderswo unbekannten, möglicherweise nur hier vorkommenden Material vielleicht in einzelnen Teilen, sagen wir, geschnitzt oder gedrechselt und dann ineinandergesteckt, mit losen, weiten, schwarzen Tüchern behängt und auf die Stange gesteckt worden sein könnten, sage ich, indem ich mir den Schweiß von der Stirn wische, daß man das deutsche Wort »eingeschlafen« in diesem Fall doch gewiß auf eine besondere Art, also *à la sicilienne,* auf jeden Fall aber anders als gewöhnlich verstehen müsse, oder? Für einen Italiener, sage ich, sprechen Sie zwar ein außergewöhnlich gutes Deutsch, dem man Ihre vielen Jahre in Frankfurt jederzeit anhört, aber ab und zu muß man Ihre Worte, wie das Wort »eingeschlafen« zeigt, doch wohl anders verstehen als gewöhnlich. Also, rufe ich und poche ein paarmal gegen die Häuserwand, wie muß das Wort *eingeschlafen* hier verstanden werden?

Nun, natürlich der Hitze wegen, antwortet der Kustode und wischt sich, da er sich nun auch selber wieder an die Hitze erinnert, den Schweiß von der Stirn. Die Hitze, sagt er, spüren Sie doch, oder? Die muß man Ihnen doch nicht erklären?

Nein, nein, die Hitze spüre ich schon, sage ich und habe einen Augenblick wieder den Verdacht, daß der Kustode sich über mich lustig macht. Hören Sie, rufe ich dann, nachdem ich meinen Kopf, diesmal aus eigenem Antrieb, noch einmal tief in das *dammuso* hineingetaucht und gleich wieder herausgezogen habe, wahrscheinlich sind meine Augen nicht mehr das, was sie waren, doch leider kann ich das da drinnen nicht sehr gut erkennen. Doch interessiere ich mich sehr dafür, oh ja, das müssen Sie mir glauben.

Aha, sagt der Kustode und klopft mit seinem Stock ein paarmal an das Haus, da sind Sie also doch froh, daß ich mitgekommen bin?

Auf jeden Fall, sage ich, ist mir das alles neu.

Nicht wahr, sagt er, selbst im Dom von Palermo sieht man so etwas kaum.

Ja, sage ich, aber was ist es? Denn ich werde nicht klug daraus. Man macht sich natürlich so seine Gedanken und stellt Vermutungen an, aber ...

Sie tappen im dunkeln, fragt er.

Ja.

Gut, sagt er. Ausgezeichnet, sagt er.

Wie, frage ich.

Weil ich Ihnen da, sagt er, helfen muß.

Ja, sage ich, das wird das beste sein.

Also, sagt er, was wollen Sie wissen?

Nun, sage ich, zuerst würde mich besonders eines interessieren. Wenn die Frage für Sie, der Sie ja hier zu Hause sind und alle Hintergründe kennen, vielleicht auch etwas seltsam klingt.

Immer fragen Sie, fragen Sie, ruft er.

Nämlich folgendes, sage ich. Sie gestatten doch, daß ich die Frage etwas vereinfacht stelle.

Sie können, sagt der Kustode, die Frage stellen, wie es Ihnen am bequemsten ist.

Sie klingt aber, sage ich, wenn ich sie so vereinfacht stelle, etwas ungewöhnlich, wenn nicht sogar dumm.

Das macht nichts, sagt er.

Also, vereinfacht und direkt gestellt, lautet die Frage so, sage ich. Sind es Menschen oder nicht, und lebt es, oder ist es schon gestorben?

Nun, sagt der Kustode, den meine Frage nicht weiter

zu befremden scheint, kaum daß er ein klein wenig lächelt, Menschen sind es natürlich, warum nicht? Die einerseits, sagt er, auch noch leben, während sie andererseits natürlich längst tot sind.

Künstlich hergestellt, frage ich, sind sie also nicht.

Nein, sagt er nach einigem Nachdenken, bei dem er sich mit den Rockärmeln, einmal rechts, einmal links, über die Stirn wischt, künstlich hergestellt sind sie nicht.

Aha, sage ich. Ich hatte einen Augenblick nämlich diesen Eindruck, aber es war wohl bloß die Hitze. Wissen Sie, so eine Hitze sind wir einfach nicht gewöhnt.

Ich weiß, sagt er. Und nach einer kleinen Pause noch einmal: Nein, künstlich hergestellt sind sie nicht. Obwohl man, wenn man, wie soeben ich, ein wenig darüber nachdenkt, sehr wohl zu so einem Ergebnis kommen könnte, und *Die auf der Stange*, in ihren Betrachtungen und Überlegungen, wahrscheinlich auch selber schon manchmal zu dem Ergebnis gekommen sind, vielleicht künstlich hergestellt oder doch tot zu sein.

Denken sie denn noch nach, frage ich.

Nun, ob sie nachdenken oder nicht, kann man von außen natürlich nicht wissen, sagt der Kustode, aber möglich ist es schon.

Und wie lange, frage ich, sitzen sie hier schon?

Oh, schon lange, sehr lange, sagt der Kustode, nachdem er etwas nachgedacht hat. Manche schon dreißig, vielleicht vierzig, ja, an die fünfzig Jahre. Und fast ganz ohne auszugehen. Sie wissen, fragt er, daß es Frauen sind, sozusagen?

Ich hatte es mir gedacht.

Ja, sagt er, es sind oder wenigstens *waren* es einmal Frauen, deren Männer vor dreißig oder vierzig oder fünfzig Jahren gestorben oder umgekommen oder umgebracht worden sind.

Umgebracht, rufe ich, schau an.

Ja, leider, sagt er, indem er sich am Hals kratzt. Zwar nicht überraschend und auf einmal, sondern nach und nach, falls ich mich richtig ausdrücke. Es sind damals alles Bauern gewesen. Erst hat man ihnen das Wasser abgegraben, dann den Brunnen vergiftet, dann die Scheune angesteckt, dann hat man, immer hinten, immer links, ihrer Kuh ein Bein abgesägt, und schließlich ... Nun, schließlich ...

Aha, sage ich. Und wie ... Aber das ist doch ... Maria, rufe ich, indem ich meinen Kopf rasch noch einmal in das *dammuso* hineinstecke und mir die ganze Ungeheuerlichkeit dieses Anblicks nach und nach aufgeht, komm doch, Maria, schnell! Schau, was für ein interessantes Zimmer uns der Herr hier zeigt. Es heißt *dammuso* und steht in keinem Reiseführer. Nein, rufe ich, ganz sicher nicht. Man darf aber, wenn man einmal hier ist, hineinschauen. Gleich neben der Tür ist eine Stange, auf der etwas hockt, wahrscheinlich Frauen. Manche, stell dir vor, schon seit fünfzig Jahren, ganz ohne sich zu rühren. Ihren Männern hat man erst die Brunnen vergiftet, dann hat man sie umgebracht, doch wurde das nie bewiesen. Und an die frische Luft kommen sie auch nicht mehr, nicht wahr, frage ich den Kustoden.

Ja, leider kommen sie wenig an die frische Luft, sagt er, indem er ein paar Fliegen beiseitefächelt, eigentlich fast gar nicht.

Hörst du, Maria, rufe ich. Und stell dir vor, so lange, wie sie nicht mehr ausgegangen sind, haben sie auch nicht gedacht. Doch das Denken ist nicht bewiesen, das wird nur angenommen. Die Folge ist, daß sie jetzt, wie der Herr hier sagt, weder tot noch lebendig sind.

Ach was, *der Herr,* was soll das, ruft der Kustode und winkt ab. Ich heiße Giovanni, aber wenn Sie wollen, können Sie auch *Herr Hans* zu mir sagen. Und Sie, *signora,* sagt er, indem er sich an meine Frau wendet, sollten ruhig näher kommen und gleichfalls in das *dammuso* hineinschauen, es ist ganz ungefährlich. Und für *Die auf der Stange* kann es nur nützlich sein, wenn man sie besichtigt, daran müssen sie sich gewöhnen. Und nachdem er sich breitbeinig hingestellt und den Spazierstock zwischen die Beine genommen hat, erzählt er: Es seien die ältesten Frauen von D., die allesamt zu der unglücklichen Klasse der *Katzenfresser* gehörten und die jemand hier für uns alle auf einen Haufen, alle auf die Stange gesetzt habe. Wer, sage er aber nicht.

Ach, sage ich und winke ab, das brauchen Sie auch gar nicht zu sagen, das wissen wir ja auch so.

So, sagt er, und wer hat sie auf die Stange gesetzt?

Sie selber natürlich, wer sonst, rufe ich.

Doch der Kustode, der aus irgendeinem Grund nicht zugeben will, daß er selbst die Frauen für uns auf die Stange gesetzt hat, winkt ab. Also, sagt er nur, also. Und fängt dann, weil es versprochen war, uns alles zu erklären an. Also daß sie insgesamt dreihundertfünfundachtzig Jahre gelebt und dreiundsiebzig Kinder geboren hätten, wovon sie neunundfünfzig, meist unter tragischen Umständen, gleich wieder verloren hätten. Zum Beispiel habe die Signora Sale, die links von der Tür, zwei ihrer elf Kinder, allerdings bloß Mädchen, in einen damals gerade wasserreichen Fluß laufen lassen müssen, weil sie alle elf nicht habe ernähren können. Und die mit dem Fächer, die Signora Farina, habe sogar, was natürlich noch viel tragischer sei, zwei erwachsene Söhne verloren, einen durch einen Flintenschuß, den anderen durch ein Messer. Wir brauchten also nicht überrascht zu sein, wenn sie so versteinert wären. Das besonders Tragische an ihrem Fall aber sei, daß beide sozusagen für die Politik, und zwar für die jeweils entgegengesetzte Richtung, gestorben seien, also sich gewissermaßen gegenseitig umgebracht hätten. Jetzt trüge sie ihre Photographien immer bei sich. Und ob ich sie gesehen hätte, sie lägen in ihrem Schoß.

Ja, natürlich, sage ich, obwohl es in dem *dammuso* natürlich viel zu dunkel ist, als daß ich die Photographien hätte sehen können.

Jedenfalls, erzählt uns der Kustode, indem er sich mit der flachen Hand Luft zufächelt, kriechen sie über Mittag hier zusammen und ruhen sich von ihren Einzeltragödien aus, die sie in den meisten Fällen sowieso schon vergessen haben.

Da leiden sie also auch nicht mehr, frage ich.

Dochdoch, sagt er, sie leiden schon. Aber nicht mehr aus einem bestimmten Grund, sondern eher aus Gewohnheit, ganz allgemein.

Und das einzelne haben sie vergessen?

Alles, ruft er, alles. Deshalb habe ich ja eben auch so lange nachdenken müssen, ehe ich Ihre Frage, ob sie noch am Leben sind, beantworten konnte, sagt er. Und macht mich dann schnell noch auf ihr glänzendes Haar aufmerksam, das sie, wie es hier seit je der Brauch sei, für uns mit Tierfetten eingerieben hätten, was das Kämmen und Flechten erleichtere. Und dann, wieder an meine Frau gewendet: Schauen Sie sich die Haare doch an, *signora,* als Frau wird Sie das interessieren.

Aber meine Frau, der Hitze wegen oder wirklich aus Furchtsamkeit oder weil ihr übel ist oder sie mich verletzen oder mir schaden will, weigert sich, an das Fenster zu kommen und in das *dammuso* zu schauen. Nein, sagt sie, ich will nicht, nein. Aber du kannst es dir doch anschauen, sage ich, es ist doch nichts dabei.

Nein, sagt sie, ich will es mir nicht anschauen.

Sondern, frage ich.

Ich will nach Haus.

Wohin will die Signora, fragt der Kustode.

Nach Hause, sage ich, ins Hotel.

Aber das ist unmöglich, ruft er, wir gehen ja zum Turm, hat sie das denn vergessen? Kommen Sie, sagt er und faßt mich beim Ärmel, gehen wir zum Turm!

Keine Angst, wir gehen schon zum Turm, da brauchen Sie mich nicht am Ärmel zu ziehen, sage ich. Und über das, was meine Frau sagt, sollten Sie sich keine Gedanken machen. Sie ist etwas verstimmt, das ist alles.

Verstimmt, sagt der Kustode zu meiner Frau, das sollten Sie nicht sein. Und nicht in das *dammuso* hineinzuschauen, schade nur ihr selber, weil es sowohl lehrreich wie interessant wie ungefährlich sei. Außerdem schliefen sie ja alle.

Lassen wir meine Frau, sage ich und winke ab, sie ist nicht gut aufgelegt. Und daß es meinetwegen sei, daß sie nicht in das *dammuso* hineinschauen wolle. Sie habe nämlich, um mich zu ärgern, eine kleine Dummheit gemacht, so daß wir für den Augenblick ein wenig *zerstritten* seien. Deshalb höre sie jetzt auch nicht auf mich, deshalb wolle sie mich bestrafen. Nicht, Liebes, du willst mich bestrafen, sage ich zu meiner Frau, aber sie antwortet nicht.

Nun, das kommt überall vor, sagt der Kustode und streicht sich über den Bart, der, wie sein Haar, parfümiert ist. Und dann fällt ihm ein, daß man das *dammuso* und *Die auf der Stange* auch photographieren könne. Da könne sich die Signora die Bilder dann später, wenn wir uns wieder versöhnt hätten, anschauen. So wie man sie auch Bekannten zeigen und sie auf die hochinteressanten photographischen Motive, die es in dem touristisch noch völlig unerschlossenen D. gebe, hinweisen könne. Er könne sich vorstellen, daß eine Aufnahme durch das Fenster hindurch ... Oder nicht, fragt er.

Nein, sage ich, das will ich nicht.

Falls es wegen der Dunkelheit ist, sagt er, so kann man *Die auf der Stange* auch näher ans Fenster rücken.

Nein, es ist nicht wegen der Dunkelheit, sondern ... überhaupt, sage ich und schiebe seinen Vorschlag beiseite, denn ich habe mich entschlossen, *Die auf der Stange nicht* zu photographieren. Und dann schiebe ich ihn auch selber weg, er atmet mir viel zu frei ins Gesicht. Und frage mich, ob meine Frau nicht recht hat, wenn sie nach Hause will, ich meine: ins Hotel.

Denn eigentlich, sage ich und schaue auf meine Uhr, doch kaum fällt mein Blick darauf, fällt mir ein, daß sie bei unserer Ankunft hier, wahrscheinlich auf der Fähre, plötzlich stehengeblieben ist und ich seither mit der Zeit die größten Schwierigkeiten habe, aber das sage ich dem

Kustoden nicht. Sondern ich sage: Wie ich sehe, ist es später, als ich dachte. Eigentlich sollten wir wieder nach Hause gehen. Zumal wir ja nun schon einiges gesehen haben. Ja, sage ich, kehren wir um!

Umkehren, ruft der Kustode und fährt erschrocken auf. Dann schüttelt er heftig den Kopf. Aber das ist ganz unmöglich.

Wieso unmöglich?

Nein, sagt er, nicht umkehren. Sondern gehen wir, sagt er, nun zum Turm, lassen wir *Die auf der Stange*. Es wird Zeit, nun zum Turm zu gehen, ruft er und klatscht in die Hände.

Und warum zum Turm, frage ich.

Wegen der Veranstaltung, sagt er.

Und was ist das für eine Veranstaltung, frage ich.

Jawohl, sagt er.

Und warum, frage ich, sollen gerade *wir* zu Ihrer Veranstaltung gehen? Warum, frage ich, probieren Sie es denn nicht einmal bei einem anderen von den Hunderten, den Tausenden von Touristen, die den ganzen Sommer über, wenn vielleicht auch nicht in D., so doch ganz in der Nähe, in der Sonne liegen und sich schmoren lassen? Und die alle, sage ich, nichts lieber täten, als mit Ihnen zum Turm zu gehen, wenn sie nur einer fragen würde. Ja, sogar auf den Turm hinauf würden sie mit Ihnen steigen, während wir dafür ganz bestimmt nicht die richtigen sind. Schauen Sie doch, wie erschöpft wir sind! Und in so einem Zustand sollen wir, wollen Sie, daß wir ...

Jawohl, sagt er und scharrt mit den Füßen, zum Turm.

Und was soll's, rufe ich. Was ist das für eine Zumutung, uns bei dieser Hitze durch diese im Grunde völlig ungeschützte Dorfstraße hindurchzujagen? Uns in diese im Grunde ganz überflüssige Strapaze hineinzuziehen? Schauen Sie doch, wie wir schwitzen, rufe ich und zeige auf meine Stirn. Wenn ich also sage: in unserem Zustand, dann weiß ich, wovon ich rede. Was für ein Unsinn, immer wieder auf den Turm zurückzukommen, wo ich Ihnen doch sage, daß wir ihn gar nicht wollen. Warum lassen Sie uns nicht in Frieden und gehen ohne uns? Wenn diese Veranstaltung tatsächlich so einmalig ist, wie Sie behaupten, wird man unser Fernbleiben ja gar nicht bemerken. Da wird das Gedränge ja auch ohne uns schon groß genug. Sie vertrödeln nur Ihre Zeit mit uns, wenn Sie immer von diesem Turm reden und uns in eine Gegend zu locken und in eine Sache zu verwickeln suchen …

Jawohl, sagt er, zum Turm.

Also gut, sage ich, also zum Turm! Damit du dir den Turm, an den du seltsamerweise ja wirklich die ganze Zeit denkst, endlich einmal ansiehst und weißt, wie hoch, alt, verfallen etc. er ist. Und dich nicht mehr immerzu fragen mußt, warum du an den Turm denkst, sondern dann hast du ihn leibhaftig vor und dann gleich hinter dir. Vielleicht wirst du ihn rasch photographieren, und dann, denke ich, und dann … Und dann, wer weiß, vielleicht noch im Schatten des Turmes, die Verkündigung deines Trennungsentschlusses, den du in deinem armen Kopf nun schon so lange hin und her schiebst. Denn tatsächlich rücke ich die Sätze, in die ich diesen Entschluß kleiden will, in meinem Schädel, wenn auch lautlos, ständig hin und her. Und denke, das muß ein Ende haben, und daß … Und daß … Und daß …

Nun, jedenfalls wissen Sie nun, daß, allem Anschein zum Trotz, in der Ortschaft D. die Bevölkerung im großen und ganzen noch vorhanden ist, sagt der Kustode. Sie sitzt verborgen in den Häusern, und da heute der Tag ist, wartet und hofft und betet sie, daß Touristen kommen und daß diese Touristen …

Ich weiß, sage ich, die Veranstaltung. Und verspreche mich dann auch noch. Statt zu sagen: Die am Turm!, sage ich: Die in den Katakomben! Ach ja, sage ich, während wir Seite an Seite zurück auf die Straße gehen, heute werden ja *die Katakomben* gezeigt.

Nein, schreit er, indem er stehenbleibt und mit den Füßen aufstampft, falsch! Ach, gehen Sie weg, ruft er, Sie hören ja gar nicht zu. Nicht die Katakomben! *Der Turm, der Turm!* Ach ja, sage ich, Verzeihung. Der Turm, sage ich, natürlich, der Turm!

Jawohl, sagt er, der Turm! Die Katakomben, begreifen Sie das doch, ruft er und faßt mich am Arm, müssen Sie sich ein für allemal, hören Sie, aus dem Kopf schlagen, die sind für immer verloren. Doch gibt es noch andere Mittel und Wege, um Fremde, *gli stranieri,* die etwas Außerordentliches sehen und erleben und dafür zahlen wollen, hierher nach D. zu ziehen. Wenn Sie sich, fügt er hinzu, da Sie sich das Elend und die Not hier nicht vorstellen können, diese Mittel und Wege auch nicht vorstellen können. Doch dann ist für Sie ja alles unvorstellbar in diesem Teil der Welt.

5

Die Ortschaft D., die wir vor uns haben – nein, wir sind mittendrin – liegt auf den Hängen einer im Laufe von Jahrtausenden durch tektonische Bewegungen entstandenen und mit erratischen Felsblöcken, auch Gräbern durchsetzten Hügellandschaft, die, ein Beispiel von *Bruchstruktur*, auch Zeichen von häufigen Erdbeben, Erschütterungen, Vulkanismus aufweist. So daß unser Weg zum Turm einmal auf- und einmal abwärts geht und meine Frau – doch auch ich, auch ich! – bald außer Atem kommt. Und diese Ortschaft, die, wie man an dem zerfallenden und zerbröckelnden Zierwerk (barock) und an den Stukkaturen an den Obergeschossen und Dachstühlen und Balkonen der besseren Häuser sieht, einmal ein hübscher und wohlhabender Marktflecken gewesen sein muß, ist jetzt das Gegenteil. Im Wind klappert zum Beispiel ein blindes Fenster.

Es ist ja nichts, sagt der Kustode, achten Sie doch nicht darauf.

Viele Türen, auch Fenster, sind mit Brettern vernagelt, aber selbst diese Bretter sind verwittert und verquollen oder herabgerissen. Dann stoßen wir auf eine alte Kirche, aber wo ist ihr Turm? Darauf der Kustode, der auf meine Frage hin sich schief gegen den heißen Wind stellt und sich leicht vor mir verbeugt und sich für den Kirchturm entschuldigt, aber wo er sei, wüßten sie alle nicht. Er wird eben, sagt er, eines Tages einfach zusammengefallen sein.

Zusammengefallen, rufe ich.

Sehr richtig, sagt er.

Bitte, sage ich. Und stoße im Gehen, einmal rechts, einmal links, einen kleinen Stein vor mir her. Nein, immer noch keine Menschen! Aber Zeichen von Menschen dann und wann, Signale, daß hier Menschen sein könnten. Ein Holzpflug zum Beispiel in einer dunklen Wölbung, wo auch Bretter stehen, daneben ein altes Stiefelpaar und vor einem Tor ein Karren mit Blumentöpfen, welche aber leer sind.

Und da drüben, sagt der Kustode und legt seine Linke auf sein Geschlechtsteil, ist der Sterbeverein.

Der was, rufe ich.

Jawohl, sagt er.

Und wenn wir, wie es manchmal möglich ist, durch die Lücken zwischen den Häusern hindurchschauen, schauen wir weit in ein freies Land mit Feigenbäumen, Kakteen, Magnolien, Palmen, Oleander, Mimosen. Später dann, im Höhersteigen, der Kustode zwischen uns, die rote Schärpe zwischen uns, aber auch die Auseinandersetzung mit meiner Frau über die Kinder, *das Kind* zwischen uns, das ich nicht auf der Welt haben will. Aber diese Auseinandersetzung habe ich längst an die Innenseite meines Kopfes verlegt. In meinem Kopf, an seinen inneren Rändern, sage ich also zu meiner Frau, ob wir nun zusammenbleiben oder nicht, du selbst hättest das Bedürfnis haben sollen, *das Unerwünschte*, das sich zwischen uns und unser Glück drängen will, so rasch wie möglich entfernen zu lassen, ich kann mich über dein Zögern nur wundern. Und daß sie sich, wenn es vorüber ist, einmal richtig verwöhnen und belohnen, sich also beispielsweise endlich wieder einmal richtig *ausschlafen* soll. Denn weder sie noch ich haben, seit wir auf der Insel sind, ordentlich schlafen, weder sie noch ich haben *einschlafen* können. Wer weiß, will ich sagen, vielleicht gibt dir der Arzt etwas, das dich ein wenig entkrampft, damit du dich, wenn auch nur vorübergehend, besser, ja *glücklich* fühlst.

Über diesem Gespräch, das ich mit mir selber führe, kommen wir an eine Seitengasse *(vicolo)*, die sich nur durch eine womöglich noch größere Anhäufung von Schmutz von der Hauptstaße unterscheidet. Das heißt, die Hausmauern sind noch verschmierter und verdreckter, die Dächer noch zerfallener und durchlöcherter, und noch mehr Kot liegt vor den Türen, so daß es meiner Frau ungefähr bei dem Wort *glücklich* plötzlich übel wird.

Übel also, frage ich.

Ja, sagt sie.

Also gut. Ich nehme sie am Arm und führe sie in eine Straßenecke. Es muß raus, sage ich. Und: Hier kannst du es unauffällig erledigen, sage ich und schiebe sie in die Ecke hinein, während der Kustode ein paar Schritte weitergeht. Und sie bemüht sich dann auch redlich, während ich mit den Kameras, die Hände in die Taschen geschoben, mit langen Schritten im Halbkreis um sie herumgehe. Und mich schließlich hinter sie stelle und ihr zeitweilig – sie beugt sich sehr tief – die Hände halte und mir des Gestankes wegen – es ist eine Fäkalienecke – eine Zigarette anzünden und sie im Mund behalten muß. Und mich bei dem Kustoden, der beiseitegetreten ist und uns den Rücken kehrt und mit seinem Stock etwas in den Dreck malt, das ich aber nicht erkennen kann, schon ganz energisch gegen alle weiteren Zumutungen verwahren und die übelkeitserregende Besichtigung des Ortes D. schon abbrechen will. Doch da habe ich wieder: Der Turm!, gedacht, den solltest du dir vielleicht erst noch anschauen. Denn auch nach der Besichtigung des *dammuso* hat mich, ich weiß nicht warum, der Gedanke an den Turm noch beschäftigt. Ja, sogar während ich an die notwendige Unterbrechung der Schwangerschaft denke, denke ich gleichzeitig auch noch an den Turm. Und da der Kustode still ist und meine arme Frau sich in ihrer Ecke plagt, ist meine Vorstellung von der Veranstaltung am Turm plötzlich ganz deutlich. Mit Fahnen oben, um den Eindruck zu beleben, doch auch unten, um den Turm herum. Und die Leute, die *Katzenfresser,* sind aus ihren *dammusi* hervorgekrochen und haben auch Fahnen mitgebracht und laufen, ihre Fahnen schwingend, vor dem Turm herum. Ein Volksfest wird vorgetäuscht, so stelle ich mir das vor. Bis meine Frau, die nichts mehr bei sich hat, wieder aus ihrer Ecke hervorkommt.

Ich will zurück, sagt sie.

Zurück, frage ich, warum?

Ins Hotel, sagt sie.

Und warum ins Hotel, frage ich.

Ich will mich, sagt sie, niederlegen.

Niederlegen, rufe ich, um diese Zeit, in diesem grauenhaften Zimmer.

Ja, sagt sie, ich will mich niederlegen.

Später, sage ich.

So daß wir, statt hier umzukehren – noch wäre es möglich gewesen – weitergehen, den Hügel hinauf. Während wir *vor* ihrer Übelkeit aber zu dritt, zeitweilig im gleichen Schritt auf dieser entsetzlichen Insel, in breiter Front nebeneinander her gegangen sind, lassen wir den Kustoden, der ganz besessen von dem Gedanken ist, uns seinen Turm zu zeigen, *danach* vor uns gehen. Eine gesetzte Persönlichkeit in viel zu engen, zu glänzenden, zu blank gewichsten Hosen, wie wir nun auch von hinten sehen. Meine Frau und ich, sie eng an mich geschlossen, die Fingernägel in meinen Arm gekrallt, folgen ihm nach. Ganz von selbst hat sie mir ihren Arm, den sie mir in ihrem Abscheu über mein verheimlichtes Kind bis jetzt verweigert hatte, nun wieder überlassen. Und ich habe ihr, um sie zu beruhigen, noch einmal versichert, daß ich dieses Kind nicht gewollt hatte, sondern daß es gegen meinen Willen, also auf Grund einer berechnenden Mutter, die sich möglicherweise einen Ehemann hat verschaffen wollen, zur Welt gekommen sei. Und um zwischen uns eine neue Gemeinsamkeit herzustellen, flüstere ich ihr zu, daß *auch ich* diese Besichtigung der Ortschaft D. verabscheue und am liebsten umkehren möchte, füge aber hinzu, daß es unklug wäre, den Kustoden, »der wahrscheinlich ein unberechenbarer und launenhafter, vielleicht auch jähzorniger und gefährlicher Mensch ist«, vor den Kopf zu stoßen und den Gang abzubrechen, ehe der Turm erreicht ist.

Und diesen Turm, weißt du, da bin ich ganz offen, möchte ich gerne sehen, sage ich.

Und male ihr, da sie nichts sagt und den Turm *nicht* sehen will – wahrscheinlich gibt es nichts auf der Welt, das sie weniger interessierte – den Turm dann aus, so wie ich ihn mir denke, nämlich als den einzigen festen Punkt in einer in der Hitze zerfließenden Landschaft. Und erkläre ihr, daß eine Rückkehr ins Hotel, das sie ja kenne und das sie sich nun bitteschön einmal bei Nacht vorstellen möge mit der *piazza* und ihren Ekelhaftigkeiten schattenhaft vorm Fenster, bestimmt auch nicht besser sei. Erinnere dich doch, rufe ich.

Nein, sagt sie, ich will mich nicht erinnern.

Siehst du, sage ich. Und fahre dann ungefähr fort: Gewiß, was wir bis jetzt auf unserem Gang gesehen hätten und noch sähen und vielleicht noch sehen werden, sei entsetzlich, wird entsetzlich sein, aber wer könne ihr garantieren, daß das, was wir in oder vor dem Hotel sehen oder erleben würden, weniger entsetzlich wäre? Vielleicht sei das vor und in dem Hotel noch entsetzlicher als das auf unserem Gang. Jedenfalls könne ihr das Gegenteil keiner garantieren. Und dann ist es ja auch so, füge ich hinzu und mache eine kleine Pause und überlege mir, wie ich es sagen soll, bis ich dann ungefähr sage: Es ließe ihr der Zustand, in dem sie sei, jetzt *alles* entsetzlich erscheinen und *darin,* und nicht in dem Elend um sie herum, liege der Grund ihrer Bestürzung. Mir, sage ich, geht es da anders. Für mich, der ich früher natürlich auch viel mehr herumgekommen und mit den Verhältnissen in drei Kontinenten durch und durch vertraut sei, sei nur ärgerlich bis lästig, was für sie erschütternd bis tragisch sei. Sie sei bis jetzt eben, vom Leben verwöhnt, eine Träumerin gewesen, für die der kalte Raum Welt, wenn er dann plötzlich vor ihr geöffnet werde, doppelt erschreckend sei. Für mich sei er nichts Neues. Und auch die *Katzen-*

fresser selber hätten sich schon an viel, ja an alles gewöhnt und seien mit ihrem Schicksal, wenn nicht zufrieden, so doch einverstanden.

Was ich sagen will, flüstere ich ihr im Weitergehen zu, sie leiden nicht mehr daran, wofür man dem lieben Gott ja eigentlich danken sollte. Denn unsere Hoffnung, im Laufe einer allmählichen Verbesserung der Weltverhältnisse könnten sich auch ihre Verhältnisse verbessern, hat sich in den letzten Jahren, wenn wir ehrlich sind, historisch als ein Irrtum erwiesen. Hoffnung, rufe ich, ist für sie nicht mehr am Platz, sondern das Gegenteil. Das einzige, was jetzt noch interessant ist, ist nicht die Frage, ob man sie, sondern wie viel tiefer man sie noch hinunterdrücken wird. Ja, sage ich, manchmal möchte man gerne wissen, wie viel tiefer es noch geht.

Bei diesen Worten bleibt der Kustode plötzlich stehen, um, nachdem er mit seinem Stock auf eine Ratte eingeschlagen hat, auf uns zu warten. Sie war aus einem Mauerriß hervor- und uns so nahe gekommen, daß wir ihr Herz ganz deutlich haben schlagen sehen. (Es hat sehr kräftig und sehr rasch geschlagen, das kleine Rattenherz.) Und fragt uns, als wir bei ihm sind, ob er jetzt wieder neben uns gehen dürfe, weil wir nun gleich an einen Platz kämen, der früher hier der Markt, *il mercato,* gewesen sei und den er uns erklären müsse.

Den Markt erklären, rufe ich und kann ein Lächeln nicht unterdrücken.

Ja, sagt er, und das Findelhaus.

Und der Turm, rufe ich, haben Sie den Turm vergessen?

Keine Angst, sagt er, den vergesse ich nicht.

Und wo bleibt er, Ihr Turm, frage ich, wann kommt er endlich? Sehen Sie nicht, wie neugierig Sie uns auf ihn gemacht haben?

Nun, sagt er, indem er sich nicht ohne Stolz über den Schnurrbart fährt, der Turm kommt später.

Später, immer später, rufe ich, warum denn nicht jetzt?

Und warum er uns nicht gleich gesagt habe, daß der Turm so entlegen, auf dem Hügel so hoch oben sei. Und bei dieser Hitze, es sei ja keine Wolke am Himmel, und wir seien ganz ungeschützt und gäben etwas für einen Windstoß, einen kleinen, kühlen. Und ob wir unter diesen Umständen, sage ich und will ihn fragen, ob wir den Turm denn nicht *zuerst* und erst *danach,* falls es noch nötig sei, den Markt und das Findelhaus sehen könnten, aber er läßt mich meine Frage gar nicht erst stellen.

No, signor, sagt er mit überraschender Festigkeit und Entschiedenheit, erst das Findelhaus und dann den Markt und dann, wenn es recht ist, der Turm.

Bitte, sage ich.

6

Das Findelhaus, auf das er solchen Wert legt und das er uns dann zeigt, indem er nach ein paar Schritten gleich wieder stehenbleibt und, die Beine gespreizt, mit dem Stock auf ein etwas zurückgebautes zweistöckiges Gebäude am rechten Straßenrand weist, das einmal hell angestrichen war und nun verwittert, eingetrübt und verdüstert hinter einer brusthohen Mauer in einem verkommenen, kniehoch zugewachsenen Garten selber sozusagen verwaist dasteht, stamme, erklärt er uns, während wir ans Tor treten und durch das Gitter schauen, aus dem frühen 18. Jahrhundert und sei, teils privat, teils geistlich verwaltet, kürzlich noch in Betrieb gewesen. *Tutto questo funzionava,* ruft er und zeigt mit seinem Stock durch das Tor hindurch. Und in dieses Findelhaus, erzählt er uns – während ich ihn verfluche, denn warum, frage ich mich, muß er, wo meine Frau schwanger ist und das Kind nicht auf die Welt darf und wir vor unserer Trennung stehen, jetzt von einem *Findelhaus* reden? – also hierher hat man jahrzehntelang alle unerwünschten, alle *überflüssigen* Kinder gebracht, sagt er und zeigt auf den Garten. Sie werden mir, fährt er fort, an meine Frau gewendet, die Hand aufs Herz gelegt, den Ausdruck *die überflüssigen Kinder* vergeben, *signora,* aber es ist die genaue Übersetzung aus dem hiesigen Dialekt. Überhaupt möchten wir ihm seine direkte Art vergeben, doch er habe in Frankfurt gelernt, sich direkt und geradezu auszudrücken, statt, was ihm gemäßer sei, in Gleichnis, Bild und Poesie. Und dann habe es bei ihnen ja in der Tat seit je sehr viele *überflüssige* Kinder gegeben, daran habe sich auch nichts geändert. Weil man hier, sagt er, vom *Geschlechtlichen,* Sie vergeben das Wort, ruft er, sozusagen ganz durchdrungen sei, weil dieses *Geschlechtliche* hier der einzige Grund und Beweis von Leben, von Dasein sei. Nebenbei: wie viele Kinderchen hat die Signora denn?

Ich trete, um die Frage auf mich zu nehmen, sofort einen Schritt vor. Ein Kind, sage ich.

Nur eins, ruft er und zieht die Brauen hoch.

Jawohl.

Und ist es, fragt er, ein Junge oder ein anderes?

Ein anderes, sage ich. Und wiederhole noch einmal: Ein Kind, ja ein Kind.

Nun, sagt er, die Signora ist ja auch noch jung, Kinderchen können ja noch kommen. Also, sagt er dann mit plötzlich verdüstertem Gesicht: *Die Kindsweglegung.*

Die was, rufe ich.

Die, sagt er, erkläre ich jetzt.

Offensichtlich, sage ich, handelt es sich dabei wieder um etwas ...

Jawohl, sagt er, sehen kann man es nicht.

Um etwas Scheußliches, frage ich.

Jawohl, sagt er, *con l'imaginazione.*

Ist es wirklich nötig, frage ich.

Und historisch, ruft er. Nämlich hier, sagt er und winkt uns näher. Näher? Wir zögern noch. Näher, bitte, näher, ruft er. Also näher, bitteschön! Wobei man den begreiflichen Wunsch nach Anonymität der Wegleger dadurch respektiert habe, fährt er fort, daß man hier, und das ist das Historische, hier, ruft er, sehen Sie! Und tritt an die hohe, warme und, wie wir sehen, oben mit grünen Flaschenscherben gespickte, im übrigen zerfallende und zerbröckelnde und, an ihrem unteren Teil von Eidechsen belebte Mauer. Und winkt uns *noch näher.* Also gut, also *noch näher.* Langsam und bedächtig, mit der Frau am Arm, die Linke an den Kameras, folge ich seinem Wink und sage mir, zu der Mauer gehst du noch, aber weiter nicht. Es ist ja, sage ich mir, nichts dabei, wenn du noch zur Mauer gehst und dir die Sache anschaust, weil ja alles schon historisch ist. Und weil wir uns ja jederzeit, falls das, was er uns zeigt, zu unerträglich werden sollte, abwenden, ihm ein Trinkgeld zustecken und weggehen können. Jawohl, denke ich, jederzeit kannst du diese Sache hier abbrechen und weggehen, zurück zum Hotel. Und alles vergessen, denke ich und trete an die Mauer heran.

Also hierher, sagt er, als wir alle drei in einer Reihe vor der Mauer stehen, und zeigt auf eine Öffnung, die gleich neben dem Tor, etwa in Brusthöhe, in der Mauer gelassen worden ist, also zu dieser Öffnung, sehen Sie, die, sagt er und zeigt darauf, gerade groß genug ist, daß man einen Säugling hineinschieben kann, sind *die überflüssigen Kinder,* meist gleich nach ihrer Geburt, zu uns gebracht und hineingeschoben worden.

Aha, sage ich, indem ich noch nähertrete, also in dieses Loch? Und kann dann nicht widerstehen und stecke meine Hand hinein und taste das Loch in der Mauer, das wie poliert ist, ab. Ganz recht, sagt er und tritt ein wenig zur Seite, in dieses Loch, in diese Öffnung. Doch nun geben Sie acht, ruft er. Es habe sich nämlich herausgestellt, daß es bei ihnen viel mehr *überflüssige Kinder* gegeben habe, als man bei dem Bau des Findelhauses und der Anbringung des Loches angenommen habe. Nicht nur in dieser Gegend, sondern auch in der weiteren Umgebung habe es sich bald herumgesprochen gehabt, daß es hier ein Loch gebe, *in welches man sie schieben kann.* Daraufhin seien von überallher die Mütter, auch die Väter gekommen, die, aus welchen Gründen immer, ihre Kinder auf unbemerkte und unblutige Art wieder lossein wollten, aber nicht nur die neugeborenen. So daß bis vor kurzem auch Drei-, Vier-, ja sogar Fünfjährige – nun vielleicht übertreibe ich hier etwas – durch diese Öffnung hier, in die Sie ruhig hineinfassen können, *signora,* es tut nicht weh, sagt er zu meiner Frau und zeigt auf das Mauerloch, gezwängt worden seien, wobei es natürlich immer wieder zu Verletzungen, ja Verstümmelungen gekommen sei. Aber das hätte ihnen ja der Verstand sagen müssen, stellen Sie sich doch vor, daß es dabei zu Verstümmelungen und Verletzungen kommt, ruft er und fährt mit seinem Stock, mit dem er eben noch die Ratte vertrieben hat, in dem tatsächlich recht engen Mauerloch herum. Ein vielleicht vierjähriges, ein vielleicht fünfjähriges Kind in so eine Öffnung stecken, stellen Sie sich das doch vor, ruft er. Kopf und Schultern passen in diesem Alter ja gar nicht mehr hinein. Und der Kinderkopf, wenn er mit Macht in so ein Loch hineinsoll, *muß* dabei ja beschädigt, zumindest abgeschürft werden. Ich frage Sie, *signora,* ruft er, indem er sich in seine Lieblingspose stellt, also breit, den Stock zwischen den Beinen, und sich wieder meiner Frau zuwendet, würden Sie es erlauben, fragt er, daß man Ihr fünfjähriges Kind, den Kopf voran ...

Neinnein, rufe ich und winke ab, lassen wir das.

Warum, ruft er, lassen Sie mich fragen.

Nicht nötig, rufe ich.

Weil so ein Kind, fragt er, nicht vorhanden ist?

Überflüssig, rufe ich.

Weil das Kind, fragt er, das vorhanden ist, nicht in diesem Alter ist?

Neinnein, rufe ich, sondern weil solche Fragen nur zu allen möglichen Mißverständnissen führen, sage ich und lege meiner Frau den Arm um die Schulter und ziehe sie an mich. Ach, denke ich, warum sind wir nicht auf der *autostrada* geblieben?

Also dann, sagt er, indem er um uns herumgeht und dann von der anderen Seite spricht, nur angenommen, die Signora hätte so ein Kind, wenn sie in Wirklichkeit auch keins hat, jedenfalls nicht in diesem Alter. Würden Sie, falls es in diesem Alter wäre, erlauben, es ist nur eine Frage, daß man es, den Kopf voran, in dieses Loch hier steckt? *Coraggio, signora,* ruft er, sprechen Sie.

Schluß jetzt, rufe ich und stampfe ein wenig auf, es ist genug.

Perchè, fragt er.

Weil wir Sie verstanden haben, rufe ich.

Doch der Kustode läßt noch nicht locker. Sondern er

rückt, von der anderen Seite jetzt, noch näher an meine Frau heran, die plötzlich helle Flecke im Gesicht, besonders auf der Stirn und an den Schläfen hat und also doch schwanger ist, oder? Um ihr seine nächste Frage mundwarm ins Gesicht zu blasen. Oder ob sie es lieber selber täte, das *bambino* in das Loch hier schieben?

Und meine Frau, bleich, blutleer, noch gefleckter, indem sie vor ihm zurückweicht, an mich gewendet: Was er will.

Hör nicht auf ihn, sage ich, gib ihm keine Antwort!

Sehen Sie, ruft er, sehen Sie! Und breiter seine Arme aus, wie bei unserer ersten Begegnung.

Da dränge ich mich zwischen sie und stoße den Kustoden mit dem Arm, mit dem ich bis jetzt die Kameras geschützt habe, derb vor die Brust, schiebe ihn weg von ihr in die Tor-, die Gitterrichtung. Das genügt jetzt, sage ich.

Der Kustode, wie er den Stoß fühlt, entschuldigt sich sofort. Er sei mißverstanden worden. Das ganze Gespräch, ja das ganze Thema sei ein Mißverständnis, was aber nicht seine Schuld sei. Er sei nun schon so lange nicht mehr in Frankfurt gewesen, daß ihm sein ganzes Deutsch wie verflogen sei. Was immer er auch sagen wolle, er würde nicht mehr verstanden. Ich öffne den Mund, ruft er, so wie ich es gewohnt bin, doch das Gegenteil kommt heraus. Immer stelle ich, ruft er, die falsche Frage. Und äußere, ruft er, das falsche Wort. Oder ob er der Signora zu nahe getreten sei, *fisicamente,* will er sagen. Hat er sie womöglich angeblasen aus dem Mund heraus? Und hält sich die Hand, *die Pfote,* vor den Mund, *vors Maul,* wie ich mir sage. Er habe nämlich keinen anhauchen wollen, am wenigsten die Signora.

Lassen wir's, sage ich und winke ab.

Nein, ruft er, das muß ich wissen.

Sprechen wir, sage ich, von einem anderen Thema.

Nein, ruft er, *per cortesia.* Um uns dann sogar – ich fürchte schon, daß er vor uns auf die Knie geht – zu versichern, daß er nicht weiterleben könne, ehe er nicht wüßte, ob die Sache vergeben sei.

Jaja, sage ich, schon gut.

Also vergeben, ruft er.

Reden wir, sage ich, nicht mehr davon.

Da legt er seine Arme um meine Schultern und drückt mich an seine Brust. *Bene,* sagt er, erledigt. Andererseits, sagt er, indem er mich wieder fahren läßt, müsse er darauf bestehen, daß alles, was er sage oder gesagt habe oder im Laufe dieses Tages oder der nächsten Tage noch sagen werde, wenn es vielleicht auch falsch aus seinem Mund herauskomme oder herausgekommen sei, die reinste Wahrheit sei und er mit keinem Wort übertreibe und es in D. tatsächlich Leute gebe, die *heute noch* an Verstümmelungen, größtenteils der Köpfe, litten, die ihnen, als Kindern, bei ihrer Weglegung ins Mauerloch im Findelhaus der *Annunciata* in D. zugefügt worden seien. Und die heute noch, ruft er, das enge Loch verfluchen, durch das sie an ihrem Anfang hindurchgemußt haben, wie auch die zwei Paar Hände, also sowohl das, das sie auf der einen Seite hineingesteckt, wie auch das, das sie auf der anderen wieder herausgezogen ... Und daß er uns diese Leute, wenn wir wollten, heute abend, vor oder nach der Veranstaltung vorführen, vorstellen, zeigen ...

Ich, mit meiner entschiedensten Geste: Schluß jetzt, rufe ich, neinneinnein!

7

Worauf wir hastig, ja überstürzt und beide mit hochroten Köpfen und ohne wegen einer angeblich sehenswerten Fenstereinfassung – barock – auch noch von der anderen Seite an das Findelhaus heranzutreten, weitergehen, diesmal ich in der Mitte. Also gut, da gehen wir, zum Turm, wie ich hoffe. Mein anfänglicher Eindruck, daß der über der Insel liegende Aasgeruch immer dringlicher wird, hat sich dabei verstärkt und damit die Vermutung, daß es, wenn nicht in dem Ort, so doch um den Ort herum dies und das an Verwesendem gibt. Und ich habe mir, im Weitergehen, unter dem schon beschriebenen Himmel, so meine Gedanken gemacht, sowohl über die Person zu meiner Linken, wie auch über die zu meiner Rechten, und schließlich auch über mich. Zu meiner Linken ist der Kustode gegangen, kleiner, doch gesprächiger als ich, und hat beim Gehen ein Bein nachgezogen und mit seinem Stock Linien in den Staub gemalt. Eine, wie ich nun weiß, *noch* undurchsichtigere und vielfältigere Erscheinung, als ich im »Speisesaal« angenommen hatte. Aber dann, sage ich mir, muß ja jeder Versuch scheitern, sich einen Menschen, und sei es der allereinfachste, als ein rundes und lückenloses und gut überschaubares Ganzes vorzustellen, weil es immer Risse gibt. Die man, fällt mir ein, im Falle des Kustoden als Falten im Gesicht sehen kann.

Also, ruft er und wischt sich den Schweiß von der Stirn, jetzt bin ich dran.

Sie wollen sagen, frage ich.

Ich will fragen, sagt er, indem er mir kräftig ins Gesicht atmet, ob Sie wissen, wer ich bin.

Nun, sage ich, Sie sind der Kustode hier.

Und weiter?

Sonst weiß ich nichts.

Das, sagt er, ist nicht genug. Also, sagt er, damit Sie es endlich wissen: Ich bin ein armer Mensch.

Ein armer Mensch, frage ich.

Ja, sagt er, ein armer Mensch. Schauen Sie zum Beispiel, wie ich schwitze.

Ich schaue ihn an. Ja, sage ich, Sie schwitzen. Doch dann fällt mir ein: Du schwitzt ja auch! Da wärst du ja auch ein armer Mensch.

Nein, sagt er, Sie schwitzen anders. Sie schwitzen auf die gesunde Art, ich schwitze auf die kranke. Von meinem Gesundheitszustand, fährt er nach einer kleinen Pause fort, schweigen wir also lieber.

Sie meinen, frage ich, er ist nicht gut?

Schweigen wir also lieber, sagt er.

Bitte, sage ich.

Und auch von den häuslichen Verhältnissen erzähle ich Ihnen am besten nichts, sagt er etwas später. Von der sogenannten Familie und ihren verschiedenen Mitgliedern.

Wie Sie meinen, sage ich.

Außer natürlich, sagt er, Sie insistieren.

Aber gar nicht, sage ich.

Nun, sagt er, dafür bin ich Ihnen dankbar. Denn das, was man *das Familienglück* nennt, kenne ich nun schon seit Jahren nicht mehr. Sie verstehen, fragt er.

Ja, sage ich, das Familienglück.

Gut, sagt er, Sie haben verstanden. Ich habe nämlich, fährt er fort, eine Frau, die Mariuccia heißt. Sie ist natürlich nicht mehr so ganz jung, aber alt ist sie auch noch nicht. Und diese Frau ... Aber was soll ich tun, *dottore,* aber was soll ich tun. Offenbar muß ich es dulden. Sie ist nämlich noch recht hübsch, verstehen sie, besonders das Haar, der Mund. So daß ich meinerseits das Haar nicht zerraufen darf und die Augen schließen und die Zähne zusammenbeißen und zu gewissen Zeiten nicht nach Hause kommen muß. Und, wenn ich dann komme, alles, was ich sehe, was ich höre, was ich *rieche,* sozusagen mit zusammengebissenen Zähnen hinunterschlucken muß. Verstehen Sie mich richtig, ruft er, ich habe sie noch nie zusammen überrascht. Davor, sagt er, werde ich mich auch hüten. Ehe ich das Haus betrete, pfeife ich und mache Geräusche. Mit Absicht, verstehen Sie, *dottore,* damit sie mich kommen hören. Ja, *signor,* ruft er, er verkehrt in meinem Haus, der *padrone,* und Mariuccias Geburtstag feiern wir alle gemeinsam. Auch den Geburtstag unserer fünf Kinder feiern wir gemeinsam. Und das geht nun schon an die elf Jahre. Und zwar jeden Mittwoch, weil ich da unterwegs bin, abends zwischen sechs und acht. Doch gelegentlich auch an anderen Tagen und zu anderen Zeiten, wenn auch nicht regelmäßig. Da schickt er mich dann immer weg. Zum Beispiel nach Gibilmanna, Blumenzwiebeln kaufen. Als ob ich, sagt er, verstehen Sie, für meine Frau nicht selbst eine Fackel in der Hose hätte! Ja, sagt er, *i potenti.* Dafür hält er, was bei seiner Position natürlich ein Leichtes ist, die Hand schützend über uns. Nicht nur über sie, was sich von selbst versteht, sondern auch über ihre Kinder, ja, sogar über mich. An meiner Vernichtung liegt ihm nichts, er ist mit den Dingen zufrieden, so wie sie im Augenblick stehen. Meine Stellung als Kustode, solange er am Leben ist und mittwochs zu uns kommt, ist mir also sicher. Trotzdem, glauben Sie mir, *signor,* es ist nicht leicht. Kein Familienglück, sagt er und schüttelt den Kopf. Was sagen Sie dazu?

Nun, sage ich, was soll ich dazu sagen? Sie haben vollkommen recht.

Wegen meiner Ehre, fragt er.

Nun, Ihre Ehre ...

Ja, sagt er, keine Ehre.

Ich wollte sagen, sage ich, daß Sie mir nur bestätigen, was ich schon dachte. Schon als ich aus dem Wagen stieg, wir haben ja eine Panne. Daß es hier Sitten und Gebräuche gibt, die für unsereins, wissen Sie ...

Und da, schauen Sie, ruft er, indem er sich im Gehen

auf seinen linken Schenkel klopft, wie ich mich plage! Und da, wie mir die Haare aus der Nase, aus den Ohren wachsen! *È troppo,* ruft er plötzlich laut. Und so, müssen Sie sich vorstellen, kommt im Laufe eines Menschenlebens, sobald man älter wird, sobald man es sich wagt, älter zu werden, eben das eine zum andern. Und eines Tages ist es ein ganzer Berg, jawohl, ein ganzer Haufen. Erst ein kleiner Haufen, der aber noch weiterwächst und mit der Zeit zu einem größeren Haufen wird und schließlich, wenn man in mein Alter kommt, ein großer, von einem selbst gar nicht mehr zu überschauender Haufen. Und der ganze Haufen gehört immer zu einer einzigen Person. Es ist, müssen Sie sich vorstellen, allein ihr Haufen, in meinem Fall also meiner. Andere haben andere Haufen, jeder hat den seinen. Sehen Sie nun, fragt er, was ich meine, wenn ich sage, daß ich ein armer Mensch bin? Und daß ich von meiner eigenen Person, meinem eigenen Haufen am liebsten gar nicht rede. Sondern, nun, eben von allem möglichen anderen, das nicht ich bin, darüber rede ich. Also beispielsweise von unserer Landschaft, von unserer Gemeinde, von unserer Witterung, von dem höheren Menschentum unseres klassischen Zeitalters, meinetwegen auch von der Natur oder von den Verzierungen an den Balkonen. Und jetzt, sagt er, wovon soll ich jetzt reden? Von den Verzierungen, dem höheren Menschentum oder von der Natur? Nein, ruft er und richtet sich etwas auf, sprechen wir von unserer Geschichte. Und erzählt mir, indem er sich einen weiteren Knopf seines Hemdes aufreißt, daß es im zweiten Jahrhundert auf der Insel, dort, wo jetzt die Salinen sind, einen *Gesetzgeber* gegeben habe, der auf Elfenbeinbetten geschlafen habe und seine Rennpferde mit Kämmen aus Silber habe striegeln lassen. Und der von seinen Schreibern alle Gründe für die Existenz Gottes sorgfältig habe registrieren lassen. Das zeigt, sagt er, wie gottesfürchtig wir schon immer gewesen sind. Sind Sie gleichfalls Christ oder Protestant?

Registrieren ließ er sie, frage ich.

Ja, sagt er.

Und hat man, frage ich, solche Gründe gefunden?

Jawohl, sagt er, und gleich registriert.

Und was waren das für Gründe, frage ich und hoffe einen Augenblick, es könnte ein Grund darunter sein, der womöglich *auch heute noch* gültig ist und mir einen Gott tatsächlich nachweist, was unsere Lage, und nicht nur hier in D., vielleicht verbessern könnte.

Alle Unterlagen über die Registrierung, sagt er, wie auch über den Gesetzgeber sind verlorengegangen.

Ich schaue ihn an, betrachte eine Weile sein einförmig bewegtes ernstes, schweres Gesicht. Da muß ich plötzlich lachen. Verloren, rufe ich.

Si, signor, sagt er. Sogar der Name des Herrschers, fügt er hinzu, ist verlorengegangen.

Sein Name auch, rufe ich.

Si, signor, sagt er. Zusammen mit den anderen Sehenswürdigkeiten der Gegend.

Nun, immerhin ist ja der Turm geblieben, sage ich, weil von dem Turm nun schon länger nicht mehr die Rede war.

Si, signor, sagt er.

Und was ist das für ein Turm, wenn man fragen darf, frage ich und hoffe, daß er uns, nachdem er uns über das Findelhaus so viel erzählt hat, auch etwas über den Turm erzählt, aber da täusche ich mich.

Also der Turm, sagt er bloß, ist meine Idee, geht auf meine Idee zurück.

Sie haben ihn gebaut, frage ich.

Nein, sagt er, gebaut habe ich ihn nicht.

Und wie muß man dann verstehen, daß er auf Ihre Idee zurückgeht?

Den Turm, sagt er und schiebt ihn uns, nachdem er ihn mit schwerer Hand flüchtig in die Luft gemalt hat, entschlossen aus dem Weg, können Sie allein gar nicht begreifen, doch werden wir ihn, in ungefähr einer Stunde, alle gemeinsam begreifen, wenn wir davor sitzen, die Beine ausgestreckt, in den bequemen Sesseln.

Da kann man bei dem Turm also sitzen, frage ich.
Ja, sagt er, sitzen kann man.
Also gibt es Sessel bei dem Turm, frage ich.
Ja, sagt er, Sessel gibt es.
Aha, sage ich und denke, daß, wenn es um den Turm herum Sessel gibt, große Hoffnungen an dem Turm hängen müssen. Da hat man sie, frage ich, um den Turm herum aufgestellt?
Ja, sagt er, das ist richtig.
So daß man die Beine ausstrecken kann?
Jawohl, sagt er, auch das ist möglich.
Hast du gehört, Maria, am Turm kann man sitzen, sage ich zu meiner Frau. Da kannst du dann endlich die Beine ausstrecken. Hörst du, wir sind gleich da.
Jawohl, *signora,* sagt der Kustode, da hat Ihr Mann ganz recht.
Und die Veranstaltung, frage ich.
Die Veranstaltung, sagt er, fängt an, wenn alle sitzen. In, wie gesagt, einer Stunde. Ja, in ungefähr einer Stunde fängt die Veranstaltung an. Und hält, wie ich an seinen Augen sehe, das Thema damit für erledigt.
Hören Sie, sage ich, noch eine Frage, weil wir eben davon sprechen. Aus einem Grund, den ich selber nicht kenne, komme ich von dem Turm einfach nicht los. Und eben jetzt, als Sie von den Sesseln sprachen, ist mir eingefallen, daß ich den Turm möglicherweise schon kenne. Daß ich diesen Turm, wenn auch vor langer Zeit, ja, es liegt so lange zurück, daß es, wie ich immer sage, schon gar nicht mehr wahr ist, vielleicht schon einmal gesehen habe. Daß Ihr Turm nämlich möglicherweise der Turm ist, den ich vor, stellen Sie sich vor, rufe ich, vor ungefähr zwanzig Jahren zusammen mit einem jungen italienischen Freund schon einmal gesehen habe. Ich erinnere mich nämlich an einen Turm. Ich erinnere mich, wie ich damals, Arm in Arm, in einer südlichen Landschaft – aber welche war es? – ein paarmal bei großer Hitze mit ihm um einen Turm herumgegangen bin. Ein romanisches

Bauwerk aus der Normannenzeit, etwas Bulliges, Festes, Rundes. Stammt Ihr Turm aus der Normannenzeit?

Woher, fragt er.

Ja, sage ich, fest und rund.

Nun, aus welcher Zeit der Turm nun so genau stammt, kann ich Ihnen leider nicht sagen, sagt der Kustode, indem er kurz stehenbleibt, aber rund ist er schon. Und hat, als er dann weitergeht, den Turm auch schon vergessen. Jedenfalls redet er nicht mehr von ihm, sondern kommt auf etwas ganz anderes zu sprechen. Und zwar auf ein britisches Segelschiff, die Fregatte *Amalia,* die im Jahr 1831 eine knapp vor ihrer Küste gelegene, bis dato völlig unbekannte tränenförmige Insel, die noch auf keiner Seekarte verzeichnet gewesen sei, entdeckt habe, etwas Namen- und Staatenloses, das, wie man auf einer eilig veranstalteten Expedition nach der Insel dann erkannt habe, erst vor ein paar Tagen aus dem Meer emporgestiegen sei und über das es natürlich sofort zu einem diplomatischen Konflikt zwischen der britischen und der bourbonischen Regierung gekommen sei, wem es denn nun gehöre. Der noch nicht entschieden war, als die Insel, gurgelnd, wie sie dem Meer entstiegen, im Meer wieder versunken sei.

Versunken, rufe ich und fange zu lachen an. Hörst du, Maria, sie ist wieder versunken. Versunken, rufe ich noch einmal.

Si, signor, sagt er ernst.

Nun, sage ich, während alles an mir, also meine Kameras, aber auch die Münzen in meiner Hose, vor lauter Lachen klappert, das ist eine hübsche Geschichte. *Die Insel, die kam und ging.* Etwas, worüber man schmunzeln kann. Nicht wahr, Maria, sage ich.

Aber meine Frau schmunzelt nicht, sondern bleibt ungerührt und stumm.

Nun, sage ich, wenn sie es auch nicht zugibt, gefallen hat es ihr auch. Verschwunden, verschwunden, rufe ich.

Jawohl. So wie auch die größere Insel, auf der wir uns

jetzt befinden, zusammen mit einigem anderen eines Tages, der nicht mehr fern ist, im Meer verschwinden wird, ruft er und schwingt seinen Stock.

So, sage ich, wie das denn?

Nun, sagt er, entweder auf die natürliche Weise. Die Gegend hier sei bekanntlich vulkanisch.

Oder, frage ich.

Auf die andere, sagt er und legt seine Pfote auf sein Geschlechtsorgan. Die Pause nach dem letzten Krieg sei nämlich schon sehr lang.

Sie meinen, frage ich.

Jawohl, sagt er.

So weit der Kustode, der nicht nur der Hitze wegen jeden Mittwoch gegen Abend stark schwitzt. Auf der anderen Seite meine Frau, die andere Probleme hat. Wegen ihres leichten Schuhwerks – ich hatte sie gewarnt – hat sie mit dem staubigen, steinigen und löcherigen Erdboden die größten Schwierigkeiten. Immer wieder muß sie von mir gestützt, wenn nicht gehoben werden. Plötzlich, auf unserem Gang zum Turm, in diesem verpesteten, verkoteten, von Fliegen durchschwärmten und von Ratten durchhuschten Ort, will sie wissen, ob ich sie noch liebe.

Ob ich, frage ich.

Ja, sagt sie.

Nun, sage ich, indem ich einen Augenblick stehenbleibe, um die für die Antwort nötige Luft zu holen und den Kustoden, der die Antwort nicht hören soll, ein paar Schritte vorangehen zu lassen. Nun, sage ich und nehme mir vor, ganz kühl und gelassen zu sein. Und während mir die Schweißtropfen wie kleine warme flüssige Tiere aus den Haaren springen: Also schau, sage ich, also schau! Und ich zeige auf den Kustoden, der uns vorausgeht, und sage: Pst, nicht vor ihm! Und dann zeige ich zum Himmel hoch und rufe: Die Sonne, Donnerwetter! Und dann, zu ihr, leise: Daß ich unter solchen Umständen und in einer solchen Umgebung und mit solchen

Sorgen im Kopf, die ich ja leider dir verdanke, *noch* ein Kind, rufe ich. Unter solchen Umständen, sage ich, sei es mir unmöglich, ihr eine Antwort zu geben. Als ob nicht alles abgesprochen und geregelt gewesen sei. Und daß, meiner Vermutung nach, ihre Mutter, die es sich bequem gemacht und selber nur *ein* Kind gehabt hat, hinter diesem Bruch unserer Absprache stehe. Da brauchst du, sage ich, gar nicht so mit dem Kopf zu schütteln. *Sie* ist natürlich für ein zweites Kind, weil sie es weder ernähren noch erziehen muß. Und beende meine Antwort ungefähr mit den Worten, daß eine Frage wie die, ob ich sie noch liebe, unter solchen Umständen überhaupt ganz unangebracht sei.

Da liebst du mich also nicht mehr, sagt sie, indem sie sich im Gehen den Staub von ihrem Rock klopft.

Ich winke ab. Ich schüttele den Kopf. Nein, sage ich, das ist es nicht. Und durch ein Handzeichen gebe ich ihr zu verstehen, daß sie zu diesem Schluß viel zu hastig, viel zu kopflos kommt. Weil es in Wirklichkeit ja ganz anders ist. Weil meine physischen Bedürfnisse und Belange, erkläre ich ihr ungefähr, also Angst, Sorgen, Hitze, Durst, auch die Anstrengung des Maschierens, im Augenblick alle möglichen *Gefühle* meinerseits weggedrängt und abgetötet hätten und ich mich über das vorübergehend Abgetötete und Beiseitegelegte lieber nicht äußern möchte.

Da hast du mich, sagt sie, also abgetötet.

Wie du mich wieder mißverstehst, rufe ich.

Dann hast du mich, sagt sie, eben beiseitegelegt.

Das mag dir, sage ich, vielleicht so scheinen, aber ... Still, sage ich, nicht jetzt, der Kustode.

Der in diesem Moment wieder stehenbleibt und uns durch die heiße, flimmernde Luft auf sich zukommen läßt. Denn wir sind nun am Markt, *il mercato.* Und gehen schon darüber hin, ohne zu ahnen, daß das der Markt ist. Wir denken, aha, wieder eine *piazza,* eine Wiese, ein verrottetes Feld, während wir in Wirklichkeit, nun, eben am *mercato* sind. Also der Kustode, der stehenbleibt, der unter der Hitze stöhnt. Der Kustode, dem der Schweiß in Bächen von der Stirn und aus den Haaren läuft. Der Kustode klärt uns also auf. Er sagt uns, daß wir auf dem Markt sind.

Aha, rufen wir, indem wir stehenbleiben und uns umblicken, aha.

Und daß es, fährt er fort, eine traurige Tatsache sei, daß der Marktplatz in D. heute so entvölkert und leer und als Marktplatz mit Händlern, Ständen, *affari* ruft er, *affari,* gar nicht mehr vorhanden sei. Eine weite karge Fläche haben wir vielmehr vor uns mit ein paar Kiefern und Zypressen an den Rändern, die dem Platz einmal einen Zug ins Feierliche, ja Erhabene verliehen haben mochten, aber nun mit zerfransten Konturen und sozusagen angerostet herumstehen. Und auf der Erde Kot natürlich, der in der Sonne trocknet. An der Stirnseite des Marktes, jenseits der Bäume, langgezogen und in der Ferne, die Fassade eines Gerichtsgebäudes, einst imponierend und beherrschend in seiner barocken Pracht, aber nun verheert von Alter, von Erdstößen zerrüttet, von innen her aufgelöst. Beim Näherschlurfen erkennen wir an seinen unverglasten, uns wie ausgeschabte Augenhöhlen anglotzenden Fensterlöchern, daß es, wie das Findelhaus, leersteht.

Also, sagt der über den Zustand seines Marktes nun doch etwas verlegene Kustode – als ob ihm dieser Zustand erst in unserer Gesellschaft aufgefallen sei – also hoffentlich, sagt er, sind Sie von unserem Markt nicht enttäuscht.

Ich, ratlos, mit der Tasche, mit den Kameras, breite schweigend die Arme aus.

Aber vorläufig, sagt er, den Markt bitte noch nicht verwerfen, ehe er erläutert ist. Weil es sich dabei – das gebe er gerne zu – ja gar nicht um etwas Zeitgenössisch-Folkloristisches handle, das man *besichtigen und anfassen* könne, sondern um etwas sozusagen historisch Verblaßtes, das, wenn selbst auch nicht mehr sichtbar, so doch in den Geist des Ortes ...

Sie wollen sagen, frage ich und kratze mit den Schuhen im Staub.

Einerseits der Ort hier, will ich sagen, andererseits, sagt er, die Zeit.

Wovon, frage ich, im Mittelpunkt meines Kopfes noch ganz in die Frage verstrickt, die mir meine Frau gestellt hat, sprechen Sie?

Ganz recht, sagt er. Zwar sei der *mercato* nun nicht mehr sichtbar, nicht alles könne sichtbar sein, aber immerhin stünden wir nun an der gleichen Stelle, wo er einst sichtbar gewesen sei.

Sie meinen, frage ich den Kustoden.

Hier, ruft er und stampft mit den Füßen auf.

Aha, rufe ich, aha.

Hier sei früher, fährt er fort, unter anderem auch einmal *der Markt von D.* gewesen. Bauern kämen nun zwar keine mehr, nein, auch Käufer nicht, sondern diese Stelle im Universum stehe nun sozusagen leer. Bis auf das in ihren Köpfen stehe bei ihnen, sagt er, alles leer. So daß es hier, trotz seiner Leere – als Fremde wüßten wir das bloß nicht –, eine historische Stätte sei, die historischste von allen.

Ich, angesichts der Verwüstung, der Verödung der Gegend, ungläubig, auch voll Ungeduld, auch weil ich den Eindruck habe, daß er uns an der Nase herumführt, und endlich, endlich zum Turm will, sage wieder bloß: Aha, aha. Denn eins liegt für mich auf der Hand: Diese Ortschaft D., in ihrer Erbärmlichkeit, hat einfach nichts, das man uns zeigen kann. Und ich halte meine Frau am Arm zurück und lasse den Kustoden vorangehen und will gerade auf unser unterbrochenes Gespräch zurückkommen, da sagt sie, ich hätte sie nie geliebt.

Ich, sage ich, hätte dich ...

Nein, sagt sie, du hast mich nie geliebt.

Bitte, Maria, sage ich, lassen wir das jetzt. Heben wir es uns auf für später, dann sprechen wir darüber. Und verspreche ihr: Wenn wir wieder zu Hause seien und die Gefahr des Kindes sei vorüber und sie habe alles hinter sich, und wenn es nicht gefahrlos wäre, würde ich dir ja nicht dazu raten und dich ja nicht bitten, dir die Sache wegmachen zu lassen. Dann also, sage ich, werden wir auch wieder Zeit für meine dich betreffenden Gefühle haben, wie auch für deine mich betreffenden, alle. An denen sich, was die meinen betreffe, seit Jahren nichts geändert habe. Bis jetzt noch nicht, sage ich. Doch vielleicht, sage ich, ist unsere Sorge überflüssig, vielleicht täuschst du dich, vielleicht ist gar kein Kind unterwegs. Und falls doch, kann es ja auch durch die Anstrengung oder die Hitze oder das Laufen und Springen und Klettern, und wer weiß, sage ich, vielleicht steigen wir dann sogar auf den Turm hinauf, spontan, verstehst du, wieder in Ordnung kommen. Oder nicht, frage ich. Und ermuntere sie, was ich wahrscheinlich nicht hätte tun sollen, weil man es mißverstehen könnte – und in dem Zustand, in dem sie ist, mißversteht sie ja alles – dieser Spontaneität durch ein paar kräftige Bewegungen aufzuhelfen, kleine Sprünge vielleicht, sage ich. Ja, rufe oder flüstere oder denke ich, solche Sprünge könnten helfen. Schau doch, rufe ich. Und zeige auf den unwegsamen Boden und die Steine, über die wir gehen und die der Kustode, der zwar vor uns läuft, aber – das sehe ich ihm an – alles hört und alles sieht und sich uns auch gleich wieder nähert und in unser Gespräch hineinmischt, *unser ewiges Urgestein* nennt.

Kommen Sie uns, rufe ich und strecke meine Arme aus, doch nicht immer so nahe. Bleiben Sie doch auf Distanz.

Was heißt nahe, ruft er, warum Distanz? Verzeihen Sie, Distanz, natürlich. Aber die, sagt er, ist schwer, wenn man seinen Beruf erfüllen und etwas erklären muß.

Erklären, rufe ich, was denn wieder erklären?

Den *mercato,* sagt er, den *mercato.*

Dann erklären Sie, sage ich, aber schnell.

Also, auf dem *mercato,* erzählt, erklärt uns der Kustode im Weitergehen, hätten bis ins neunzehnte Jahrhundert hinein alle Volksaufstände und Revolutionen begonnen und ihr Ende gefunden. Um was für einen Aufstand, um was für eine Revolution, um was für einen Veränderungsversuch es sich auch gehandelt habe, hier, sagt er und zieht mit dem Stock einen Halbkreis, hätten sie geendet. Denn sicher hätten wir uns längst gefragt: Ja, hat es denn bei den Zuständen, wie sie hier geherrscht haben und noch herrschen, keinen Volksaufstand, keine Revolution, keinen Veränderungsversuch gegeben? Weil die Zustände, und da hätten wir natürlich recht, ja unerträglich seien. Wovon, ruft er plötzlich ganz unvermittelt, soll ein Mensch denn leben in einem Land, wo der Boden nichts hergibt, und die Fabrik, die uns die Regierung verspricht, nicht kommt? Und Zeugnisse der Vergangenheit, ohne deren gelegentliche Besichtigung manche wohlhabende Fremde nicht leben zu können glauben, seien keine aufzufinden. So daß zu einer bezahlten Tätigkeit, auch zu der niedrigsten, nur durch Beziehungen und Verbindungen oder durch Bestechung zu kommen sei. Auch Kustode, ruft er und zeigt auf seine Schärpe, würde man hier nur, wenn man im entscheidenden Moment nicht zu Hause sei. Doch wählerisch könne man nicht sein, das Elend sei zu groß, es gebe zu viele Arbeitslose, tut's der nicht, tut's der nächste. Das sei in D. immer so gewesen und würde auch immer so sein. Doch habe es auch bei ihnen Aufstände und Revolutionen gegeben, nur sei eben keine gelungen. Und erzählt, während er mit seinem Stock Zeichen in den Staub malt, die ich inzwischen schon kenne, kleine Männchen mit Köpfen, Leibern und Gliedern, die er, sobald er sie gemalt hat, rasch wieder vernichtet. Also: Auch in D., erzählt er, habe es tapfere und wagemutige und entschlossene Männer gegeben, die sich, zum Zeichen des Protestes, die Haare hätten kurz schneiden lassen und sich gegen die Zustände aufgelehnt hätten, oh ja. Und wenn wir ihn fragten, wie er dazu stünde: Hut ab, könne er da nur sagen. Und zieht sich, im Weiterschlurfen, dann tatsächlich die runde schirmlose Mütze vom Kopf, um sich, wenn auch etwas flüchtig, im Geist vor diesen Männern zu verneigen. Die, fährt er fort, als er die Mütze wieder aufgesetzt hat – er hat sie rasch ein wenig gesäubert –, vom Volk selbst hervorgebracht und ein paar Tage hochgehalten und dann im Stich gelassen und verraten und hier auf dem Markt, der auch architektonisch einzigartig gewesen ist, vom Volk, nun, sagt er, eben in Stücke gerissen worden sind.

Wieso architektonisch einzigartig, frage ich, war denn hier einmal was?

Vieles, ruft er, vieles. Paläste, Gärten, Brunnen, Säulen. Alles, ruft er, alles. Nur daß man es heutzutage eben leider nicht mehr sehen kann. Und die Helden könne er uns in der kurzen Zeit, die uns bis zu der Veranstaltung noch bliebe, gar nicht alle aufzählen, so viele …

Die beim Turm, unterbreche ich ihn.

Ja, die beim Turm, sagt er, wir sind nämlich nun gleich da. Und setzt seine Füße fester. Also: In der Zeit bis zum Turm … Doch hier höre ich schon nicht mehr hin, sondern denke, nachdem ich rasch noch einmal an seinen Turm gedacht habe, wieder an meine Frau. Und denke – aber diese Hoffnung spreche ich nicht aus – ach, wenn sie doch stürzte, ach, wenn sie doch stürzte, ach, wenn sie doch stürzte! Und sich, aber nur ein klein wenig, verletzte, weil ein durch so einen Sturz, durch so ein *Stürzchen* verursachter spontaner Abgang mir natürlich viel Ärger, Sorgen, Angst ersparen würde. Da, schau, sage ich zu ihr und lasse den Kustoden einfach reden, höre einfach nicht hin. Sondern mache, um es ihr zu zeigen, vor, wie sie gehen und im Gehen springen muß, damit es sich – wer weiß – vielleicht spontan erledigt. Schau, rufe ich, so, schau! Und mache, ich habe sie fest untergefaßt, mit meinen allerdings viel längeren und kräftigeren Beinen plötzlich einen langen Schritt, fast Sprung und zerre und ziehe und reiße sie mit. Da sie den Sprung nicht erwartet hat, schreit sie auf, strauchelt, ja fällt, wenn auch nur sachte und ungefährlich, und ich ziehe sie gleich wieder hoch.

Sie, indem sie ihren Arm aus meinem Griff zieht, mir den Arm sozusagen wegnimmt und den Arm an ihre Stirn legt: Da willst du mich also töten jetzt?

Töten? Ich? Meine eigene Frau? Noch ein Vorwurf, diesmal ein ganz neuer. Ich stelle mich, als ob ich sie nicht verstünde. Da willst du mich also töten, jetzt, ruft sie noch einmal. Oder soll ich mich töten für dich?

Ob du dich?

Wäre das nicht das bequemste, fragt sie.

Lächerlich! Das ist natürlich lächerlich! Und boshaft, wenn nicht böse. Trotzdem entschuldige ich mich. Sogar meine Hand lege ich aufs Herz. Ich hätte den Sturz nicht gewollt. Und so schlimm, sage ich, sei er ja auch nicht gewesen. Aber da weint sie schon. Wie peinlich, und nicht nur für mich. Die Verlegenheit des Kustoden, der zwar vor uns geht und so tut, als habe er den Sturz übersehen, und der auch ihre Tränen nicht sehen will! Doch bin ich sicher, daß ihm nichts entgeht und er alles hört, sieht, aufnimmt. Und meine eigene Betretenheit, obwohl ja nichts passiert ist. Es ist ja nichts passiert, rufe ich, es ist ja nichts passiert! Und daß man eben dann und wann auch etwas rücksichtslos, auch gegen sich selber, denke ich, sein muß, sage es aber nicht, bleibe stumm, überlasse dem Kustoden das Feld, das Reden, die Erläuterungen.

Also: In der Zeit bis zum Turm könne er uns unmöglich von all den tapferen Männern, die sein Volk hervorgebracht und auf diesem Platz in Stücke gerissen habe, erzählen, es seien einfach zu viele. Also nur die Höhepunkte, und auch die nur rasch gestreift. Also beispielsweise die unvergessenen Hinrichtungen von anno 1799, die sich über Monate hingezogen hätten. Als einige Wohltäter und Utopisten nämlich gemeint hatten, auch bei ihnen *eine Republik* ausrufen und dem Volk *die Freiheit* bringen zu müssen. Die Freiheit, ruft er und lacht auf und stößt seinen Stock in die Luft. Und was, ruft er, hat das Volk mit der Freiheit gemacht? Nun, das Volk habe mit der Freiheit nicht das geringste gemacht, sondern sei schon nach wenigen Tagen begeistert zu den alten Tyrannen übergelaufen. Die Freiheitskämpfer habe es verraten, sie nachts aus ihren Betten geholt und, zum großen Teil im Schlafrock, auf dem Markt hier hingerichtet. Deswegen, ruft er, sollten Sie sich den Markt genau anschauen. Jeder, der nach der neuen Mode die Haare kurz trug, sei einfach ... Und fährt sich mit den Fingern um den Hals.

Geköpft, frage ich.

Erst aufgehängt, ruft er, dann zerstückelt. Da drüben, sagt er und zeigt auf das Gerichtsgebäude, an dem gerade zwei schwarzgekleidete Frauen vorübergehen, die ersten, die wir in D. sehen, mit Plastikeimern auf den Köpfen – wir wissen weder, wer sie sind, noch was sich in den Eimern befindet, nein, wir wissen gar nichts – hätten die Galgen gestanden, manchmal nicht weniger als sieben. Ja, ruft er, das alles ist überliefert, das alles ist verbürgt. Und dorthin – er zeigt zum Gerichtsgebäude – habe das Volk von D., das die Freiheit *partout* nicht wollte, in einem alten Rollwagen ihre Befreier gebracht, die bis zum letzten Augenblick vergeblich an seine Vernunft appelliert hätten. Erst habe es die Befreier auf das Gerüst, dann auf die Leiter gezogen, wo der Henker, die Schlinge in der Hand, schon auf sie gewartet habe. Da es einerseits aber sehr viele Leute mit kurzem Haarschnitt, politisch oder nicht, gegeben habe und andererseits, wie immer hier, viele Beschäftigungslose, und da Eile nötig gewesen sei, weil sofort nach den täglichen Erhängungen die tägliche Lottoziehung stattgefunden habe, habe das Volk das Amt des Fußeziehers, des *tirapiedi*, geschaffen, nämlich jemand, der in dem Augenblick, da der Freiheitsbringer bereits in der Luft hing und der Henker schon auf seine Schultern drückte, sich, um die Sache zu beschleunigen – das Lotto, das Lotto! – an seine Füße hängen und daran ziehen mußte. Er könne uns versichern, daß dieses Amt, für das keinerlei Vorbildung nötig gewesen sei, lange Zeit in D. eines der begehrtesten war.

Wissen Sie, sage ich, was Sie uns da erzählen ...

Es interessiert Sie, fragt er erfreut.

Nun, sage ich und will schon sagen, daß er für unseren Geschmack zu weit gehe, viel zu weit. Auch erzählt er alles zu genau, mit zu vielen Einzelheiten. Haben wir, als Touristen, denn kein Recht auf ein touristisches Verhältnis zu dem Markt von D.? Dürfen wir als Besucher hier nicht wie anderswo an der Oberfläche bleiben? Aber das frage ich dann nicht. Sondern ich frage: Und wo bleibt der Turm?

Der Turm, sagt er und schaut zwischen seine Füße, steht auf einem anderen Blatt.

Und wo ist er, frage ich.

Der Turm, sagt er, kommt nach dem Markt, der nach dem Findelhaus kommt.

Also, sage ich, gehen wir weiter. Gehen Sie voran, damit wir einander nicht so auf die Hacken treten.

Und als der Kustode, den ich dann sogar *schieben*, von uns weg-, vor uns herschieben muß, schließlich wieder vor uns geht und wir seinen breiten verschwitzten Rükken sehen, frage ich meine Frau leise: Also, wie fühlst du dich jetzt?

Wie immer, sagt sie.

Also sind die Beschwerden nicht vorbei? Ich meine, frage ich, es hat sich nichts geändert?

Nein.

Und auch übel ist dir immer noch?

Ja.

Nun, sage ich, indem ich mir mit beiden Armen, erst rechts, dann links, über die dampfende Stirn fahre, es hätte ja sein können, das die Anstrengung, verstehst du, *das Physische,* sage ich, die Sache ins Rollen gebracht hätte.

Und sie, indem sie mir im Gehen voller Haß, voller Abscheu in die Augen schaut: Du Schwein, sagt sie, du Schwein.

Also, sagt der Kustode und bleibt wieder stehen. Wahrscheinlich macht er sich Gedanken. Weil wir von ihm nicht nur immer etwas *hören,* sondern auch etwas *sehen* möchten. Deshalb wird nun *die Leiter* erfunden. Also die Leiter, sagt er, indem er sich mit seinem linken Daumen von oben nach unten über die Backe fährt. Und führt uns an einen Zaun, an dem eine Leiter liegt, ganz gewöhnlich. *Zufällig,* sage ich mir zuerst, bis ich plötzlich überzeugt bin, daß die Leiter mit Absicht, vielleicht von ihm selber, an den Zaun gelegt worden ist, *für uns.*

Bitte, jene Leiter besichtigen, ruft er und tritt uns aus dem Weg.

Jaja, sage ich, die kennen wir. Eine Leiter, sage ich und schaue sie flüchtig an.

Aber da ruft der Kustode laut *Nein* und stampft mit den Füßen auf. Es sei keine gewöhnliche Leiter. Sondern es sei die Leiter, über die die Helden auf die Galgen hätten klettern müssen.

Über diese Leiter, rufe ich. Ich war schon am Weitergehen. Jawohl, sagt er, über diese Leiter. Und jetzt anfassen die Leiter, anfassen.

Warum, frage ich.

Das Anfassen der historischen Leiter, ruft er, ist gestattet. Also bitteschön.

Also gut, sage ich, wenn Sie darauf bestehen. Da fassen wir sie also an. Komm, Maria, sage ich, faß auch du die Leiter an.

Jawohl, sagt er, es ist nicht verboten.

Also gut, denke ich und trete ein paar Schritte vor. Also schön, sage ich. Und stehe bei der Leiter und bücke mich und fasse – meine Frau weigert sich – die Leiter, die vor uns an dem Zaun liegt – eine Farce, denke ich – dann wirklich an.

Also: An diesem Mittwochnachmittag bei unserem Gang durch diesen Ort, in dem wir wegen einer Autopanne, etwas an der Kupplung, wie ich später höre, sozusagen hängengeblieben sind und den wir nach der Leiter, spätestens aber in dem Augenblick, da der Kustode sich am Straßenrand nach einer toten Ratte bückt und sie aufhebt und sie uns am Schwanz entgegenhält, als unzumutbar und infam hätten verlassen sollen. Dann wären wir wenigstens dem Turm entgangen und den Vorgängen bei dem Turm, doch von diesen Vorgängen ahnten wir ja noch nichts, konnten wir ja nichts ahnen. So daß ich mir noch immer sage: Nein, kehr noch nicht um! Weil du dir erst noch, wenn du auch nicht weißt warum, den Turm anschauen mußt. Also: An diesem Nachmittag, auf unserem Besichtigungsgang, denkt das Schwein, das in der Mitte läuft, rasch noch einmal an seinen Turm und benutzt, nachdem der Kustode seine Ratte mit einer Entschuldigung – *un piccolo gioco,* ruft er – wieder weggeworfen und sich seine Hand an der Hose abgewischt hat, die entstandene Verlegenheitspause, um seine Argumente gegen das Kind sich genau zurechtzulegen. Ja, denkt das Schwein und schließt die Augen, diese Argumente – er zählt sie, es sind sechs – mußt du in deinem Schweinekopf jetzt schnell in eine Ordnung bringen. Und noch heute abend, sofort nach dem Turm, trägst du sie ihr vor. Oder spätestens eben heute nacht, wenn du sie dir in dem breiten, wenn auch niedrigen Bett von hinten greifst und festhältst, da rufst du ihr deine sechs Argumente von hinten in die Ohren hinein. Denn, wenn sie noch länger wartet, ist es für jeden Eingriff ja zu spät.

9

Unsere Ankunft beim Turm, ich in der Mitte, meine Frau hinter mir, der Kustode, obwohl es auf den Abend zugeht, mit schweißbedeckter Stirn, aber auch auf dem Rücken und unter den Achseln schwitzt er, denn falls man etwa meinen sollte, daß auf dieser Insel nur mittags geschwitzt wird, täuscht man sich, das Gegenteil ist wahr. Bei unserer Ankunft am Turm, im Gänsemarsch, der Kustode, der stark schnauft, geht uns mit seinen kurzen Beinen immer drei, vier Schritt voraus, obwohl seine, schon bei seinem ersten Auftritt bemerkten *Gehschwierigkeiten* zugenommen haben und sein linkes Bein über die Erde schleift und Kratzer und Spuren macht. Also: bei unserer Ankunft am Turm – er steht plötzlich vor uns – sehe ich sofort: die Hoffnungen und Erwartungen, die ich in den Turm gesetzt habe, haben sich nicht erfüllt. Es ist nicht der Turm, um den ich, vor meiner Ehe, mit einem Freund herumging, ganz im Gegenteil. Nichts Altes, Hohes, Nobles also, wie ich mir vorgestellt hatte, aber auch nichts Bulliges, Rundes, sondern der ersehnte, der gefürchtete Turm hält sein Versprechen nicht. Vielmehr könnte er überall stehen und ist vollkommen gewöhnlich. Hier seine Beschreibung, so wie er an diesem frühen Mittwochabend, als wir, mit lahmgelaufenen, verquollenen Füßen, zwischen dem Dorfeingang und einem Zypressenhain – der Friedhof, wie sich bald herausstellt – aufatmend aus der Ortschaft D. hinaus ins Freie treten und, in dem rosa Abendlicht, der Turm sich plötzlich vor uns aufreckt. Kurz und gut: Ein Wasserturm. Ein Was? Ja, fast muß man lachen. Nichts Antikes also, kein Monument, ein Schandfleck, neunzehntes Jahrhundert. Und die Fahnen, die vorgestellten? Nein, auch keine Fahnen! Doch sind solche Türme in der Zeit unserer Urgroßväter in den wasserarmen und flachen Landstrichen unseres

Kontinents, wo die Geländeformation die Anlage von Erdbehältern nicht gestattet hat, eben dann und wann errichtet worden mit einer Zisterne zur Speicherung des Wassers, während sich in der darunter gelegenen Kammer die für die Regulierung seines Drucks erforderlichen Apparaturen und Leitungen befunden haben. Und später, als diese Leitungen und Apparaturen veraltet waren, sind diese Türme kraft des Beharrungsvermögens ihres Materials und der Gedankenlosigkeit der stets weit entfernten Behörden dann einfach vergessen worden und im Land einfach stehengeblieben. Und zu so einem überalterten und vergessenen und stehengebliebenen Turm hat uns der Kustode, weil es in D. sonst nichts gibt, unter dem Vorwand einer Sehenswürdigkeit also geführt. Und erwartet nun, mit goldschimmerndem weitgeöffnetem Mund, daß wir ihm für seine Mühe danken und ihm ein Wort der Anerkennung über den besonders um die Tür herum stark beschädigten und angeschlagenen und offenbar auch von innen heraus zerfallenden Turm sagen, aber es fällt mir keines ein. Breitbeinig, bis zu den Knien in Farn, die Tasche mit dem Geld am Gelenk, schaue ich den Turm hinauf. Was für eine Enttäuschung! Wie kannst du, sage ich mir, bei Verstand gewesen sein, als du auf ihn gehört und dich von ihm hierher hast verschleppen lassen. Kein Kustode, ein *furbo* ist er. Und du, was du in deiner Naivität dir unter dem Turm nicht alles vorgestellt hast! Was sage ich ihm denn nun? Daß der Turm schön ist? Das wäre lächerlich. Alt? Nein, alt ist er nicht. Hoch? Nun, seine sieben, acht Meter kann der Turm schon haben, doch kann man sich mühelos einen *höheren* Turm vorstellen. Das einzige, was in die Augen sticht, ist seine vollkommene Nutzlosigkeit und Überflüssigkeit, doch darf ich die erwähnen? Das beste ist, wenn ich über den Turm gar nichts sage, vielleicht fällt mir später etwas ein. Ich gehe, mit auf dem Rücken zusammengepreßten Händen, vor dem Turm also ein wenig hin und her und sage: Eines steht fest, Herr Hans. Sie hätten heute morgen in einen leichteren Rock schlüpfen sollen.

Ja, sagt der Kustode, indem er sich mit seinem selbstgeschneiderten Taschentuch Luft zufächelt, da haben Sie wahrscheinlich recht.

Dieser Rock, den Sie da tragen, sage ich und zeige darauf, ist nichts für dieses Klima hier. Er ist viel zu schwer. Sie haben ihn ja ganz durchgeschwitzt.

Wem sagen Sie das, sagt der Kustode und hebt, um mir zu zeigen, daß er Bescheid weiß, die Arme in die Höhe, damit ich die Schweißflecken sehe. Leider, sagt er, besitze er aber keinen dunklen Rock, der leichter als dieser wäre.

Muß es denn ein dunkler sein, frage ich und bin froh, daß er sich so leicht von seinem Turm ablenken läßt.

Ja, sagt er, dunkel muß er schon sein.

Ja ist das Dunkle hier denn, frage ich, nicht nur eine Förmlichkeit, die man angesichts des Klimas längst hätte abschaffen sollen? Ein schwarzer Rock bei dieser Hitze?

Dochdoch, sagt er, dunkel muß er sein.

Überflüssig, alles überflüssig, rufe ich und wische seinen dunklen Rock mit einer einzigen Geste beiseite. Nehmen Sie sich doch an mir ein Beispiel, gehen Sie doch einfach im Hemd, rufe ich und drehe mich, damit er mich von allen Seiten sieht, einmal um mich selber. Ich bin zwar ohne Rock, aber für diese Gegend, für dieses *Kaff* sage ich dann sogar, reicht es. Und da ich den Eindruck habe, daß er das Wort *Kaff* nicht versteht, erkläre ich es ihm, mit Erfolg, wie ich glaube. Weil ich ihn aber nicht beleidigen will, denn ich habe schon lange den Eindruck, daß in seinem dicken Schädel eine große Empfindlichkeit sitzt, füge ich schnell hinzu, daß ich zu Haus auch in kleineren Orten, wo es ja bekanntlich die nettesten Leute gebe, im Hemd herumliefe, ohne mich oder sie zu genieren. Nichts für ungut also, sage ich. Und Ihr Deutsch, rufe ich, ist ausgezeichnet. Und daß mein Vorschlag nicht gegen ihn oder seine Heimat gerichtet sei, sondern ganz im Gegenteil. Im Hemd, im Hemd, rufe ich und zeige noch einmal auf mein allerdings gleichfalls an die Haut geklebtes und auf der Brust und unter den Armen mit gewaltigen Schweißringen ausgestattetes weißes Ferienhemd.

Im Hemd, sagt der Kustode, das ist unmöglich. Und schüttelt, nachdem er mein Hemd eine Weile betrachtet hat, ruhig den Kopf. Im Hemd, sagt er, kann ich heute nicht gehen. Ich muß sogar eine Krawatte tragen, sagt er und zeigt darauf. Und dann, ein wenig ärgerlich, weil ihm endlich einfällt, daß er sich von seinem heißgeliebten Turm weg- und in ein Gespräch über Hemden und Hosen hat verwickeln lassen: Also, was sagen Sie? Und zeigt mit seinem Stock, den er wie einen Degen hält, zur Spitze des Turmes hinauf.

Also hat er sich doch nicht ablenken lassen, denke ich, nun mußt du zu dem Turm doch etwas sagen. Ach ja, sage ich dann aber bloß, da ist ja auch Ihr Turm.

Allerdings, sagt der Kustode, indem er durch den Farn hindurch – er zieht eine breite Spur – noch näher an den Turm heranstapft und, wie ich an das *dammuso*, ein paarmal mit der Faust daran klopft.

Großartig, sage ich und gähne.

Nicht wahr, sagt er.

Erstaunlich, sage ich.

Ja, sagt er, das stimmt.

Ein alter Wasserturm, nicht, sage ich dann plötzlich, damit er sieht, ich weiß Bescheid. Und trete, weil ich ihn nicht kränken will, gleichfalls an den Turm heran, um gleichfalls mit der Faust dran zu klopfen, kratze aus übertriebenem Respekt dann aber bloß ein wenig mit den Fingern daran.

Ja, sagt der Kustode, ein Wasserturm. Das auch, sagt er, das auch. Und was ich für einen Eindruck hätte. Und daß ich ihm diesen Eindruck ganz offen *und frisch von der Leber weg* beschreiben möge. Und sieht mich dabei, wie ich aus den Augenwinkeln heraus beobachte, von der

Seite her an, um von meinem Gesicht den Eindruck abzulesen.

Und ich, nachdem ich einige Zeit habe verstreichen lassen und mir zu dem Turm immer noch nichts eingefallen ist: Nun, sage ich und stelle mich, die Hände so tief wie möglich in den Taschen, mit einem kleinen Lächeln vor dem Turm in Positur, es ist eben ein Turm, nicht, sage ich.

Da gerät der Kustode, ohne daß ich ihn daran hindern kann, plötzlich ins Schwärmen, spricht von einem großartigen Bau, der ihm gerade recht gekommen sei, vergißt, wer vor, wer neben ihm steht, redet auf sizilianisch weiter, legt mir erst den Stock, dann die Hand, dann fast den Kopf auf die Schulter und möchte in dem Glauben, daß ich seine Gefühle teile, mich vor dem Turm am liebsten umarmen. Zwar stoße ich ihn immer zurück, doch kommt er immer wieder. Nur ruhig, Herr Hans, sage ich und tätschele ihm die Hand, nur ruhig.

Sie sagen?

Jaja, sage ich, schon recht.

Fragen, ruft er dann, ich möge fragen. Ob ich denn keine Fragen hätte.

Fragen? Was denn für Fragen? Kein Wunder, daß ich mir angesichts seines Eifers ein Lächeln kaum verbeißen kann.

Nein, rufe ich, keine Fragen.

Also keine Fragen, fragt er enttäuscht.

Nein.

Denn da wir seinem Turm nun so nahe sind, den Turm sogar betastet haben, kann ich im Zusammenhang mit dem Turm auf alle Fragen verzichten. Weil uns der Turm selber zeigt, worauf er steht, woraus er gemacht ist. Aus dem faustgroßen, dunklen Eruptivgestein jenes Landstrichs nämlich, mit grobem Mörtel dazwischen, der an vielen Stellen, als sei mit Fingern darin gebohrt worden, schon wieder herausgebröckelt ist. Viele Steine, ja, ganze Lagen und Schichten fehlen dem Turm bereits, man fragt sich, wodurch er sich noch hält. Offensichtlich durch sich selber, denke ich. Und auf seiner der Witterung ausgesetzten äußeren Gesteinshaut liegt ein Schorf von Moos und Flechten. So wächst und verfällt der Turm zugleich aus dem hohen Farn heraus. Und da zieht der Kustode, nachdem wir den Fuß seines Turmes gründlich inspiziert und abgetastet, ja sogar abgeklopft haben und noch einmal um den Turm herumgegangen, nein herumgezogen worden – *venga, venga!* – sind, plötzlich einen rostigen Schlüssel aus seiner Hosentasche und will in den Turm hinein. Hinein? Jawohl, hinein. Und warum hinein? Besteigen, ruft er, besteigen. Natürlich weigern wir uns. Wir rufen: Besteigen, aber wozu? Und schütteln unsere Köpfe. Und winken, aus unserem Farn heraus, mit entschiedenen Gesten ab. Meine Frau, in düsteren Gedanken, stampft sogar mit den Füßen auf. Als ob wir solche Schauertürme zu Hause nicht selber hätten! Und erinnern den Kustoden, der uns, mit unentwegt offenstehendem Mund, nun schon viel zu lange um den Turm herumgeführt hat, an sein Versprechen, stets an unsere Erschöpfung zu denken und uns alle Strapazen, alles Kriechen und Klettern zu ersparen. Denn sein Turm, obwohl häßlich, ist hoch. Noch nie habe ich einen gleichzeitig so hohen und häßlichen Turm gesehen, geschweige denn bestiegen. Auf acht, neun Meter wenn nicht höher, schätze ich den Turm nun, wenn ich, den Kopf in den Nacken gelegt, in die Höhe schaue. Und meine Frau, in ihrem Zustand! Ich sehe sie an. Sie ist blaß. Ob etwa ... Aber nein, sie schüttelt den Kopf. Ihr Zustand ist unverändert. Ein Zustand, denke ich, der durch die unvorhergesehenen Strapazen einer Turmbesteigung, durch bestimmte Bein- und Leibbewegungen sich vielleicht ändern ließe. Falls sie tatsächlich schwanger sein sollte, falls es keine Täuschung ist. Und ich denke noch einmal dieselben Gedanken, die ich schon heute nachmittag auf unserem Gang durch D. gedacht habe, nur schlimmer. Denn wenn ich nun denke: Sie könnte ja stolpern, denke ich: Ach, wenn sie doch stolperte! Und wenn ich denke: In der Dunkelheit könnte sie ja fallen, denke ich: Ach, wenn sie doch fiele! Andererseits könnte natürlich auch *ich* stolpern, fallen. Ich, der Erschöpftere von uns beiden, mit den schweren Kameras, mit den, wenn es ans Steigen geht, wenn ich nur ans Steigen denke, leichten Herzbeschwerden, den Schweißausbrüchen, Atemnöten. Ich fahre mir mit dem Tuch über die Stirn. Im Schwitzen bin ich wie der Kustode. Auch daß ich hohe Gebäude immer schon gehaßt, ihr Bewohnen, auch Besteigen nach Möglichkeit vermieden habe, fällt mir ein. Ohne Schwindel, ohne das Gefühl zu fallen, ja, schon in der Luft zu sein, kann ich mich ja nicht einmal aus dem Fenster meines im dritten Stock gelegenen Büros, nicht einmal über mein wohlgesichertes heimisches Balkongeländer in der Moritzstraße lehnen! Und da soll ich diesen durch unentwegtes Reden gewaltsam in den Mittelpunkt meiner Existenz gerückten Turm besteigen, der, wie sich herausstellt, aber eine Täuschung ist und mich völlig kalt läßt? Lächerlich, denke ich. Und rufe aus: Lächerlich! Oder wenigstens: Unmöglich! Unmöglich, viel zu hoch, rufe ich. Doch da hat der Kustode seinen Stock bereits fest gefaßt und weist damit auf den Turm und fährt mit dem Stock, so weit er reicht, dann sogar ein paarmal über seinen Sockel, wobei ein ganz eigenartiges Geräusch, ein Klappern, auch Kratzen entsteht. Und ruft: Dochjawohl! Steigen, steigen! Hören Sie, mein lieber Hans, rufe ich und stelle mich breit hin. Und will ihm schon mit einer vertraulichen, ihm abgeschauten Geste die Hand auf die Schulter legen, aber dann ziehe ich die Hand noch rechtzeitig zurück. Und weise ihn darauf hin: Dadurch, daß wir ihn durch den Ort D., von einem Ende zum anderen, begleitet hätten, seien wir ihm ja schon großzügig entgegengekommen, so daß ein Besteigen seines Turms gar nicht mehr nötig sei. Doch die Idee, uns verpflichtet zu sein, geht in den Kustodenschädel offensichtlich nicht hinein. Denn da hat er auch schon, ehe wir es verhindern könnten, den Turmschlüssel ins Turmtürschloß gesteckt, da schließt er die Turmtür auch schon auf, da stößt er die Turmtür, die quietschend nachgibt, vor uns auch schon auf. Und ruft, für das Verständnis der Veranstaltung sei eine vorherige Besteigung des Turmes völlig unerläßlich. Warum? Damit wir sähen, wie hoch er ist. Wie hoch? Ja, sehen wir denn nicht, wie hoch er ist, sein Turm? Starren wir, den Kopf im Nacken, nicht unentwegt hinauf? Ja, sagt er, doch erst wenn Sie *oben* sind, merken Sie es wirklich. Was? Die Höhe. Oben? Ja.

Also gut, denke ich, also gut! Und lasse mich, nachdem ich meiner Frau einen Wink gegeben habe, der *Wir steigen* heißt, von dem Kustoden – was für eine Bezeichnung! – widerwillig durch die eiserne, an ihren Ecken von Rost angefressene Tür hindurch in das innere Turmgehäuse, das finstere Wendeltreppenhaus winken. Und treten natürlich augenblicklich in den widerlichsten, den dicksten Mief hinein. Mein Gott, wie solche alten Türme in ihrem Inneren stinken! In denen die kleine wie die große Notdurft nun schon von Generationen verrichtet worden ist. Doch auch auf Kadaver treten wir, ich auf etwas Pelziges, Weiches, während meine arme Frau auf etwas Hartes tritt. Und zwar, wie sich in dem trüben Licht herausstellt, *ich* auf ein Rattenaas, *sie* auf das abgenagte und bloßgelegte und vertrocknete Skelett eines Federviehs. Ein Rabe, denken wir, oder eine Krähe, die hier gelegen hat, als das Rattenvieh gekommen ist, um davon zu fressen. Und wenden es mit unseren Wanderschuhen in der Dunkelheit hin und her, ohne zu einem Schluß zu kommen. Was in den Winkeln sonst noch liegt, bleibt unseren Blicken entzogen. Und so steigen wir, nachdem wir das Harte und das Weiche hinter uns gelassen haben, höher, tasten uns, nachdem wir schon *draußen* einmal um den Turm herumgegangen sind, also nun *drinnen* den Turm hinauf, im Halbdunkel, die Arme weit ausgestreckt, unter Tapsen und Schlurfen und Schnaufen und uns im Steigen unablässig um uns selber drehend. Nein, wir hatten keine Ahnung gehabt, daß dieser Turm so hoch ist! Und können bei jeder Wendung seiner flachen glatten Stufen durch einen Luftschlitz auf eine von neuem verwandelte, immer tiefer unter uns zurückbleibende Erde schauen. Nein, wir hatten keine Ahnung gehabt, daß sein Turm so hoch ist! Voran steigt der Kustode, der sich hier ja auskennt, dann und wann auch Erklärungen gibt, die aber nur selten verstanden werden, weil es in dem Turm so hallt. (Auch die Tritte des Kustoden, der bei dem ungewissen Licht, wenn er über die Schulter blickt, jetzt die Haut eines wirklichen Leichnams hat, hallen, das Schleifen und Scharren seiner Füße, sein Geschnauf, sein tappender Stock.) Hinter ihm steigt meine Frau, die ständig innehält, immerzu seufzt, immerzu um ihre Schuhe besorgt ist, unentwegt nach Halt und Stütze sucht, immerzu die Hände wringt. Ich, der letzte, folge ihr, treibe sie, mit kleinen Ermunterungsrufen, auch mit einfachem Zischen an, doch muß auch ich immer wieder stehenbleiben und mich stützen, so daß sich die Besteigung des Turmes, die ich so schnell wie möglich hinter mich bringen wollte, ganz unnötig hinzieht. Gut, dann noch ein kleiner Sprung. Gut, also nun oben. Durch eine Luke, durch die, ruft der Kustode, das ganze Frühjahr und den ganzen Sommer über niemand gestiegen ist und die er nun aufstößt, steigen wir ins Freie. Und fragen uns oben auf dem Turm, was wir im Freien sollen. Schwalben schießen uns um die Köpfe, der Schönwetterhimmel ist nah. Und um uns herum, als wir uns in den Himmel hinein aufgerichtet und unsere Augen sich an sein Licht gewöhnt haben, eine tatsächlich unermeßliche, dürre, von den letzten Strahlen der ins Meer treibenden Sonne verkupferte Landschaft mit Sträuchern, Büschen, dann und wann ein Hügel, auch Berge, meist ohne Bewuchs. Offenbar der Rand der Welt, der Saum, an dem alles aufhört. Und über diesen Saum hinweg, von außen, übers Meer, bläst, wenn wir die Gesichter heben, der heiße Wind uns an. Vorsichtig, mit kleinen Schritten schlurfe ich zur Brüstung hin. Sie reicht mir kaum bis zum Knie. Aber es ist ein Geländer da. Ich greife sofort danach und hangele mich, unter Schnaufen und Stöhnen, tief unter mir die feste Welt, dem Kustoden, der vorausging, entgegen. Eine Weile stehen wir nun stumm beisammen, in das Land unter uns vertieft. Steil zu unseren Füßen die Dächer des Ortes D., gebrochen, verschachtelt, verbaut. Kamine sind in sich zusammengestürzt, über einem steht schwarzer Rauch, senkrecht, bis ein kleiner Wind kommt und ihn hierhin und dorthin bläst. Dazwischen enge ungelüftete Höfe, ab und zu eine Lücke, ein Loch, wo vielleicht einmal etwas gewesen, nun aber nichts mehr ist. Darüber, wenn wir die Augen heben, entfaltet sich das Land. Im Süden ein mir unbekanntes Gebirge, in gedämpfter Glut. Ein Stück Fluß, das sichtbar wird, wenn wir uns den Hals verdrehen. Dann die *macchia,* in Senken und Niederungen, ein gleichgültiges Auf und Ab, Mulden und Buckel, einesteils dicht und braunbewachsen, andernteils locker und grünbetupft. Und dahinter, in der Ferne, soweit das Auge reicht, wie frischgegossenes Blei, glatt und besonnt und unerregt: *il mare africano.* Der Schwindel, so hoch über der Welt zu sein, den Wipfeln der Zypressen so nah, daß man ihnen mit einem Blick tief ins Geäst schauen kann. Die Hände am Geländer, die Kameras am Bauch, taste ich mich einmal um die Plattform herum und hüte mich, steil nach unten zu schauen. Meine Hände schaue ich vielmehr an. Und die Landschaft? Man muß sie gesehen haben, aber einmal ist genug. Während uns der Kustode mit gestrecktem Arm auf die wahrscheinlich von einer noch unbestimmten Krankheit verursachten, dunklen krebsartigen Schwären an den Rinden und die rostbraunen Verfärbungen am Astwerk der Zypressen hinweist. Da beginnt ihr Tod, sagt er. Doch sind wir zu kraftlos, um auf die Zypressen zu schauen oder um zu reden oder um auch nur zuzuhören, der Rand der Erschöpfung ist erreicht. Wie der Turm uns gefiele? Wir nicken stumm. Der Ausblick? Wir winken ab. Ob wir jetzt seine Höhe ... Wie? Wie hoch der Turm ist, ruft der Kustode und zeigt in den Himmel hinauf. Ja, sagen wir und fassen die Luke ins Auge. Nur einmal, als er gerade in die andere Richtung schaut, blicke ich unter mir in die Tiefe. Und habe, einem Impuls aus meiner ungeordneten und wüsten, inzwischen beiseitegeschobenen und weit hinter mir gelassenen Nachkriegskindheit gehorchend, über die Brüstung hinweg auf die Erde, auf das Pflaster des Turmplatzes gespuckt. Und bin dem Speicheltropfen ganz lang, ganz lang mit den Augen durch die Luft gefolgt, bis er auf den Steinen unter mir in tausend Millionen Spritzer zersprungen, zerstoben ist.

Es zeigt sich, daß bei dem Turm von D., in den Friedhof hineingestellt, also unweit der hinteren, der Eisentür entgegengesetzten Turmseite ein ebenerdiges flaches Steingebäude steht, das wir ganz übersehen hatten, und auf das uns der Kustode, nachdem wir, ohne zu stürzen, die Treppen wieder hinabgestiegen und ins Freie getreten sind, mit ausgestrecktem Arm hinweist. Und da sei ein Café. Ein Café? Ja, ein Café! Und zwar sei es, fängt er sofort zu prahlen an, eines der besten, wenn nicht *das beste* Café von ...

Von D., frage ich.

Nein, sagt er, von der ganzen Insel.

Von ganz Sizilien, rufe ich und blicke ihn ungläubig an.

Jawohl, ruft er und schaut.

Nun, ein Café am Ortseingang, das beste oder nicht, ist nicht ungewöhnlich, denken wir und stampfen, um uns des festen Bodens unter unseren Füßen zu versichern, ein paarmal kräftig auf. Ja, sagt er, indem er sich die Hände reibt, und außerdem sei es, denn das wüßten wir wohl auch nicht, *das mit der Veranstaltung betraute Café.* Ach, richtig, rufen wir und legen unsere Hand an die Stirn, die Veranstaltung, natürlich! Die wäre uns, über und auf dem Turm, ja um ein Haar entfallen. Wir dachten, mit der Turmbesteigung sei alles schon erledigt. Doch ist dies offensichtlich nicht der Fall, denn wenn der Turm auch hinter uns liegt, so liegt die Veranstaltung, wie uns der Kustode versichert, natürlich noch vor uns und soll in oder vor diesem Café also nun gleich beginnen. Ich stoße den Kustoden in die Seite. Ich sage: Hören Sie, und zwinkere ihm zu. Und frage ihn, ob er, da wir den Turm ja nun gesehen, ja sogar bestiegen hätten, die Veranstaltung nicht ausfallen lassen oder uns wenigstens davon befreien könne. Eine Frage, die ich nicht hätte stellen sollen.

Ausfallen lassen die Veranstaltung, ruft er, indem er stehenbleibt und mich ungläubig anglotzt.

Scusi, falls es Umstände macht, sage ich, es war ja nur eine Frage.

Die wir am besten, sagt er, gleich wieder vergessen. Und spuckt sich vor die Füße. Also, ruft er, vor diesem Café findet die Veranstaltung, die man weder verschieben noch ausfallen lassen kann, nun gleich statt.

Bitte, sage ich, wie Sie meinen.

Und in dieses Café will er uns nun führen, wir seien seine Gäste. Und geht, nachdem er die Turmtür hinter uns abgeschlossen hat – eine Überflüssigkeit, denn sein eigener Gestank macht diesen Turm ja unbetretbar genug – füßeschleppend vor uns her über den Turmplatz und auf das Café zu. Auch er wirkt mitgenommen. Wenn er doch nicht so hinken würde, wie peinlich, denke ich. Denn statt wie bisher nur leicht zu *humpeln, hinkt* der Kustode nun. Und das Taschentuch, mit dem er sich unentwegt über die Stirn fährt, ist schon so naß, daß er es gar nicht mehr in die Tasche zurückstecken kann. Ungefähr in der Mitte zwischen Turm und Café kommt es zu einer Begegnung. Die Kinder sind wieder da. Die Kinder? Ja, die Ziegenschlächter, an die wir mit keinem Gedanken mehr gedacht hatten. Doch sind sie wegen ihrer Arme und Beine, die vom Schlachten noch blutig sind, in dem Abendlicht nicht zu verkennen. Plötzlich springen sie hinter der den Friedhof umgebenden Hecke hervor und stellen sich uns in den Weg. Besonders der mit der Narbe fällt uns auf, der in die Ziege hineinstach und der dem Kustoden jetzt ernst und stumm ein paar Schritte entgegengeht. Bleib stehen, sage ich zu meiner Frau und halte sie zurück, da ich in das, was nun vielleicht geschieht, nicht hineingezogen werden will. Denn wenn man, wie wir, in einem Land weder die Gebräuche noch die Sprache richtig kennt, heißt es Vorsicht, wissen kann man ja nie. Doch sind meine Befürchtungen überflüssig. Ein Scherzwort auf den Lippen, hinkt der Kustode, so wie wir ihn schon kennen, also die Arme ausgebreitet, auf den Jungen zu, um ihm seine schlaffe rote Pfote auf die magere Schulter zu legen. Und ihn, nachdem er ihn wie ein Pferd beklopft hat, beim Genick zu nehmen und zu uns zu führen. Das ist Mario Diagonale, ein braver, ein tapferer Junge. Wir nennen ihn Mimiddu, ruft er und schiebt ihn vor sich her.

Buon giorno, Mimiddu, sage ich und strecke dem Jungen, der den Kopf gesenkt hält, meine Hand entgegen.

Presto, il signore ti dice buon giorno, dai la mano, presto, ruft der Kustode, doch statt dessen streckt der Junge seine Hände, nachdem er sie, in einer schönen Geste der Verweigerung, in ein leichtes Zittern versetzt hat, trotzig in die Hosentasche.

Lassen Sie ihn, sage ich, vielleicht hat er Angst vor uns.

Ja, aber das braucht er nicht, sagt der Kustode, ich bin doch bei ihm.

Lassen Sie ihn, sage ich, vielleicht ist er schüchtern.

Möglich, daß er schüchtern ist, sagt der Kustode. Und aufgeregt ist er natürlich auch, weil er eine schwere Aufgabe vor sich hat, nicht wahr, Mimiddu, fragt er. Und zupft ihn, um ihn für seinen Ungehorsam zu bestrafen, ein wenig an den Haaren. Haben Sie gesehen, wie wunderbar blaß er ist? Fast durchsichtig, sagt er und legt ihm die Hand auf die Wange. Sogar der Hals ist bei ihm blaß, aber die Blässe steht ihm. Außerdem ist er tatsächlich etwas scheu, da haben Sie ganz recht. Er ist nämlich nicht von hier, sondern aus einem kleinen, jetzt kaum mehr vorhandenen Dorf, das zwölf Kilometer von hier entfernt liegt, so daß er in seinem Leben kaum Fremde gesehen hat. Sie müssen also entschuldigen, wenn er Sie so anstarrt. Es ist nicht Haß, sondern Erstaunen.

Haß, frage ich, warum sollte es denn Haß sein?

Ich dachte, Sie hielten es für Haß.

Aber warum sollte ich, rufe ich. Und weshalb ist er erstaunt?

Oh, das ist einfach, sagt der Kustode. Darüber, daß Sie

so eine weite Reise auf sich genommen haben, bloß um ihn zu sehen. Denn er denkt natürlich, Sie sind seinetwegen gekommen. *Vieni qua*, ruft er, und ehe ich ihm erklären kann, daß mir das Anstarren nichts ausmacht und ich auch auf sein Händeschütteln verzichte, zieht der Kustode den Jungen ein paar Schritte beiseite, um hinter den breiten, wattierten Schultern seiner schwarzen Jacke von oben her hastig auf ihn einzureden und ihm mit seinen dicken Fingern, die er vorher anleckt, das ungekämmte schwarze Haar um seinen Kopf zu einer Art Frisur zurechtzulegen.

Ich will nach Haus, sagt meine Frau.

Ja, sage ich, aber doch nicht jetzt.

Doch, sagt sie, ich will nun nach Haus.

Aber wo er uns eingeladen hat, sage ich.

Und was macht er mit dem Jungen, fragt sie. Was tuschelt er denn mit ihm?

Er wollte, daß er mir die Hand gibt, aber statt dessen hat der Junge sie in die Tasche gesteckt. So, sage ich und mache es ihr vor. Jetzt erklärt er ihm wahrscheinlich, daß sich das nicht gehört.

Und warum zieht er ihn dabei an den Haaren, fragt sie.

Aber er zieht ihn doch nicht an den Haaren, sage ich, er macht ihn doch bloß schön.

Warum, fragt sie.

Nun, sage ich, damit er ordentlich aussieht.

Trotzdem, sagt sie, nachdem sie eine Weile nachgedacht hat, ich will nach Hause.

Nach Hause, ruft der Kustode, der trotz der Entfernung alles gehört und sich von dem Jungen sofort ab- und uns zugewendet hat, aber warum nach Hause, es fängt ja nun gleich an. Unser Gespräch ist ja schon beendet, er hat auch schon begriffen, wie man sich zu einem Fremden benimmt. Ja, ruft er und kommt eilig zurückgehumpelt, wenn sie mich nicht hätten! Übrigens können Sie ganz ungeniert vor ihm sprechen, er versteht kein Deutsch, sagt er. Nichts versteht er, überhaupt nichts, auch lesen kann er nicht. Ich sage das nur für den Fall, daß Sie sich vielleicht mit mir über den Eindruck, den er auf sie macht, unterhalten oder mir Fragen stellen wollen. Zum Beispiel wie er zu dieser Narbe an seiner Stirn gekommen ist. Und führt uns, als ich abwinke, denn ich möchte über meinen Eindruck von dem Jungen nicht reden, den kleinen Mimiddu, der den Kopf gesenkt hat, diesmal nicht am Genick, sondern, indem er ihm seinen freien Arm um die Schultern legt, wieder zu. Ja, sie sind wie die Tiere, sagt er, sie müssen fest angepackt werden. Fest anpacken, das ist wichtig. So, sagt er und schüttelt den Jungen ein paarmal kräftig an der Schulter, um uns zu zeigen, wie, seiner Meinung nach, so ein Junge angepackt werden muß.

Vorsicht, ruft meine Frau, er wird ihn ja verletzen.

Ja, sage ich, geben Sie lieber acht.

Verletzen, wie kann man so einen schon verletzen, ruft der Kustode und schüttelt den Jungen, um zu zeigen, was er alles aushält, noch ein wenig mehr.

Vorsicht, ruft meine Frau, es ist ja noch ein Kind, er tut ihm ja weh.

Ach was, ruft der Kustode und schüttelt.

Hören Sie, sage ich und lege dem Kustoden meine Hand auf den Arm, was Sie da tun, sieht meine Frau aber nicht gern. Sie wissen ja, wie Frauen sind. Sie glauben gleich, man richtet weiß Gott was für einen Schaden an oder tut jemandem weh. Sie glaubt, ich tue ihm weh, ruft der Kustode, indem er mich erstaunt anblickt. Glaubt sie das wirklich? Aber *wie, signora*, ruft er und wendet sich, um ihre Bedenken zu zerstreuen, direkt an meine Frau, sollte ich ihm denn weh tun? Und *wo* denn, ruft er, *wo* denn?

Aber da wendet sich meine Frau auch schon von ihm ab und kehrt uns den Rücken zu. Und tritt, um nicht mit ansehen zu müssen, wie der Junge geschüttelt wird, dann sogar ein paar Schritte von uns weg, um sich, mit schief gelegtem Kopf, als ob sie gar nicht zu uns gehöre, an den Rand des Platzes zu stellen und zum Turm hinaufzuschauen.

Schauen Sie, was sie getan haben, sage ich. Sie haben sie beleidigt. Schauen Sie, wie sie uns den Rücken dreht, sie will nichts mehr zu tun haben mit uns. Ja, jetzt sollte ich eigentlich zu ihr gehen und gleichfalls zu Ihrem Turm hinaufschauen, sage ich, gehe dann aber nicht, sondern schaue noch ein wenig zu, wie er den Jungen schüttelt.

Beleidigt, wieso denn beleidigt, ruft der Kustode und hört einen Moment zu schütteln auf. Und *wo* sollte ich ihm denn weh tun, *wo* denn, ruft er und schüttelt weiter.

Nun, sage ich und schaue mir den Jungen noch einmal an, und da mir, von allen Körperteilen, sein langer zarter Hals am meisten gefährdet erscheint, sage ich: Nun, vielleicht am Hals.

Am Hals, ruft der Kustode und fängt an zu lachen, aber doch nicht am Hals. Schauen Sie doch, ruft er und läßt die Schulter fahren, um dem Jungen seine Pfote wieder ins Genick zu legen und ihn nun auch am Hals zu schütteln. Nur um zu beweisen, wie stark man daran schütteln kann, wie fest so ein Hals ist. Glauben Sie mir, ruft er, die sind zäh, besonders an den Hälsen. Und dann zu dem Jungen, indem er ihn losläßt: *E adesso dai la mano al signore.*

Die Art, wie der Junge, den Blick am Boden, damit man sein Gesicht nicht sieht, mir die Hand entgegenstreckt, verrät, daß er früher an Kirchentüren viel gebettelt haben muß.

Ma, guarda negli occhi del signore, quando te lo dico, ruft der Kustode, der immer noch hinter ihm steht, wenn er ihn nun auch nicht mehr schüttelt. Und da hebt der Junge seinen Kopf, so daß ich sein Gesicht zum ersten Mal aus der Nähe sehen kann. Ich denke sofort: Armer Mimiddu! Weil er, wie ich schon vermutet hatte, der Rasse der unerwünschten, mit Füßen getretenen und überflüssigen Geschöpfe dieser Erde angehört, die schon als Kinder alt sind, schon als Kinder die neidischen und berechnenden Blicke von Erwachsenen haben, ihre zerklüfteten Münder, ihre Falten auf der Stirn, ihre Adern auf den Rücken der Hände, ihre gelben Raucherfinger, etcetera, etcetera. Wie oft, in den verschiedensten Ländern, auch wo man es gar nicht vermutet hätte, denke ich, hast du früher, vor deiner Ehe, solche Kindergesichter, deren Farbe immer ins Aschene, ins Fahle ging, nicht schon studiert! Und deine leicht verlegene Hand auf ihre warmen Köpfe gelegt. Auch die Gesichtsfarbe Mimiddus geht ins Aschene, ins Fahle, eine Farbe, die ich fast schon vergessen hatte, nun aber wiederfinde. Die Hand auf den Kopf lege ich ihm aber nicht, ich bin älter geworden. Zu spät, denke ich, zu spät. Und daß er wahrscheinlich zu denen gehört, die schon nicht mehr zu retten sind. Hochbegabt im Erfinden unglaubwürdiger Gesten, die Augen unaufrichtig und scheu, die Blicke, wie jetzt dieser Blick, zwischen die eigenen Füße hin, entweicht den Mündern dieser Kinder ein verdorbener Geruch. Auch die Wangen sind gezeichnet. Zwar pissen sie noch aufrecht und gerade und stolz und schütteln sich ohne Scheu, aber ihre Hände, wenn sie sie vorzeigen sollen, zucken und verkrampfen sich. Und in ihrem Grinsen die Verlegenheit, daß sie auf der Welt sind. Deshalb zeigen sie sich in den Ländern, die ich besucht habe, tagsüber auch so wenig wie möglich, lauern hinter zugigen Türen, hausen in dumpfen Kellerlöchern und auf Speicherböden, wo sonst nur tote Vögel sind. Und wenn man, nach Monaten, nach Jahren, wieder einmal auf sie stößt und ihnen die Hand an die Wange legt, fühlen sie sich gleich beschuldigt und schlüpfen uns unter unseren Händen davon. Und vor so einem Kind stehe ich jetzt, so ein Kind schweigt mich jetzt an.

Sorridi un po' al signore, ruft der Kustode.

Schnell weg von hier, denke ich.

Weil es mir als Junggeselle, früher, auf meinen Reisen, immer wieder passiert ist, daß sich so ein Junge einfach an mich gehängt hat und mir stundenlang gefolgt ist, schweigend, mit gesenktem Kopf. Und wenn ich, um ihn loszuwerden, in ein Café oder in einen Laden hineingegangen, *hineingeflüchtet* bin, hat er draußen, in der Sonne, im Rinnstein gesessen und auf mich gewartet. Und ist mir, sobald ich dann wieder auf die Straße getreten bin, wie ein Hund, auch mit Hundeblicken weiter gefolgt, durch ganze Städte hindurch, und weit aus den Städten hinaus, und ich habe nicht gewußt, wie ich das Kind, das immer ein paar Schritte hinter mir her gelaufen ist und das, wenn ich stehengeblieben bin, gleichfalls stehengeblieben ist, um Himmels willen denn wieder loswerden sollte. So daß Kinder, die gar nicht zu mir gehörten, zu dieser Zeit meines Lebens oft bis in die Nächte hinein hinter mir her gelaufen sind. Ja, bis in meine Träume hinein sind mir diese Kinder gefolgt, so daß ich, um sie endlich loszuwerden, meine Ferien manchmal einfach abgebrochen habe, einfach weggefahren bin.

Bene, sage ich zu dem Kustoden, nachdem ich die kleine verschwitzte Jungenhand gedrückt und sofort wieder losgelassen und weit von mir weggeschoben habe, während Mimiddu meine Hand gar nicht drückt, sondern seine Hand schlaff in meiner liegen läßt, *bene.* Und daß wir ihn, sage ich, falls er mit dem Jungen noch etwas zu besprechen habe, nicht aufhalten wollten und nun in das Café gingen, um auf den Beginn der Veranstaltung, der doch wohl nicht mehr allzu lange auf sich warten lassen werde, zu warten. Nicht, sage ich zu meiner Frau.

Ich will nach Hause, sagt sie.

Jetzt, rufe ich, wo wir schon am Turm sind? Jetzt, wo alles losgehen soll? Später, später, sage ich.

Nein, jetzt, sagt meine Frau.

Ach, lassen wir sie, sie hat nicht zugehört, es ist ärgerlich, sage ich. Und daß sie, denke ich, eine Haltung einnimmt, die für sie leider typisch ist: Immer will sie das Gegenteil. Der Kustode und ich, wir blinzeln uns zu, als Männer verstehen wir uns. Also, sage ich, wir gehen jetzt ins Café, dort sehen wir uns dann. Und dann zu ihr, indem ich sie am Ellenbogen fasse: Also komm, Maria! Und es gelingt mir, ohne daß mir der Junge folgt, der die Augen längst wieder gesenkt hat, von dem Kustoden, der in Turmrichtung abgeht, loszukommen und die Caféterrasse, auf der viel zu viele Tische und Stühle aufgestellt sind, zu erreichen. Wo um Himmels willen sollen, in diesem Loch, die vielen Gäste denn alle herkommen, denke ich, als wir durch die Tische und Stühle, die einmal weiß gewesen sind, von denen der Lack aber abgesplittert ist, hindurchgehen. Alles leer, alles leer. Wir haben nun drei Möglichkeiten! Entweder wir laufen bis zum Ende der Caféterrasse und dann über das Ende hinaus und springen über die niedrige Hecke in den Friedhof, der hier anfängt, hinein. Und laufen, ohne uns umzuschauen, dem Kustoden, was mir das liebste wäre, einfach über die Gräber davon. Aber ich fürchte, daß man dem Kustoden, der uns vom Turmplatz her gewiß im Auge hat, durch den Friedhof hindurch und über die Gräber hin nicht so einfach entkommen kann. Oder wir gehen in das Café, setzen uns an einen Tisch und krempeln uns die Ärmel hoch oder stellen uns an die Theke und trinken etwas, sie vielleicht einen kalten *espresso*, ich vielleicht ein Glas Wein. Aber da man in so einer Hitze nicht gern im Café hockt und an einem Abend wie diesem sich auch nicht gern an eine Theke stellt ... So daß wir, drittens, in das Café natürlich auch bloß hineinschauen, rasch unsere verschwitzten Gesichter zeigen und uns dann *draußen* an einen Tisch setzen könnten. Um *draußen*, angesichts des Turmes, auf den Beginn der Veranstaltung zu warten, von der ich mir keine Vorstellung machen kann, auch nicht will. Ich werde mich hüten, den Fehler zu wiederholen und mir, wie soeben den Turm, in meinem Kopf etwas auszudenken, das es dann gar nicht gibt. Und als ich in die Tür des Cafés trete und mein Gesicht zeige, sehe ich in dem erwartungsgemäß niedrigen und düsteren Raum, daß *doch* Leute da sind, und wie viele! Seltsam, nach so viel Menschenlosigkeit plötzlich so viel Leute! Wenn wir, auf unserem Gang durch D., insgesamt auf drei oder vier gestoßen sind, alle einheimisch, alle vereinzelt, so handelt es sich bei den Leuten im Café um zehn, um zwölf, um zwanzig. Was wollen sie hier? Alles Ausländer, wie ich, als meine Augen sich an das Zwielicht des Cafés gewöhnt haben, deutlich sehen, an ihren Stimmen hören kann. Da ist meine Überraschung natürlich groß. Maria, stell dir vor, es sind Leute hier, das Café ist ganz verstopft, rufe ich über meine Schulter. Aber meine Frau, die zwar hinter mir steht, aber mit ganz anderen Gedanken beschäftigt ist, ist nicht überrascht oder zeigt ihre Überraschung nicht. Was haben, in einer Jahreszeit wie dieser, so viele Ausländer in einem Nest wie D. zu suchen, frage ich mich sofort. Denn daß sie nicht durch Zufall hier sind, liegt auf der Hand. Auch daß es sich bei ihnen um eine, wenn auch bloß lose verbundene Reisegruppe handelt, liegt auf der Hand. Ja, sage ich mir, ganz offensichtlich, auch wenn du es im Grunde nicht für möglich hältst, sind sie wegen der Veranstaltung hier, weswegen sonst? Offensichtlich haben sie sich nach Catania einfliegen lassen und sind von dort mit Bussen gekommen. Diese Busse, denke ich, hast du zwar nicht gesehen, doch werden sie wahrscheinlich hinter dem Café geparkt sein. Und daß es sich bei der Veranstaltung, die ich bisher für eine auf Touristen abzielende Geldschneiderei gehalten habe, von der man sich nach Möglichkeit fernhält, vielleicht doch um etwas handeln könnte, das manche Leute anspricht und sie sogar zu einer Reise in das verdorrte Landesinnere hinein bewegt. Sie werden schon wissen, warum sie hier sind, auch wenn du es nicht weißt, denke ich. Und bin nun natürlich neugierig und schaue mir die Leute, die aus freiem Willen hierher kommen, genau an, so gut man Leute, die im Finstern hocken, eben anschauen, studieren kann. Und fasse sofort, ich weiß nicht warum, eine Abneigung gegen sie. Nein, denke ich, kein schöner Anblick! Pfui, denke ich, wie widerlich! Obwohl ich sie in dem dunklen Raum ja kaum erkennen kann. Doch vielleicht spielt hier mein Vorurteil gegen Reisegruppen mit. Nie, und wenn ich tausend Jahre alt werde, würde ich mich, unter welchen Bedingungen immer, einer Reisegruppe anschließen, nie! Solche Reisegruppen sind, um ehrlich zu sein, für mich das Allerletzte, weil für mich solche Reisegruppen immer mit dem Übelsten, also mit Lärm, Gemeinheit, vulgären Witzen, Geilheit, Geiz, etcetera in Zusammenhang stehen. Und nun eine Reisegruppe hier in D.! Und dazu eine Reisegruppe, deren Reisezweck im Dunkeln, im Dunkeln dieses engen niedrigen Cafés liegt. Eine Reisegruppe, die von einer mir unbekannten Neugier, Schaulust, *voyeurisme*, etcetera zusammengehalten wird. Leider ist es, rufe ich über meine Schulter hinweg, eine Reisegruppe, doch meine Frau antwortet nicht. Weil sie mir, wie ich dann sehe, überhaupt nicht bis zur Tür des Cafés gefolgt ist und auch gar nicht hinter mir steht, sondern sie steht noch am Rande der Terrasse, schaut wieder zu dem Turm hinauf. Die Männer der Reisegruppe in dem Café, und es sind, was die Sache nicht besser macht, ja fast ausschließlich Männer, sind alle dunkel gekleidet, ja sogar schwarze Krawatten tragen sie. Viele sind ohne Röcke, die sie der Hitze wegen über die Stühle geworfen oder an die Wand gehängt haben, aber da sie alle teure Seidenhemden tragen, können sie es sich erlauben, ohne Röcke zu sein. Einer, ein langer hagerer Engländer mit einer Hakennase – es kann aber auch ein langer Amerikaner sein – ist gerade dabei, an ein paar Kinder kleine Münzen zu verteilen, die er ihnen aber nicht in die Hand gibt, sondern er wirft sie in die Luft, so daß die Kinder mit großem Geschrei über jedes einzelne Geldstück herfallen und eines das andere mit seiner ganzen Kraft beiseiteschiebt, beiseitetritt. Und der lange Engländer oder Amerikaner steht mitten unter ihnen und lacht, krümmt sich vor Lachen. Wie gesagt, kein schöner Anblick, eher widerlich. Und ich? Fahre ich dazwischen? Nein, ich halte mich zurück. Doch trete ich immerhin tiefer in den verrauchten, verschwitzten, bis an seine Ränder mit verbrauchter Luft vollgeblasenen Raum hinein. Denn auf der Theke, auf einem schwarzen Teller, unter Cellophanpapier, liegt eine angeschnittene Melone, die ich aus der Nähe sehen will. Obwohl schon viele Fliegen unter dem Papier hindurchgekrochen sind und auf der Melone sitzen, läßt mir ihr saftiges rotes Fleisch das Wasser im Mund zusammenlaufen. Lange stehe ich vor der Melone und studiere sie, staune sie an. Und nehme mir, indem ich mir die Lippen lecke, vor, mir, sobald sich ein Kellner findet, von der Melone eine dicke Scheibe abschneiden zu lassen und sofort hineinzubeißen. Und ein zweites, etwas dünneres Stück will ich für meine Frau bestellen und, falls sie es, was wahrscheinlich ist, zurückweist, auch das zweite Stück noch essen. Aber da kein Kellner da ist, kann ich die Melone nicht bestellen. Unter den Gästen sind, wie ich sehe, Franzosen, Amerikaner, zwei Japaner, die einander photographieren, ein Schweizer mit seiner zwar Deutsch sprechenden, mir aber fast ganz unverständlichen Frau, ein weiterer Asiate. Und ich hatte gedacht, das Café sei leer! Weil ich von draußen nichts gesehen hatte, hatte ich mir, auf Grund einer menschenleeren Ortschaft, ein volles, ein *verstopftes* Café gar nicht vorstellen können. Und da fällt mir, an die Wand gelehnt, ich weiß nicht warum, plötzlich mein Vater ein, der, in dem Alter, in dem ich jetzt bin, auf das Jahr genau, während eines Besuches in einem ebenso verstopfen Café, plötzlich zusammengebrochen und tot gewesen ist. Ohne zu begreifen, daß er stirbt, ohne sich und die Welt zu begreifen. Und nun, mit dem Rücken an die Wand gelehnt, mit im Rücken verknoteten Händen, während ich auf einen Kellner warte, durch die halbgeschlossenen Lider hindurch die kleine Gestalt meines toten Vaters, neben die Theke gestreckt, die Zunge hängt ihm zum Hals heraus, als wir ihn dann finden, was alles ich nun beiseiteschieben, verdecken, abwehren muß.

11

Die Kellnerin, die, wie sich später herausstellt, die Mutter des Cafébesitzers oder -pächters ist, ist eine kleine mürrische, vom vielen Auftragen und Servieren von Speisen und Getränken tiefgebeugte alte Frau, die, in einem langen fließenden schwarzen Gewand, plötzlich aus der Küche herauskommt, mich, als sie mich sieht, aus dem Café gleich wieder hinausschiebt, mir übelgelaunt nach draußen folgt und uns – meine Frau ist wieder da! – mit ihrer Serviette wortlos an einen Tisch wedelt. Wir sind die ersten Gäste. Zu früh, zu allem Überfluß sind wir zu früh gekommen. Gut, also wir setzen uns. Und ich bestelle, nachdem ich ein paarmal erleichtert ein- und ausgeatmet habe – wir sitzen, wir sitzen ja endlich! – einen *vino rosso con gazosa* für mich und einen *espresso freddo* für sie. Aber einen starken, gute Frau, rufe ich der Alten nach und vergesse die Melone, die ich ja auch bestellen wollte. Und nehme mir, während ich meine Kameras abnehme und vor mich auf den Tisch lege, vor, die Melone, sobald sie den Wein und den Kaffee bringt, sofort nachzubestellen. Die Hand über den Augen, um sie vor den letzten, besonders stechenden Sonnenstrahlen des Tages zu schützen, schauen wir uns um. Eine auch von der Terrasse aus in allen Richtungen gut überschaubare Landschaft mit vielen Büschen, viel Gestrüpp, auch Hügeln und, in der Ferne allmählich ansteigend, teils bewaldeten, teils kahlen Bergen. Neben uns, im Friedhof, theatralisch, schwarzgrüne Zypressen, erstarrt. Und vor uns, auf dem leeren Platz, der Turm mit seiner ganzen Häßlichkeit, in seinem ganzen Jammer. Wie lächerlich so ein Wasserturm in so einer Umgebung ist! Wie verbrecherisch, ihn vor den Friedhof zu stellen und dann zu vergessen! Und ich, wie ich von dem Gedanken an den Turm berauscht war, als wir durch die Ortschaft liefen! Wie ich immerzu an ihn gedacht, von ihm geredet hatte! Nein, du wirst dir diesen Turm nicht mehr anschauen, denke ich, und da wende ich ihm auch schon den Rücken zu. So daß ich von nun an wohin schaue? Auf den Friedhof, jawohl, auf den Friedhof! Und denke, während ich auf den sehr stillen, sich einen sanften Hügel hinaufziehenden und von schmalen Pfaden durchkreuzten Friedhof schaue, immer noch an den Turm. Bis ich mir endlich sage: Schluß jetzt! Bis ich mir sage, daß es nötig ist, Wichtigeres zu bedenken. Und was ist wichtiger als der Turm? Dein Trennungsentschluß natürlich. Den du ja gleichfalls, wenn auch ohne Kraft, in deinem Kopf umherschiebst und der endlich hinausmuß. Und habe, indem ich meine Frau von der Seite her plötzlich scharf ins Auge fasse, den Trennungsentschluß auch schon auf den Lippen, doch verkünde ich ihn dann wieder nicht. Die Verlogenheit, die, nun schon seit Jahren, zwischen uns herrscht, herrschen muß! Beispielsweise die Verlogenheit, den Trennungsentschluß so lange auf den Lippen zu haben, ohne ihn auszusprechen. Sondern ich habe, statt mich weiter mit diesem Entschluß zu befassen, schnell noch ein wenig an die nun rasch auf uns zukommende Veranstaltung gedacht. Die von uns, die Beine ausgestreckt, sobald der Kustode zurück ist, ja gleichfalls applaudiert und bestaunt und gepriesen werden muß. Im Ort selbst scheint das Interesse an der Veranstaltung allerdings nicht groß zu sein. Wahrscheinlich hat man in D. andere Sorgen. Das, wie ich von meinem Tisch am Friedhof aus beobachte, nun langsam aus seinem Totenschlaf erwacht. Und während meine Frau mit den Fingern auf die Tischplatte trommelt, verfolge ich mit den Augen ein Mädchenpaar, das auf der sich langsam verfinsternden oder doch langsam sich beschattenden Dorfstraße mit gesträubten, weit vom Kopf abstehenden Haaren und unsicherem Gang, Hand in Hand, den Blick am Boden, aus seinem Schlaf heraustritt. Dann kommt ein Bettler mit einem müden Hund, ein altgewordenes Ehe- oder Geschwisterpaar, das gähnend an einer Kanne trägt, ein weiterer Verträumter. Alle gehen sie, als ob gar keine Veranstaltung bevorstünde, in den Ort D. hinein oder kommen aus ihm hervor. Während der Kustode, umgeben von den Kindern, die ich in meinen Gedanken *die blutigen* nenne, die Veranstaltung durchaus nicht vergessen hat. Er ist wieder zum Turm zurückgehinkt und hat, die Hände an den Hüften, mit seinem schräg von ihm abstehenden Stock vor dem Turm Aufstellung genommen. In einer plötzlich sehr lauten und entschiedenen, also für uns ganz neuen Stimme ruft er zur Turmspitze Anweisungen empor, die von dem, der oben ist, aber nicht befolgt oder verstanden werden. So daß zwei Jungen, beide mager, beide dunkelhäutig und mit kräftigen, weißen und kerzengerade in den Mund gestellten Zähnen für ihn auf den Friedhof müssen, um ihm eine Leiter zu holen, die er ihnen sofort aus den Händen nimmt, um sie an den Turm zu lehnen. Und klettert nun, indem er das linke Bein nachzieht, begafft von den *blutigen Kindern,* aber auch wir schauen gerne zu, die Leiter hinauf, um sein Gespräch mit dem auf dem Turm, der sich als der kleine Diagonale entpuppt, von der obersten Sprosse aus fortzusetzen.

Schau, rufe ich, wer da oben ist. Der kleine Mimiddu.

Ja, es ist der Ziegentöter, der sich mit sicheren Schritten – viel sicherer, als es unsere waren – auf der Plattform des Turmes hin und her bewegt. Während uns der Kustode, ein dunkler Klumpen, auch die Mütze ist verrutscht, auf seiner Leiter fast unwirklich oder doch unwahrscheinlich vorkommt, so besessen redet er nach oben. Selbst die Hitze scheint ihm nichts auszumachen, jedenfalls merkt man sie ihm nicht an, obwohl er nun auch noch anfängt, so fest er kann, den Turm mit seinen Fäusten zu beklopfen.

Schau, sag ich zu meiner Frau, der Kustode, wie er klopft.

Und frage mich – sie brauche ich ja nicht zu fragen, sie antwortet mir ja nicht – warum klopft er so? Prüft er, wie fest sein Turm noch ist, wie viel sein Turm noch aushält? Oder klopft er, weil ihn der kleine Mimiddu allmählich zur Verzweiflung bringt? Weil der Junge, obwohl er ihm nun so nahe ist, auf seinen Rat nicht hört? Kräftig an meinen Waden reibend, frage ich mich an meinem Tisch, der zum Schauen wie bestellt ist, ob für dieses Gespräch mit oben eine Leiter wirklich nötig ist. Doch sehr ernsthaft beschäftigt mich diese Frage nicht, sondern ich bin froh, daß wir nach unserem langen Fußmarsch endlich verschnaufen und unter einem, wenn auch wackeligen Tisch unsere Beine lang ausstrecken können. Auch kommt nun der Wein, der *espresso.* Auf einem Holzbrett, auf das sie auch eine Schale mit kleinen süßen Kuchen gesetzt hat, die wir gar nicht haben wollten, stellt uns die Alte die Tasse und das Glas auf den Tisch. Hören Sie, sage ich, aber ehe ich meine Melone bestellen kann, läuft sie schon wieder weg. Auch andere Gäste haben, wie wir nun sehen, inzwischen auf der Terrasse Platz genommen, wenn auch entfernt von uns. Doch scheint man hier nicht sehr gesellig zu sein, jeder bleibt am liebsten für sich. Und der Kustode? Ich blicke auf, und da steigt er seine Leiter auch schon wieder herunter und macht sich, nachdem er die Mütze auf seinem Kopf geradegerückt hat, auf den Weg zu uns. Es fängt gleich an, ruft er uns schon von ferne zu und winkt und kommt schlurfend näher, bleibt aber an unserem Tisch nicht stehen, sondern hinkt an uns vorüber. Essen Sie, trinken Sie, stärken Sie sich, es geht alles auf meine Kosten, ruft er uns noch über die Schulter zu, dann verschwindet er im Café. Um sofort wieder daraus aufzutauchen, von der alten Frau gefolgt, die hinter der Tür schon auf ihn gewartet haben muß und ihm, trotz ihres Alters und ihrer Gebeugtheit, einen Kübel mit Wasser nachschleppt.

Wissen Sie, daß hier eine Galerie geplant war, ruft der Kustode und zeigt über die Terrasse hin. Mit Rängen, stellen Sie sich vor.

Mit Rängen, frage ich, wie ist das gemeint?

Nun, ruft er, sozusagen gestaffelt.

Aha, sage ich, eine Galerie.

Ja, sagt er, das war jedenfalls die Absicht. Um den Gästen zu ermöglichen, die Veranstaltung genau zu verfolgen und bis in alle Einzelheiten hinein zu studieren. Wir hatten uns das Ganze seinerzeit nämlich größer vorgestellt.

Größer, aha, rufe ich und rücke ihm, um ihn besser zu verstehen, mit meinem Stuhl etwas näher.

Ja, sagt er, doch dann haben wir uns die Sache Gott sei Dank noch einmal überlegt und beschlossen, erst einmal den Eingang der Bestellungen abzuwarten. Unter uns: Es war eine Enttäuschung. Das Interesse war längst nicht so groß, wie wir dachten, und viele Bestellungen, mit denen wir gerechnet hatten, sind ausgeblieben. Da haben wir von der Galerie dann eben abgesehen. Jetzt sind wir natürlich froh, daß wir sie nicht gebaut und wenigstens diese Ausgabe vermieden haben. Schauen Sie, wie wenig gekommen sind, ist das nicht eine Schande, ruft er und zeigt kopfschüttelnd auf die vielen leeren Tische.

Sie hatten also mehr erwartet, frage ich.

Natürlich, ruft er, viel mehr.

Nun, sage ich, an Ihrer Stelle würde ich mir keine Sorgen machen. Es hat ja noch nicht angefangen. Wer weiß, vielleicht kommen noch welche. Und auch im Café, das werden Sie noch nicht wissen, wahrscheinlich sind Sie soeben nicht tief genug hineingegangen, aber in dem Café, hinten an der Theke, sind ja auch noch welche. Und da ich ihm eine kleine Freude machen will, übertreibe ich ein wenig und sage: Es sind an die hundert!

Nein, hundert sind es leider nicht, aber einige sind es schon, sagt der Kustode, der sich in dem Café anscheinend doch schon umgeschaut hat und selber genau Bescheid weiß. Ja, sagt er, einige sind es schon.

Die Sie, sage ich, ja nur zu rufen brauchen, und schon ist die Terrasse voll.

Nun, sagt er, indem er seine Krawatte abnimmt, ich

freue mich zwar, daß Sie sich über eine Sache so viele Gedanken machen, die Sie ja eigentlich gar nichts angeht, aber leider sind Sie mit Ihren Gedanken eben auch ziemlich ungenau. Denn erstens brauche ich sie nicht zu rufen, sie kommen von ganz alleine, und zweitens wird die Terrasse, auch wenn sie alle da sind, leider immer noch nicht voll.

Aber halb voll wird sie werden.

Nun, halb voll mag sie vielleicht werden.

Und das genügt Ihnen nicht, frage ich.

Nein, ruft der Kustode laut, das genügt mir allerdings nicht, aber was kann ich denn tun? Entweder ist das Interesse für die Veranstaltung nicht so groß, wie wir angenommen hatten, oder die Leute, die für die Vorbereitung der Veranstaltung verantwortlich sind, haben versagt.

Ach, sicher haben die Leute versagt, rufe ich, weil ich annehme, daß er das lieber hört, obwohl ich ein Versagen der Leute natürlich nicht beweisen kann. Ich weiß ja nicht einmal, von welcher Veranstaltung wir eigentlich reden. Und will schon fragen: Hören Sie, Herr Hans, von welcher Veranstaltung reden wir eigentlich, hebe mir die Frage dann aber für später auf und sage noch einmal: Sicher haben die Leute versagt.

Nun, ruft er und wirft seine Krawatte, die er bis jetzt in der Hand gehalten und abwechselnd zerknüllt und geglättet hat, neben sich auf den Stuhl, in diesem Fall wissen wir ja, wer dafür verantwortlich ist.

Wer denn, frage ich.

Ich jedenfalls nicht, ruft der Kustode ziemlich laut, ich habe mein Möglichstes getan. Dann gibt er der Alten ein Zeichen, läßt sich von ihr den dampfenden Wasserkübel auf einen uns benachbarten freien Tisch heben und fährt unter Keuchen und Stöhnen aus seinem schweren Rock heraus. Tatsächlich ist sein schönes weißes Hemd, so wie ich es die ganze Zeit schon gefürchtet hatte, ganz durchgeschwitzt.

Schau, wie er schwitzt, ist es nicht erstaunlich, daß ein

Mensch so schwitzen kann, sage ich leise zu meiner Frau. Genauso, wie ich es dir beschrieben habe, sogar an denselben Stellen. Und da er zu uns herüberhört und ich den Eindruck vermeiden will, als spräche ich hinter seinem Rücken abträglich über ihn, sage ich noch einmal, aber nun viel lauter und an ihn selbst gewendet: Schauen Sie, Herr Hans, wie Sie schwitzen!

Ja, sagt er und schaut mit einem gewissen Stolz an sich herab, da haben Sie ganz recht.

Und Sie meinen wirklich, daß es krankhaft ist, frage ich. Hätten Sie nicht einfach die Jacke ausziehen sollen, als Sie soeben auf die Leiter gestiegen sind? Und da ich immer noch gern gewußt hätte, warum – aus Vorsicht oder aus Verzweiflung – er geklopft hat, sage ich noch: Wenn man so stark klopft, muß man bei dieser Hitze ja ins Schwitzen kommen. Wenn Sie wenigstens den Rock abgelegt hätten, rufe ich. Da hätten Sie sich das ersparen können, füge ich hinzu und zeige auf seinen Rock, der, um einen der hier üblichen breiten Menschen vorzutäuschen, an den Schultern dick wattiert ist. So ein heißes Klima, rufe ich, und so ein dicker Rock!

Aber ich habe Ihnen doch gesagt, daß ich keinen dünneren habe, ruft der Kustode nun fast schon ärgerlich und hängt seinen durchgeschwitzten, leicht dampfenden Rock über die Lehne eines Nachbarstuhls. Und da er schon einmal so nahe an unserem Tisch ist, nimmt er, ohne uns zu fragen, eine Handvoll von den süßen kleinen Kuchen und stopft sie sich in den Mund, während er zurück an seinen Kübel schlurft.

Hast du gesehen, der Rock ist genauso naß wie das Hemd, flüstere ich meiner Frau zu. Schau, wie schwer er ist. Und da er wieder herüberhört, rufe ich: Ich habe nur gesagt, daß sich der Rock bei Ihnen ganz vollgesogen hat. Mit Schweiß, verstehen Sie. Das ist doch nicht gelogen, oder?

Nein, ruft er, das ist wahr.

Also darf man es sagen, frage ich, oder?

Ja, sagt er, sagen darf man es.

Na also, sage ich. Und, nach einem Blick auf seine verschmutzten, oben schwarz behaarten Hände, die er, nachdem er sie eine Zeitlang kopfschüttelnd betrachtet hat, tief in den Kübel steckt, denke ich, daß er die süßen Kuchen mit solchen Händen ja gar nicht essen dürfte. Und das gibt er, die Ärmel hochgerollt und tief über den Kübel gebeugt, dann auch zu. Ja, da haben Sie ganz recht, ruft er mit vollem Mund, mit solchen Händen sollte man nicht essen. Da, ruft er und zieht seine Hände, um sie selbst noch einmal anzuschauen, noch einmal aus dem Sud heraus, man könnte denken, ich hätte tagelang im Dreck damit gewühlt. Aber das stimmt nicht. Vor einer Stunde, so gegen sechs, sind sie noch ganz sauber gewesen. Alles ist eben staubig und schmutzig hier, alles ist verdreckt! Und fängt, nachdem er in der Schürze der Alten ein Stück Seife gefunden hat, sich die Hände zu waschen an.

Was ich Sie fragen wollte, sage ich, werden wir hier eigentlich verstanden? Ich meine, versteht man mich, oder kann ich offen reden? Und, um es noch deutlicher zu machen, zeige ich ziemlich ungeniert auf die Alte, die sich zwischen uns gestellt hat, obwohl sie doch sehen sollte, daß wir miteinander reden oder uns, der Entfernung wegen, unsere Beobachtungen und Gedanken wenigstens zurufen wollen. Auch gibt es bei uns im Augenblick für sie ja nichts zu tun.

Ach, die, ruft der Kustode und winkt ab, die ist nicht wichtig, die können Sie vergessen. Und außerdem, da können Sie beruhigt sein, sagt er und winkt nun sogar mit beiden, bis an die Ellenbogen eingeseiften Armen ab, versteht sie ja auch gar nicht Deutsch.

Aha, sage ich, da hat sie meine Frage also auch nicht verstanden?

Nein, sagt er, die auch nicht.

Und das, was wir jetzt reden, versteht sie das, frage ich, weil uns die Alte genau auf die Lippen schaut.

Nein, das auch nicht, sagt er. Und selbst, wenn sie Deutsch verstünde, würde sie es nicht verstehen, weil sie außerdem noch taub ist.

Wie, taub ist sie auch noch, rufe ich und fange, angesichts von so viel Elend, plötzlich zu lachen an. Auch auf die Schenkel hätte ich mir fast geschlagen, so komisch finde ich die Alte nun. Da ist sie also taub, rufe ich immer wieder, da ist sie also taub!

Ja, sagt der Kustode, ohne selbst auf meine Heiterkeit einzugehen, taub ist sie auch.

Nun, sage ich, nachdem ich noch eine Weile still in mich hineingelacht habe, es überrascht mich nicht. Ich hatte mir nämlich schon gedacht, daß etwas mit ihr nicht stimmt.

Und was, wenn man fragen darf, hat Sie auf diesen Gedanken gebracht, fragt mich der Kustode, der immer noch vollkommen ernst ist.

Nun, das ist einfach, sage ich, sie schaut immer auf unsere Lippen. Auch scheint sie allen zu mißtrauen, besonders aber mir. Und vorhin, als ich zwei Stück Melone, ein kleines und ein großes, bei ihr bestellen wollte, hat sie auf die Bestellung gar nicht erst gewartet, sondern ist einfach weggelaufen, als ob sie uns verachte. Dabei sind wir ja ihre Gäste. Ja, sage ich zu meiner Frau, das weißt du auch noch nicht, aber drinnen auf der Theke liegt eine wunderschöne Melone, die schon angeschnitten ist, und ich hatte für jeden von uns eine Scheibe bestellen wollen, aber leider wird wohl nichts daraus. Wer weiß, vielleicht ist es die einzige Melone hier, vielleicht ist sie gar nicht verkäuflich, sage ich und muß noch einmal lachen. Und dann wieder zu dem Kustoden: Wissen Sie, daß ich auch jetzt den Eindruck habe, als ob sie uns am liebsten weg von unserem Tisch, vielleicht auf den Friedhof schieben möchte. Und muß bei der Vorstellung, daß uns die tief gekrümmte, klapperdürre Alte, erst mich, dann meine Frau, mit ihren langen dünnen Armen tatsächlich auf den Friedhof schiebt, noch einmal lachen, ich kann mir nicht helfen. Warum bedient sie denn die anderen Gäste nicht oder setzt sich nicht in die Küche, wenn sie eh schon taub ist und nicht Deutsch kann, frage ich.

Nun, sie wartet natürlich, daß ich mir die Hände fertig wasche, sagt der Kustode. Ich habe ihr nämlich gesagt, daß sie das schmutzige Wasser wieder mitnehmen darf.

Gesagt haben Sie ihr das, frage ich, ja, hat sie es denn verstanden?

Ja, mich versteht sie, sagt der Kustode, ich mache ihr einfach Zeichen.

Und warum muß sie das Wasser mitnehmen, frage ich, wird es denn noch gebraucht?

Das wohl nicht, sagt der Kustode, sie wird es zwar mit in die Küche nehmen, aber dann wird sie es durch die Küche hindurch- und hinten wieder hinaustragen und hinter dem Haus auf die Erde gießen, in der es dann versickert.

Hinter dem Haus, wo die Busse stehen, frage ich.

Ja, sagt er, da stehen die Busse. Aber das soll nicht unsere Sorge sein, weder die Busse noch was sie mit dem Wasser macht, ruft er und fängt, weil er mit dem Händewaschen nun fertig ist und schon einmal am Kübel steht, sich auch noch das Gesicht zu waschen an. Als wolle er daraus trinken, beugt er sich tief darüber und wirft sich, mit vollen Händen, das Wasser immer wieder ins Gesicht. Eigentlich sollte er dafür ja frisches Wasser nehmen, doch wahrscheinlich gibt es das hier auch nicht oder eben nur sehr wenig, denke ich und schaue zu, wie er sein Gesicht bewässert. Und wie er es mit Seife einschmiert, bis alles gewaltig schäumt. Und dabei wird auch noch geredet.

Greifen Sie doch zu, ruft er aus dem Schaum heraus, greifen Sie doch zu! Immer essen und trinken Sie. Sie müssen, ruft er, essen und trinken. Und dann, während er sich schnaufend und prustend den Nacken einseift: Auch hätten sie sich hier gefragt, ob sie die Veranstaltung, und hier zeigt er wieder zum Turm, um anzudeuten, aus welcher Richtung sie zu erwarten sei, in eigener Regie, falls man das sagen kann …

Aber natürlich kann man das sagen.

… durchführen oder ob sie, wie das in solchen Fällen üblich sei, bei der Provinzverwaltung, wenn nicht gar in Rom um Zuschüsse hätten einkommen sollen. Nun, ruft er mit einer besonders lebendigen, vielleicht sogar obszönen Gebärde, wir haben uns für die ehrenhaftere, wenn auch mühsamere Lösung entschieden und machen, wie Sie sehen, alles selber. Keine Zuschüsse, nichts, verstehen Sie, ruft er und zeigt, während ich aus der Ferne plötzlich ein eigenartiges Geräusch – wie Zirkusmusik – vernehme oder doch zu vernehmen glaube, noch einmal zum Turm hinauf.

Aber natürlich verstehe ich, sage ich und schaue aus Höflichkeit gleichfalls noch einmal zum Turm, obwohl ich den Kustoden in Wirklichkeit durchaus nicht immer verstehe und ihm auch längst nicht mehr aufmerksam zuhöre. Denn alles, was er sagen und denken kann, ist mir ja nun bekannt. Auch könnte man bei dieser Hitze, selbst im Sitzen, selbst die Beine ausgestreckt, fremde Gedankengänge, sollten sie wirklich neu sein, nur schwer nachvollziehen. Und was die eigenen Gedanken betrifft, nun, auch die kann man in so einem Klima nur schwer zusammenhalten, das gilt jedenfalls für mich. Und nun gar meine arme Frau in dem Zustand, in dem sie ist! Schon lange hat sie es aufgegeben, den Erklärungen des Kustoden zu folgen, und ist ganz mit sich selber beschäftigt. Das Gespräch, den ganzen Umgang mit ihm überläßt sie völlig mir. Wirklich, manchmal frage ich mich, wozu sie eigentlich gut ist. Während die Alte, die ja auch noch da ist, wenn wir auch immerzu an ihr vorbei- oder über sie hinwegreden, den Äußerungen des Kustoden, besonders wenn er zum Turm zeigt, genau folgt und sich bemüht, sie zu entziffern.

Nein, keine Zuschüsse, sondern alles kommt aus der eigenen Tasche, ruft der Kustode noch einmal und läßt sich das schmutzige Wasser von den Armen rinnen, während sich in der Ferne, aus dem Ort D. heraus, das eigentümliche Schleifen und Scheppern und Schaben, das wir schon gehört haben, verstärkt. Und in dem Moment, als ich gerade rufe: Warum setzen Sie sich nicht zu uns?, erscheint aus einer Seitengasse des Ortes heraus, in einer Wolke von weißem Staub, ein kleiner Menschenzug. Ein Menschenzug in einer Ortschaft, man stelle sich das vor, die wir eben noch für leer, für tot, für ausgestorben hielten! Wie man sich doch täuschen kann. Nur ruhig, sage ich zu meiner Frau, die gleich nach dem ersten Blick rascher zu atmen beginnt und tiefer in ihren Sessel hineinkriecht. Und den Kustoden, der in der Schürze der Alten inzwischen auch ein Handtuch gefunden und es herausgezogen hat, frage ich, ob das, was da auf uns zukröche, nein *zuschluchze*, vielleicht die Veranstaltung sei, und es ist mir nicht leichtgefallen, in meiner Stimme das Entsetzen zu unterdrücken.

Die Veranstaltung, ruft der Kustode und lächelt ein wenig, nein, das ist sie noch nicht.

Nun, es hätte ja sein können, sage ich.

Nein, ruft er noch einmal, indem er sich, nach dem Gesicht, nun auch die Hände trocknet, das ist sie noch nicht.

Nun, dann entschuldigen Sie die Verwechslung, rufe ich, indem ich mir, der Sonne wegen, die Hände über die Augen lege, um mir den eigenartigen Zug näher anzuschauen. Ich setze mich also etwas gerader hin, fasse die Sessellehnen fester, bin dann aber, obwohl ich in diesen südlichen Ländern schon einiges gewohnt bin und absichtlich immer eine abweisende und skeptische, eine *nördliche* Haltung einnehme, doch betroffen, als ich sehe, was da auf uns zukriecht. Nämlich ein Hungerzug. Nämlich Frauen und Kinder, ungefähr zwei Dutzend, aber auch alte Leute, alles ausgemergelte, verfallene, entstellte Gestalten in weiten, dunklen, lumpenhaften Gewändern, die Kinder rachitisch, wahrscheinlich wurmkrank, wenn nicht tuberkulös. Und dieser Zug, den ich nicht weiter beschreiben will, kriecht, während ich meine Kameras fest an mich drücke, über den Turmplatz auf einmal auf uns zu. In den Händen halten sie Blechteller und Kannen und Deckel, die sie aneinanderschlagen. Dazu, in hohen, einstudierten Tönen, klagen und winseln sie.

Also, wenn es nicht die Veranstaltung ist, sage ich zu dem Kustoden und versuche, mein Erschrecken zu verbergen, was ist es dann, erklären Sie!

Nun, sagte der Kustode, indem er sich mit einem Handtuchzipfel rasch noch die Ohren trocknet, die Veranstaltung ist es jedenfalls nicht.

Sondern was ist es, frage ich.

Etwas anderes, sagt er.

Nämlich, frage ich.

Das läßt sich so rasch, wie Sie wahrscheinlich möchten, nicht sagen, sagt der Kustode und tritt unter einer kleinen Verbeugung an unseren Tisch. Außerdem möchte ich, ehe ich es Ihnen erkläre, erst in meinen Rock fahren und mir auch schnell noch meine Krawatte umbinden, damit ich mich wieder menschlich fühle. Und dann, nachdem er sich die Krawatte umgebunden hat und in seinen Rock gefahren ist und mit seiner Hilfe seine frühere Breitschultrigkeit und Robustheit wiederhergestellt hat, stellt er sich hinter den freien Stuhl neben uns, schweigt aber immer noch.

Warum setzen Sie sich nicht und erklären uns in aller Ruhe, worum es sich handelt, sage ich und schiebe ihm den Stuhl zum Sitzen hin. Und zu meiner Frau sage ich: Und warum machen wir nicht etwas Platz? Und, während sich der Kustode noch einmal von uns wegdreht und sich mit einem kurzen Kamm aus Blei die Haare aus der Stirn kämmt, leise: Paß auf, was jetzt kommt! Paß auf, wie er uns gleich wieder etwas vorschwindeln wird. Aber du weißt ja, was du davon zu halten hast, nämlich gar nichts. Und da ich ihr leeres, von den Vorkommnissen des Tages fast schon fischartiges Gesicht sehe, rücke ich etwas näher zu ihr und sage: Nur ruhig, es geschieht dir nichts, solange ich bei dir bin.

Und dann, nachdem ich mir die Kameras vorsichtshalber wieder umgehängt und mir die Gelenktasche fest zwischen die Beine geklemmt habe, habe ich ihr alles, so wie ich es sehe, das heißt so, wie es ist, erklärt. Nämlich, daß die Bettelei in dieser Gegend ein öffentliches Laster ist, über das man, da an ihrer Armut nun einmal nichts zu ändern sei, am besten hinwegsieht. Sobald du nämlich darauf eingehst und das alles ernst nimmst, sage ich und zeige auf den sich uns nähernden Zug, hast du von dem ganzen Land, ja von der ganzen Welt genug, weil sie sich plötzlich als ein Armenhaus entpuppt, was dir die Freude an allem nehmen muß. Und füge hinzu, daß in Fällen wie diesem – ich zeige auf den Zug – die Not ja auch immerzu maßlos übertrieben werde. Daß es sich also beispielsweise bei dem, was da auf uns zukröche, wie auch bei *Denen auf der Stange,* die du dir, sage ich, durch deine Starrköpfigkeit ja leider hast entgehen lassen, um eine der hier üblichen, stark übertriebenen schauspielerischen Darstellungen von Hunger und Elend handle. Die Leute hier, weißt du, sage ich, während sich der Kustode noch mit seinem Haar beschäftigt, das er mit beiden Händen wieder zu der Frisur, die er vor der Wäsche hatte, aufzutürmen sucht, sind von Natur Komödianten und verstehen, was wir schon lange verlernt haben, ihre Gefühle, besonders aber ihre Leiden, vortrefflich nach außen zu bringen und sie dabei eindrucksvoll aufzublähen, phantastisch zu vergrößern.

Du meinst, fragt meine Frau, daß das alles hier ...

Es ist gespielt, kann ich ihr gerade noch zuflüstern, denn da tritt der Kustode wieder zu uns, um sich neben, nein, *zwischen* uns zu setzen. Tatsächlich schiebt er, obwohl ich die ganze Zeit neben meiner Frau gesessen habe, seinen Stuhl rücksichtslos zwischen sie und mich, trennt uns, drängt uns auseinander.

Moment mal, rufe ich.

Danke, sagt er, es geht.
Erlauben Sie mal, rufe ich.
Wieso denn, sagt er.
Nun, sage ich und rücke, da er nun einmal sitzt, ein wenig von ihm ab. Nun, wie ich sehe, sage ich, sind Sie nun wieder frisch.
Ja, sagt er, jetzt bin ich wieder frisch.
Nun, in diesem Fall können Sie uns jetzt vielleicht das da, sage ich und zeige auf den Zug, erklären. Was soll es, frage ich. Wenn es nicht die Veranstaltung ist, die Sie uns versprochen und von der Sie stundenlang geredet haben, was ist es denn dann? Da ruft der Kustode, nachdem er sich in sein nasses Tuch hinein schnell noch die Nase geputzt hat: Aber daß es nicht künstlich ist, geben Sie doch jetzt zu, oder nicht?
Und was ist es, frage ich noch einmal, indem ich den traurigen Zug rasch überblicke.
Menschen, sagt er.
Nun, sage ich und muß ein wenig lächeln, Menschen!
Menschen, jawohl, sagt er.
Sie meinen von hier?
Ja, sagt er, aus der Gegend.
Nun, sage ich und lache noch einmal auf, während meiner Frau das Ganze, wie ich sehe, schon lange peinlich, schon lange unerträglich ist.
Ich meine, nicht tot, wie Sie sehen, sondern es bewegt sich, sagt der Kustode und dreht, um die Bewegung anzudeuten, mit der Hand wie an einem Rad. Und erklärt uns, während sich mir die Stirn, sowohl vor Hitze wie auch von dem Anblick des Zuges immer mehr mit Schweiß bedeckt und der Zug immer unfehlbarer auf uns zukriecht, daß es sich dabei natürlich, worum sonst, um eine Demonstration, eine *manifestazione* der Elendsten und der Ärmsten der Gegend, handelt, welche ich, sagt er, eigenhändig ausgewählt und zusammengestellt und für heute hierherbestellt habe.
Und warum, frage ich, haben Sie sie zusammengestellt?

Weil jemand, sagt er, sie zusammenstellen mußte.

Eine Demonstration, rufe ich und lache ein wenig auf.

Ja, sagt er, eine Demonstration.

Und als ich einwende, daß eine Demonstration in der Ortschaft D., an ihrem verschmutzten Rand, ja ganz sinnlos, wenn nicht lächerlich sei, da sie in der Menschenlosigkeit ja unbeachtet bleiben müsse, weil, rufe ich, es ja keine Zeugen gibt, welche davon Notiz nehmen könnten, richtet sich der Kustode auf seinem Stuhl ein wenig auf und antwortet: *Wir,* also ich und meine Frau, seien ja da, *wir* sähen sie ja, *wir* seien die Zeugen. Was ich natürlich, da der Zug immer näher kommt und uns nun gleich erreicht, nicht leugnen kann. Aber wir, rufe ich dann immerhin, seien ja nur *zwei.*

Das macht nichts, sagt der Kustode.

Sie meinen, rufe ich, zwei Zeugen genügen?

Ja, sagt er, zwei *müssen* genügen.

Schlechte Zeugen, schlechte Zeugen, rufe ich, indem ich mir über die Stirn wische. Weil wir ja, erkläre ich ihm, ob er das denn noch nicht begriffen habe, unsere eigenen und ganz besonderen und von dieser Insel und ihren Sorgen weit entfernten, uns selbst aber von den Fußsohlen bis zu den Haaren ausfüllenden, sozusagen privaten Sorgen hätten. Zum Beispiel bin ich, sage ich, in einem lebensentscheidenden Punkt von meiner Frau hintergangen worden. Wie können Sie da annehmen, rufe ich, daß uns eine öffentliche Demonstration von Fremden ...

Hier unterbricht er mich. Ich habe Ihnen ja schon gesagt, daß wir eigentlich mit mehr Leuten gerechnet hatten, sagt er. Aber da es sich um die erste Veranstaltung dieser Art in D. handelt, muß man sich eben mit dem begnügen, was man an Publikum hat. Und dann kämen, sagt er, ja auch gleich noch die aus dem Café und würden alles studieren und in sich aufnehmen und photographieren, und da lohne es sich dann schon.

Aha, sage ich, es darf also photographiert werden?

Ja, sagt er, photographiert darf werden.

Und Sie haben sie zusammengestellt, frage ich und blinzele meiner Frau zu.

Ganz recht, antwortet er, ich habe sie zusammengestellt.

Heißt das nicht, rufe ich und runzele die Stirn, daß der ganze Zug gespielt ist?

Aber in keiner Weise, ruft er.

Ich meine, sage ich, daß das Elend hier groß ist, ist uns nicht unbekannt. Das ist uns schon immer bekannt gewesen, wenn auch nur ...

Ja, fragt er.

Nun, sage ich, eben vom Hörensagen.

Sehen Sie, sagt er.

Aber das da, wissen Sie, sage ich und zeige auf den Zug, sieht eben sehr malerisch aus. Was ja auch der Fall ist. Zum Beispiel hat sich ein uralter Mann, trotz der Hitze, einen Schafspelz um die Schulter gelegt.

Also sehen Sie es gern, fragt er.

Nun, sage ich und klopfe, wie soeben meine Frau, mit den Fingern auf den Tisch. Und will die Frage schon verneinen, doch da *er* den Zug ja zusammengestellt hat und ich ihn nicht kränken möchte, sage ich dann nur: Nun, *gerne!*

Also sehen Sie es nicht gern, fragt er und schiebt sich, um sich besser über das heiße Gesicht fahren zu können, seine Haare aus der Stirn.

Nun, sage ich, wissen Sie, gerne – nicht gerne. Und fühle, wie mir bei dem Gedanken, daß das Elend dieser Menschen wirklich so groß sein könnte, wie der Zug es darstellt, der Schweiß in den Nacken läuft. Und wogegen demonstrieren sie, frage ich, um die Sache rasch abzuschließen.

Gegen die Leiden, sagt der Kustode.

Und gegen welche, frage ich.

Gegen die menschlichen, sagt er, die kleinen und die großen.

Dann demonstrieren sie gegen ... vieles, sage ich. Und,

nach einer kleinen Pause: Wenn nicht, rufe ich, gegen ... alles? Und mache mit dem Arm eine weite, sozusagen den ganzen Erdkreis umfassende Bewegung.

Ja, so ungefähr, sagt er und gibt mir einige Beispiele. Fangen wir, sagt er, beim Alltäglichen an, entschuldigen Sie, wenn es also banal ist. Daß sie also gegen die hohen Mieten und die hohen Preise, die sie »niederhielten«, demonstrierten, gegen die Arbeitslosigkeit, »die ihre Existenz das Niveau einer tierischen nie übersteigen ließe«, aber auch gegen die Hitze und die Kälte, die Dürre und den Regen sowie gegen eine Erde, die keine Früchte, und ein Meer, das keine Fische mehr hervorbringe. Und dann natürlich, sagt er, gegen die hauptsächlichen Krankheiten, wie gegen den Tod ganz allgemein. Gegen den Tod, rufe ich und fange zu lachen an. Hast du gehört, Maria? Und lache, da ich es nicht fassen kann, wenn auch etwas unsicher, noch ein wenig weiter.

Ihr Gatte hat recht, *signora,* hier wird auch *gegen den Tod* demonstriert, wendet sich der Kustode nun selber an meine Frau und legt bei diesem Wort, ohne sich zu genieren, seine Hand auf sein Geschlechtsorgan. Dem man hier andererseits aber sehr zugetan ist, fügte er hinzu, oh ja. Mehr noch als Zeugen und Gebären würde bei ihnen *der Tod* geliebt, verehrt. Und ob wir, während unseres Aufenthalts, Sie sind ja, sagt er, nun schon ein paar Wochen hier, auf diese oder jene Art noch nicht Bekanntschaft gemacht hätten mit *Ihm.*

Ob wir ...

Jawohl.

Mit dem ...

Ganz recht, sagt er, mit *Ihm.*

Nein, sage ich, Gott sei Dank. Neinnein, rufe ich, überhaupt nicht. Aber natürlich nicht, rufe ich schließlich sehr laut, was für eine Frage! Obwohl ich mir nicht ganz sicher bin, und meine Frau sich wohl auch nicht. Denn gleich nach unserer Ankunft auf der Insel, gleich nach unserem Besuch des Doms von *Noto,* durch den wir uns, zusammen mit einem guten Dutzend anderer Touristen, hatten führen lassen, als wir den Barockbau – frühes 18. Jahrhundert – durch die linke Seitenpforte, die in einen Park führt, gerade verlassen hatten und unser Führer uns auf die zwischen den Eichen und Pinien und Zypressen verborgenen Trümmer des Baptisteriums aufmerksam machte, haben wir, meine Frau und ich, allerdings in der Dämmerung, aber noch deutlich sichtbar, an einem der Bäume, einer Kiefer, einen Mann, ganz in Schwarz, hängen sehen, auf den wir den Führer, erst auf englisch, dann auf deutsch, auch sofort verstört, nein, schreiend und entsetzt, mit ausgestreckten Armen, hingewiesen haben. Doch der Führer, statt der Sache nachzugehen und an die Kiefer zu treten und an dem Mann zu schütteln und ihn gegebenenfalls abzuschneiden, hat uns alle mit großer Geschwindigkeit, indem er plötzlich in die Hände klatschte, sofort in den Dom zurückgetrieben und hindurchgedrängt und aus dem Hauptportal dann wieder hinaus- und mit den Händen in unseren Bus und in den abendlichen Straßenverkehr hineingestoßen. So daß ich mir nicht sicher bin, und auch meine Frau ist sich nicht sicher: Hat in *Noto* nun ein Mann in der Kiefer gehangen, ja oder nein, ja oder nein? Oder hat er nur auf einer Leiter gestanden, ja oder nein, ja oder nein? Doch warum sollte, gegen Abend, in einer Kiefer, ein Mann auf einer Leiter stehen? Jedenfalls ist mir dieser Mann, an den ich seither viel zu viel gedacht habe und auf den ich mit meiner Frau auch immer wieder gesprächsweise zurückgekommen bin, wie er, ein steifes Ding, falls ich mich nicht täusche, in den Kieferästen hing, sehr gut im Gedächtnis geblieben, so daß die Frage, ob wir mit *Ihm* ... Neinnein, rufe ich, was für eine Frage.

Nämlich?

Daß wir hier schon Bekanntschaft ...

Mit *Ihm.*

Neinnein, rufe ich, neinnein.

Nun, sagte der Kustode, indem er zwei Finger an seinen gewichsten Schnurrbart legt und eine kleine Pause macht, dem ließe sich ... Und, nachdem er ein wenig gezögert hat: Abhelfen.

Sie meinen?

Ich meine, sagt er und schaut mir plötzlich scharf und frech in die Augen, es ließe sich möglicherweise die Teilnahme an einem ...

Wie das denn, rufe ich.

Es läßt sich, sagt er, alles organisieren.

Nämlich ein, frage ich.

Begräbnis, sagt er.

Wieso, frage ich.

Da ruft der Kustode plötzlich laut, indem er seine Arme ausbreitet, als ob er nun gleich singen wolle: Nichts Ergreifenderes als ein Begräbnis in D.! Und fängt plötzlich von den hiesigen Beerdigungen, besonders von Kindern, zu schwärmen an. Das langsame Schreiten und Füßeschleifen, im Tritt, hinter dem weißen Särglein her, das federleicht auf den Schultern liege und festgehalten werden müsse, damit es nicht etwa von sich aus aus eigener Kraft in den Himmel fliege. Die Trauergemeinde, mit Blumen beladen, ganz eingehüllt in Schmerz. Die Blasmusik, die goldglänzend den Saumpfad herauf dem kleinen Sarg voranzieht. Denn es gebe von D. hierher zum Friedhof, erklärt er uns und zeigt darauf, neben der Dorfstraße her einen kleinen, wenig begangenen Pfad, was wir nur noch nicht wüßten, doch das nur nebenbei. Das Brüten der Sonne auf der Erde, das der Köpfe über die Welt. Die Rührung an dem, über das frische Grab, über den, rings um den Priester, der, die Soutane hochgerafft, plötzlich in die Knie breche und singe! Ja, so ein Begräbnis ist etwas, das den Menschen ergreift, ruft er und hat seine Pfote noch immer auf seinem Geschlechtsteil liegen. Eine Erfahrung, sagt er, die man sich nicht entgehen lassen sollte. Aber man hat andere Pläne?

Ja, sage ich.

Aha, sagt er. Man ist nicht frei, sondern die Ferien gehen nun zu Ende, und die Arbeit ruft, nicht, fragt er.

Ja, sage ich.

Die nicht warten kann, sagt er, obwohl sie, da es sich um eine einmalige Erfahrung handelt, doch ein paar Tage sollte warten können.

Nein, sage ich, die Arbeit kann nicht warten.

Also will man abreisen, fragt er, indem er sich mit einem Finger an dem Schnurrbart kratzt.

Jawohl, sage ich, das will man.

Bald, fragt er.

Morgen früh, sage ich.

Und die Abreise ließe sich nicht um einen Tag, damit *das andere* noch mitgenommen werden kann, hinausschieben, fragt er.

Nein, sage ich fest und ernst.

Also gut, sagt er. In diesem Fall, sagt er, wird aus der einmaligen Erfahrung eben nichts. Es ist ja auch nur ein Vorschlag gewesen, im Augenblick liegt ja gar kein Todesfall, kein Kindertodesfall vor. Doch sollten Sie, ehe Sie abreisen, das würde ich Ihnen empfehlen, auf jeden Fall, sagt er und läßt sein Geschlechtsorgan endlich wieder fahren, noch ein paar Photographien von unseren Elenden machen. Sie sind nämlich noch nie photographiert worden, jedenfalls auf einem Haufen, und rechnen nun natürlich damit. Also keine Umstände, es ist erlaubt, ruft er und lehnt sich, um mir fürs Aufstehen Platz zu machen, in seinem Korbsessel ein wenig zurück. Dann holt er sein Zigarettenpaket aus seiner Tasche, zieht eine Zigarette heraus und, nachdem er sie sich auf seinem behaarten Handrücken zurechtgeklopft hat, zündet er sie sich an. Und ich erhebe mich mühsam, streife die beiden Lederhüllen von den Apparaten, gebe meine Gelenktasche, damit sic mir aus dem Weg ist, meiner Frau und gehe neben dem Tisch ein wenig in die Knie, um den Zug anzuvisieren. Der uns nun erreicht und knapp vor uns, so daß wir ihn nun auch *riechen*, stehenbleibt und sich malerisch gruppiert: also die Kinder mit den fahlen, angespitzten Gesichtern ganz vorne, die Älteren und Alten, der Größe und dem Grad ihrer Verelendung nach gestaffelt, hinter ihnen, in der Weise, daß sowohl die Größten wie auch die Elendsten, die einander stützen müssen, am oberen Rand meines Bildsuchers erscheinen. Gut, denke ich, ausgezeichnet. Einige halten ihre leeren Töpfe und Schüsseln in die Luft, wobei sie etwas skandieren, etwas singen. Nicht, frage ich, das ist doch Singen, das ist doch Gesang?

Und der Kustode, indem er, leicht zurückgelehnt, den Zigarettenrauch in kleinen Ringen aus seinem Mund läßt: Ja, sagt er, das ist Gesang.

Und was singen sie, frage ich und gehe tiefer in die Knie.

Und er, breitbeinig, mit zwischen den Füßen in die Erde gepflanztem Spazierstock: Lieder natürlich, Lieder. Und ob sie mir gefielen.

Aber ich verstehe sie doch nicht, rufe ich, indem ich meine Kamera nun im Ernst auf die Gruppe anlege.

Nun, sagt der Kustode, sie haben sie erfunden, um ihr Elend im Wort zu erhöhen und im Singen Trost zu finden. Den sie, wegen der vielen Vokale, die ihre Sprache habe, dann meist auch fänden, wenn auch nur vorübergehend und natürlich nie genug.

Schnell, schnell, Herr Hans, rufe ich, sagen Sie mir, was sie singen. Und fange zu knipsen an.

Nun, zum Beispiel singen sie, sagt der Kustode und legt seine Hand noch einmal auf sein Geschlechtsteil: *Nicht entgehet dem Tod, wer der Geburt nicht entgangen, wer als erster stirbt, ist nur vorangegangen.* Oder: *Was willst du, Tod, aus meinem leeren Zimmer holen?* Oder: *Was gestorben ist, riecht alles gleich.* Oder: *Schicksal, Schicksal, dem einen gibst du reife, dem andern unreife Melonen zu essen.* Oder: *Auch unsere Hunde sind traurig.*

Auch die Hunde, rufe ich.

Jawohl.

Da habe ich, einmal hochaufgerichtet, dann wieder in der Hocke, erst die eine, dann die zweite Kamera an die Wange gepreßt, einmal im Hoch-, dann im Querformat, wieder den Eindruck, er macht sich, aus seinem Sessel heraus, über mich lustig. Ich meine, wie würde er denn sonst ... Ich meine: Die Hunde, die Hunde! Aber er besteht darauf, sie sängen: *Auch die Hunde sind traurig.*

So daß wir uns, ich und meine Frau, nachdem ich an die guten Leutchen schließlich einen ganzen Film verschossen und, hoffentlich, ein paar gute Aufnahmen gemacht habe und die Gäste im Café, von dem eigenartigen Singsang angezogen, blinzelnd und mit ungewissen Schritten aus dem dunklen Café heraus- und in das rosa Abendlicht hineingetappt sind und ihrerseits nach ihren Kameras gerufen haben, um *das Elend, das singt,* zu photographieren, während wir, meine Frau und ich, aber auch der Kustode, uns in unseren wie von Raubvögeln zerfledderten Korbsesseln zu Füßen des Turmes einrichten und uns dicht in unsere Gedanken, jeder in die seinen, wickeln. Was meine Frau denkt, kann ich nicht sagen, es interessiert mich auch nicht mehr, während der Kustode, der mit gespreizten Beinen dasitzt, Sorgen hat wie ich. Denn er ist plötzlich ernst und verschlossen und runzelt seine Stirn, auf der, trotz seiner großen Wäsche, schon wieder dicke Schweißtropfen stehen. Und ich, als ich wieder sitze: was denke ich, was denke ich? Lange Zeit habe ich mit weit von mir gestreckten Armen und Beinen, ich weiß nicht warum, gedacht: Gott sei Dank ist die Plattform des Turmes jetzt leer und der Junge wieder unten! So daß ich mich an den Tischen, die sich nun füllen, und auf der Terrasse, die sich belebt, nach Mimiddu umgeschaut habe, ohne ihn zu finden. Erst später, nachdem ich an viele andere Dinge gedacht und sie wieder vergessen habe, sehe ich den Jungen wieder. Er ist noch oben auf dem Turm und geht, indem er an seiner kurzen Hose zieht, mit goldglänzenden Schenkeln, aber verloren, oben auf der Plattform – Vorsicht, Junge! – umher. Sein dunkles Haar fällt ihm in die Stirn, und mit einer Kopfbewegung, die wir schon kennen, wirft er es immer wieder zurück. Plötzlich schaut er – oder sollte ich mich täuschen? – in meine Richtung, zu unserem Tisch. Hat er mich vielleicht erkannt? Will er etwa mit mir kokettieren? Den Wein vor mir, den ich nicht hätte bestellen sollen, weil er Unheil stiftet in meinem Kopf, an dem ich aber trotzdem nippe, mache ich ihm mit dem Zeigefinger ein Zeichen. He, du, sage ich mit dem Zeigefinger und schaue zu ihm hinauf, doch er versteht mich nicht. Und da, wie zu erwarten war – er hat sich wieder abgewendet – senkt sich Müdigkeit auf mich herab. Zu heiß, viel zu heiß, denke ich. Ich schließe die Augen, nein, sie fallen mir zu, der Kopf sinkt mir auf die Brust, ein Speichelfaden, wie man später behauptet, läuft mir aus dem Mund heraus. Tatsächlich, ich schlafe fast ein. Da eine Flucht durch den Friedhof nicht möglich ist, suche ich dem Kustoden in den Schlaf hinein wegzulaufen. Aber schon holt er mich ein.

Aufwachen, *dottore,* ruft er und stößt mich an.

Ja, was ist, rufe ich und fahre zusammen und reiße meine Augen auf.

Che cosa fà, vergognoso, flüstert er mir leise zu, als hätte ich etwas Unerlaubtes, ja Obszönes getan, das in unserer Umgebung keinesfalls bekanntwerden darf.

Ja, frage ich, was habe ich denn gemacht?

Sie haben, flüstert er, geschlafen.

Nicht doch, sage ich.

Doch gewiß, ich habe es selbst gesehen, sagt er, indem er mich scharf anschaut. Erst ist der Kopf auf die Brust gesunken, dann ist der Atem langsam geworden, und dann sind die Töne gekommen.

Was denn für Töne, frage ich.

Nun, die Schlaftöne, sagt er und fährt bei dem Wort ein wenig in der Luft herum. Und wischen Sie sich das ab, rasch, wischen Sie es sich ganz ab, sagt er und zeigt auf meinen Mund. Das ist Ihnen beim Schlafen herausgelaufen, Sie haben es nicht einmal gemerkt. Wenn ich Sie nicht angestoßen hätte, wären Sie jetzt mitten in einem Traum.

Unsinn, sage ich und wische mir den Speichel vom Mund, ich habe nur nachgedacht.

Nachgedacht, fragt er mißtrauisch, worüber?

Das kann ich nicht mehr sagen.

Sehen Sie, sagt er, weil Sie geschlafen haben.

Unsinn, sage ich und setze mich gerade auf, um wieder Herr über mich zu sein. Es mag Ihnen vielleicht so vorgekommen sein, daß ich geschlafen habe, doch in Wirklichkeit hatte ich nur die Augen geschlossen, weil ich über etwas Wichtiges nachdenken wollte.

Und was ist dieses Wichtige gewesen, fragt er und schaut mich scharf an.

Das weiß ich nicht mehr, sage ich. Ich habe ja auch nicht darüber nachdenken können, Sie haben mich ja angestoßen.

Nun, sagt der Kustode, wenn Sie so schnell vergessen haben, wird es wohl nicht so wichtig gewesen sein. Auf jeden Fall können Sie jetzt nicht schlafen, die Veranstaltung fängt ja gleich an.

Ach ja, die Veranstaltung, sage ich und gähne noch einmal laut und mache damit auf den Kustoden einen womöglich noch schlechteren Eindruck. *Mi dispiace, scusi,* sage ich und lege mir die Hand auf den Mund. Und dann, um ihn zu beruhigen: Aber ich habe die Veranstaltung nicht vergessen, sage ich. Wenn es so weit ist, schlafe ich sicher nicht, da passe ich dann schon auf. Und um ihm zu zeigen, wie wach ich bin, setze ich mich noch gerader auf und schaue mich nach allen Seiten um. Sogar zum Himmel hinauf schaue ich, der unverändert blau ist, sogar hinter mich. Und sehe nun, daß ich tatsächlich ein wenig geschlafen haben muß, so gründlich hat sich unsere Umgebung, seit ich mich wieder gesetzt habe, verändert.

Schau doch, Maria, sage ich.

Und gebe nun zu: Der Kustode hat eben doch alles besser organisiert, als ich geglaubt hatte. Alles, was für so eine Veranstaltung an Publikum überhaupt in Frage kommt, hat er in der kurzen Zeit rasch und unbemerkt um uns herum zusammengezogen.

Schau, wie viele Leute da sind, sage ich zu meiner Frau.

Und wirklich ist das Publikum, das zusammengekommen ist, viel zahlreicher, als ich es mir in meinen kühnsten Berechnungen hätte träumen lassen. Die Tische, die Stühle, sogar der Erdboden, alles ist besetzt, belegt. Offenbar hatten die Leute in dem Café also noch dichter gestanden, als mir erschienen war. Doch ist es natürlich zweierlei, ob man, wie eingelagert, in einem niedrigen, für uns schwer durchschaubaren Raum steht, oder ob man, ins Freie getreten, sich bei ordentlichem Licht über eine weite und gut übersehbare Fläche verteilt. Im Freien, sage ich zu meiner Frau, sieht man dann: Es sind mehr, als man im Dunklen dachte.

Du hast dich bekleckert, sagt meine Frau und zeigt auf mein Kinn.

Immer noch, sage ich. Und: Entschuldigung! Und entferne alles. Und gebe nun zu, daß der Kustode auch mit seinem Einfall einer Galerie recht gehabt hat, ein Bedürfnis danach ist vorhanden. Ohne daß man es ihnen hätte sagen müssen, haben sich die Gäste *galeriemäßig* über die Terrasse verteilt. Die weißen Stühle oder Sessel, die um die Tische herum standen, haben sie in Reihen nebeneinandergestellt, und da der Boden nicht ganz eben ist, sondern vom Turmplatz zum Café hinauf leicht ansteigt, hat man den Eindruck einer natürlichen Galerie, so wie sie dem Kustoden wahrscheinlich vorgeschwebt hatte. Und schließlich, als man sah, es sind zu wenig, sind auch noch andere Stühle, kleine wackelige Metallkonstruktionen mit dünnen Beinchen, aus dem Café heraus- oder von hinter dem Café hervorgeholt worden, um die Ränge auszufüllen und die Reihen zu verlängern. Und auf diesen Stühlen hocken sie nun, die Herrschaften aus den überentwickelten Ländern, die sich, aus mir unbekannten Gründen, hierher haben einfliegen lassen. Alle haben sie nun, obwohl es noch sehr warm ist, ihre schwarzen Rökke übergezogen und ihre schwarzen Krawatten umgelegt. Das Kreuz hohl, die Augen weit aufgerissen, die Beine lang von sich gestreckt, sitzen sie hinter uns, auch sie übernächtig, falls sie nicht sogar leicht fiebern. Und ihre Arme, die, wie ich meine, lang sind, baumeln bis zum Boden herab, in das staubige Gras hinein. Viele haben sich ihre Gläser mit dem Wein, den Likören, ihre Tassen mit dem Kaffee von der Theke mitgebracht, um die Zeit bis zum Beginn der Veranstaltung, von der noch nichts zu sehen ist, leichter zu überbrücken. Um sie jederzeit zur Hand zu haben, haben sie die Gefäße neben sich auf die Erde gestellt, um dann und wann daran zu nippen. Sogar das Interesse der Ortschaft selbst scheint endlich erwacht zu sein, denn auch Einheimische sind nun unter uns und verschlingen voll Gier ihre eigenen bleichen Kuchen. Während die auswärtigen Besucher, die auf Stühlen sitzen, nicht zu bewegen sind, in die süßen, aber letzten Endes doch recht trockenen und einfältigen Kuchen auch nur hineinzubeißen. Was ich schließlich, weil ich die Wortlosigkeit zwischen uns nicht mehr ertrage, dann auch sage.

Siehst du, sage ich zu meiner Frau, die anderen Leute von auswärts essen die Kuchen auch nicht.

Ich will gehen, sagt meine Frau.

Doch an Gehen ist, selbst wenn wir es wirklich gewollt hätten, nun nicht mehr zu denken, so groß ist das Gedränge nun. Immer mehr Zuschauer kommen aus der Ortschaft, teils einzeln, teils in Gruppen. Sind sie hier, winken sie auf Zehenspitzen weiter entfernte, neue heran, denen sie zurufen, sich zu beeilen, es fange nun nämlich an. Was fängt an? Keiner sagt es uns, aber wir fragen auch keinen. Überhaupt wird nur wenig geredet. Dabei kennen sich manche hier offenbar aus und wissen, was gespielt wird, während andere eher ratlos sind und sich fragen, ob es recht war, zu kommen. Auch *die blutigen Kinder* sind plötzlich wieder da.

Verstört, die Hände tief in den Taschen, ziehen sie, die Köpfe gesenkt, der Sicherheit halber meist in Paaren, durch die Stuhlreihen hindurch und steigen, ohne sich zu entschuldigen, über Tassen, Gläser, Füße. Manche von den Gästen kennen sie, rufen sie, winken sie näher, flüstern ihnen ein paar Worte zu, stecken ihnen Münzen in die Hände oder Kuchen in die weit geöffneten, immer eßbereiten Münder. Andere legen ihnen die Hände auf den Kopf oder kitzeln sie mit einem Halm am Ohr. Verwirrt und verlegen schließen die Kinder die Augen und lassen alles über sich ergehen. Auch Mimiddu ist plötzlich wieder da. Hatte ich ihm nicht eben noch zugewinkt, war er nicht auf dem Turm gewesen? Hat er das Zeichen, das ich ihm gegeben habe, vielleicht doch erkannt? Jedenfalls ist er wieder unter uns, der beliebteste von allen. Grau gewordene oder kahle Köpfe werden durch seinen Anblick leichter, man dreht sich nach ihm um, man deutet mit den Fingern auf ihn, und einer sagt es dem anderen, daß Mimiddu, in kurzen Khakihosen und einem weißen Hemd, unter uns erschienen ist. Mit Strohsandalen an den Füßen, an denen, ich glaube links, an einem dünnen Silberkettchen, eine grüne Scherbe hängt. Sehr ernst, sehr nervös – in deinem Alter, Junge! – lächelt er angestrengt, tänzelt durch die Galerie, beantwortet alle Fragen mit Kopfschütteln, läßt sich aber an den Händen, den Armen, am Nacken und am Kopf, wenn auch verlegen, anfassen, betasten. Manchmal setzt er fast zum Sprechen an, zu einer längeren, etwas wirren Rede, die er sich schon lange zurechtgelegt hat, versinkt dann aber wieder in sich selber, lächelt auch nicht mehr, sondern zieht, innerlich weit entfernt, an allem ernst vorbei. Da, im Laufe seines Ganges, sieht er mich an meinem Tisch und kommt, mit ausgestreckter Hand, auf mich zu.

Una sigaretta, per favore, sagt er, ohne mich anzuschauen.

Eine Zigarette? Ich schüttele den Kopf. Ich rauche nicht, lüge ich. Tatsache ist, ich will nicht, daß er raucht, daß er es sich angewöhnt. Ich erkläre ihm auch warum. Es würde dir schaden, Mimiddu, sage ich und drohe ihm scherzhaft mit dem Finger, während meine Frau, der das

Gespräch peinlich ist, von uns wegschaut, zu ihrem Turm hinauf. Ich versuche dann, dem Jungen mit meinen Händen, die ich strecke und schließe und aufeinanderlege, den Schaden, der vom Rauchen kommt, auszumalen, vorzuführen. Also seine Lungen deute ich an, sein Herz, seine Nerven.

Non capisco, sagt er.

Perchè non capisci, frage ich und erkläre ihm, daß, wenn er viel rauche, er auch nicht mehr wachsen würde, sondern so bliebe, wie er ist, ja, vielleicht wieder kleiner würde, wieder zusammenschrumpfte. Ob es, statt zu rauchen, da nicht vernünftiger sei, eine Kleinigkeit zu sich zu nehmen, ein paar von diesen kleinen Kuchen. Und, an meine arme Frau, an ihre kalte Schulter gewendet, sage ich: Warum drehst du dich denn weg? Warum bietest du dem Kleinen nicht ein paar von unseren Kuchen an?

Und warum bietest du ihm, fragt sie, nicht ein paar von deinen Kuchen an?

Ich, rufe ich, warum sollte *ich* sie ihm denn anbieten?

Doch da fängt der Kustode auch schon mit den Händen zu fuchteln an und ruft auch schon dazwischen: Nein, ihm nichts anbieten, nein. *Non mangia più.*

Wie, rufe ich.

Nein, ruft er, *non mangia più.*

So daß wir ihm nichts anbieten. Und obwohl er nun ganz nahe neben mir steht und meine arme Frau immer noch zu ihrem Turm hinaufschaut, streiche ich ihm auch nicht über das Haar oder über die Arme. Ja, aus einer seltsamen Scheu schaue ich ihm nicht einmal ins Gesicht. Der Kustode ist da ganz anders, meine Schüchternheit kennt er nicht. Er packt den Jungen einfach am Ellenbogen, zieht ihn sich einfach heran, stellt ihn sich einfach zwischen die Schenkel, hält ihn mit den Schenkeln einfach fest. Wissen Sie, fragt er mich, daß er nicht einmal das Alphabet kann? Nicht einmal den Anfang.

Ist das möglich, rufe ich.

Aber gesund ist er, ruft er, kerngesund, nur eben etwas mager.

Ja, sage ich, mager ist er schon.

Da sagt der Kustode: Aber schauen Sie sich seine Zähne an, nicht immer bloß seine Rippen! Und steckt dem Jungen, ehe ich es verhindern kann, einen Finger in den Mund und zieht, damit ich seine Zähne sehe, die Lippen weit auseinander.

Jaja, sage ich, er hat hübsche Zähne, ich hatte es schon bemerkt. Ja, sage ich, er macht einen gesunden Eindruck.

Nicht wahr, sagt der Kustode, indem er seinen Finger wieder aus dem Mund des kleinen Diagonale herauszieht und an seiner Hose abwischt. Erinnern Sie sich, was ich Ihnen über ihn gesagt habe?

Daß er nicht Deutsch kann, frage ich.

Unsinn, sagt er, daß sie wie die Tiere sind, die wilden, nur eben viel weniger nützlich.

Meinen Sie, frage ich.

Natürlich, sagt er, was sonst. Ich sage es ihm aber nicht, ich lasse es ihn fühlen. Und legt dem Jungen seine Pfote auf die Schulter, um noch ein wenig an ihm zu kratzen. Und sagt dabei mit beschwörender eintöniger Stimme: Mimiddu, ein tapferer, ein braver Junge. *Un ragazzo,* ruft er plötzlich, *che non ha paura, vero?* Doch Mimiddu, dessen Augen, vielleicht wegen des eintönig blauen, noch immer von Sonnenlicht übergossenen Himmels, vielleicht auch wegen der Eintönigkeit, mit der aus so großer Nähe mit ihm gesprochen wird, inzwischen zugefallen sind, antwortet ihm nicht, nur seine Lippen zittern. *Ho detto che non ha paura,* sagt der Kustode noch einmal und kneift ihm ein wenig in die Wange. Da zittert der Junge noch etwas stärker, doch nicht nur mit den Lippen, sondern der ganze schmale Kopf, ja auch die Schultern sind in Bewegung. Dann öffnen sich seine Augenlider, aber nur einen Spalt, nur, um das Weiße zu zeigen, und zwischen den Lippen, den Zähnen kommen ein paar Laute, vielleicht Worte hervor. Die ich zwar hören, vielleicht auch erraten, doch nicht verstehen kann.

Ho detto, sagt der Kustode, *che non ha paura.*

Sono morto, sagt der Junge vielleicht.

Hier seine Beschreibung, so wie er an unserem Tisch steht, zwischen den Kustodenschenkeln. Größe: vielleicht ein Meter fünfzig, Gewicht: vielleicht neunzig Pfund. Das Gesicht halb länglich, halb oval, das Haar schwarz und lockig und in die Stirn, in die Augen hinein, welche braun sind, mit Gold versetzt. Die Gesichtsfarbe, einst wie Honig, ist fahl, die Zähne, soweit beim Schweigen ersichtlich, stehen aber vollständig und gerade in dem feuchten Jungenmund, während die Stirn glatt ist und ein wenig gewölbt und vollkommen undurchdringlich. Entweder, denke ich, Kräuter- und Schneckensammler, Froschjäger, Olivenpflücker oder Dieb von Autospiegeln, dann Zuhälter, dann Messerstecher. Das dürften, denke ich, lieber Mimiddu, deine Aussichten sein für die nächsten fünf, sechs Jahre.

Besondere Kennzeichen: Bis auf die Narbe keine.

Statt dessen noch ein paar Einzelheiten, die mir *vor der Veranstaltung* an ihm aufgefallen sind und lange *über die Veranstaltung hinaus* in meinem Kopf zurückbleiben werden. Nämlich die glänzenden, wie mit einer Speckschwarte eingeriebenen Schenkel und Waden des Jungen. Die Handvoll matter, dunkler Vokale, besonders die sehr offenen »e«s. Seine Ferne, seine Unerreichbarkeit, wenn ich ihn – der Kustode hat die Augen geschlossen, meine Frau schaut zum Turm hinauf – aus meinem Sessel heraus ein paar Sekunden lang ungeniert, nein *gierig* betrachte.

Er zieht dann, aus den Kustodenschenkeln entlassen, weiter durch die Galerie, um sich streicheln und betasten zu lassen, wir bleiben an unserem Tisch. Eine Zeit der Stille nun, des Hüstelns, der Verlegenheit. Meine Frau und ich, nach dieser Begegnung ... gut, daß Herr Hans zwischen uns sitzt. Doch können wir uns, ich und meine

Frau, wegen der Zuschauer hinter uns, die uns über die Schultern schauen und jedes unserer Worte hören und durch unsere Schädelwände hindurch schamlos mit uns mitfühlen und mitdenken und unsere Ängste, Gesten, Gedanken, unser Atemholen – sofort wahrnehmen *und beurteilen,* beurteilen *und verwerfen* ... Kurz und gut können wir uns nun nicht mehr mit uns selbst befassen, also uns auch nicht über unsere endgültige Trennung äußern oder auch nur daran denken an diesem heißen, nun eher schwülen, eher dampfenden späten Septembernachmittag in dem verrotteten D., der ganz unmerklich zu einem dampfenden und schwülen, atem- und wortlosen frühen September*abend* in D. geworden ist. Die offene Glut der Mittagszeit ist stickiger Schwüle gewichen. Die Abendhitze, die vielleicht noch schlimmer als die Mittagshitze ist. Und ich wäre verloren, wenn ich nicht ... Ich mache das dann immer so. Ich erzähle mir dann immer *die Geschichte des Augenblicks, der gerade vorliegt,* ob ich nun schlaflos im Bett liege oder verzweifelt auf einen Anruf warte oder, wie jetzt, mit meiner armen Frau und dem andern widerwillig an einem Korbtisch sitze. Immer wenn ich verloren oder *fast* verloren bin, erzähle ich mir die Geschichte meiner Verlorenheit, und das geht so. Erst frage ich mich, ob ich sie hören will, und gähne und sage mir: Nein!, aber dann überzeuge ich mich, daß ich sie, weil es sonst keinen Ausweg gibt, hören *muß.* Also still jetzt! Also soll ich? Und fange also an. Zum Beispiel, wenn ich nicht schlafen kann, erzähle ich mir, *daß* ich nicht schlafen kann, vielleicht weil es irgendwo tropft. Und erzähle mir in meiner Geschichte, *wie* es tropft, nämlich immer auf dieselbe Stelle, sei es irgendwo im Haus, sei es im Kopf selber. Und jetzt, in D., in der Dämmerung, in meinem Sessel auf der Galerie, packe ich in meiner Verlegenheit als erstes natürlich den Turm vor mir in meine Geschichte hinein. Denn ich weiß, vor allem andern gehört der Turm hinein. Und ich erzähle mir den Turm und wie ich vor ihm sitze und was er für eine

Enttäuschung ist und wie verloren ich hier bin und wie ich, koste es, was es wolle, endlich von hier weg muß. Und da kommt Mimiddu. Der, denke ich, ein hübscher armer Junge in deiner Geschichte ist und, den Kopf gesenkt, mit Strohsandalen an den Füßen, ein Kettchen am Gelenk, in deiner Geschichte über den Turmplatz, über die warmen Steine läuft. Und in der eisernen Turmtür verschwindet, die sich lautlos hinter ihm schließt. Er springt dann, immer in meiner Geschichte, in dem Gestank im Treppenhaus, das harte und das weiche Tote vermeidend, leichtfüßig die Wendeltreppenstufen hoch. Doch steht das in meiner Geschichte nicht, es wird bloß angedeutet. Als er oben durch die Luke ins Freie tritt und auf uns herunterschaut, hält in meiner Geschichte auf der Galerie alles seinen Atem an. Alle Blicke sind auf den Jungen gerichtet, vorwiegend auf seine Beine. Warum? Will man ihn tanzen sehen? Ja, man will ihn tanzen sehen! Jawohl, die kleinsten Kleinigkeiten stopfe ich in meine Geschichte *Unter dem Turm* hinein, denn erst dadurch wird sie ja zu einer Geschichte, erst dadurch ...

13

Plötzlich, ohne die Augen zu heben, ohne hinaufzuschauen, weiß ich, daß oben auf dem Turm etwas, ich weiß nicht was, vielleicht eine Bewegung, sage ich mir, vor sich geht, gegangen ist. Etwas, das erst an einer Stelle war, ist nun, fühle ich, an einer anderen. Was ist es, denke ich. Und plötzlich, ohne hin-, ohne aufzuschauen, weiß ich, daß Mimiddu Diagonale, der bis jetzt *hinter* der Turmbrüstung stand, nun *auf* der Turmbrüstung steht. Sofort erinnere ich mich, wie es ist, auf dem Turm zu stehen, wenn auch *hinter,* nicht *auf* der Brüstung. Die Schwalben, denke ich. Sofort erinnere ich mich, wie *ich,* von Schwalben umzogen, die Hände ums Geländer gelegt, bei leichtem Wind auf dem Turm gestanden bin, die Erde tief unter mir. Auch die Wipfel der Zypressen unter mir fallen mir wieder ein, auf die man hinunterschaut. Und wie ich mir, weil mir sofort schwindelte, sofort gesagt habe: Nur nicht hinunterschauen, nur nicht hinunterschauen! Und jetzt sitze ich unten an meinem Tisch und denke: Nur nicht hinaufschauen, nur nicht hinaufschauen! Also gut, ich schaue hinauf, und alles ist so, wie ich dachte. Mimiddu steht breitbeinig auf der Brüstung und wird also nun tanzen.

Schau, sage ich zu meiner Frau, der Junge steht auf der Brüstung. Er wird vielleicht tanzen, sage ich. Achtung, rufe ich, schau nicht hin!

Doch zu spät, sie schaut schon hinauf. Alles schaut, wie ich sehe, hinauf. Der Kustode, das Gesicht vom Waschen gerötet, die schweren Lider gesenkt, den Finger an den Bart gelegt, der Engländer, die Alte, alle. Ja, sogar der Elendszug, der sich aufgelöst hat und nun an der Caféhauswand lehnt, schaut, die Augen weit geöffnet, zum Turm, zu Mimiddu hinauf. Und plötzlich, ich drehe mich noch einmal um, um die Leute hinter mir noch einmal zu studieren, die, in feierlicher Erwartung, alle dunkel gekleidet sind, viele haben sich, damit man ihre Augen nicht sieht, dunkle Brillen aufgesetzt, und ihre verkniffenen feuchtgeschwitzten Züge sind von der Dämmerung, dem Dunkelwerden, weil die Sonne hier rasch sinkt, es wird nun gleich ganz finster sein, ausgewischt, zurückgenommen. Viel Blässe und Steifheit also hinter uns, auch viele zuckende Münder, Augen, die tief in den Höhlen sitzen und weit aufgerissen sind, Hände, die gerungen werden, Zähne werden geknirscht, ein Unterkiefer ist schief gestellt, etcetera, etcetera. Und da, beim Anblick der stygischen Gestalten, durch die Ahnung der Nacht, die kommt, wird mir, zu meinem unaussprechlichen Entsetzen, klar, daß in D., an diesem schwülen Abend, alles auf eine eindrucksvolle, vielleicht erschütternde, womöglich künstlerische Vorführung des Todes, auf eine *Todesnummer* hofft. Jawohl, alles hofft, seien wir ehrlich, daß der Junge nicht tanzt, sondern springt.

Ich will jetzt gehen, sagt meine Frau. Es ist immer das gleiche. Sie sitzt oder steht oder läuft herum und sagt: Ich will jetzt gehen.

Nein, sage ich, noch nicht.

Dann der Junge, der kleine Diagonale, der nun genauso, wie ich es in meiner Geschichte erzähle, also mit Strohsandalen an den Füßen und in einem weißen, nach Landessitte bis zum Nabel offenstehenden Hemd, so daß das Wunder seiner Rippen fast gänzlich sichtbar ist, in einer sehr sonderbaren Haltung, nämlich wie folgt, oben auf der Brüstung steht: Regungslos, gerade aufgerichtet, im Südwind, der von weither kommt, in kurzen, an den Schenkeln ausgefransten Hosen, die Hände an der Seitennaht, ganz verkrampft und verbissen, bestimmt kilometerweit sichtbar, unbewegt, wenn nicht unbeweglich, also wie aus Holz geschnitzt oder in Stein gehauen oder in dunkles Wachs gegossen, nämlich unnatürlich, an den Schultern vergoldet. Während an seinem Fußgelenk, an einem Kettchen, die grüne Scherbe hängt. Und mit einem von unbestimmten Schatten – sie zeichnen innere Bewegungen nach – besprenkelten und trotzigen Gesicht. Und die Augen sind geradeaus gerichtet auf einen uns entzogenen Landschaftspunkt, den er, und sei es die Gipfelkette eines entfernten Gebirges, mit seinem Blick zu einer Antwort zwingen will.

Wo schaut er denn hin, frage ich meine Frau.

Ja, sagt sie, ich will jetzt gehen.

Geht dann aber nicht. Da will ich mich umdrehen und selbst nach dem von Mimiddu ins Auge gefaßten Landschaftspunkt suchen, doch drehe ich mich dann auch nicht um. Vielleicht später, denke ich. Und habe, obwohl sein Blick so hoch über uns hinweg in die Berge, in den Himmel geht, plötzlich das Gefühl, daß der Junge, an dessen Namen ich mich plötzlich nicht mehr erinnern kann, auf *mich* blickt, *mir* in die Augen hinein, so daß ich sie vorübergehend schließe.

Gut, ich schließe die Augen also, mache die Augen also zu. Als ich sie wieder öffne, etwas ganz anderes. Als ich sie wieder öffne, fällt mein Blick nämlich auf den langen Engländer oder Amerikaner, der, auf den Spuren außergewöhnlicher Sitten und Gebräuche, die Pfeife im Mund, das Fernglas im Schoß, mit seiner grünen Reisetasche schon lange unterwegs ist. Mit einem einzigen Gedanken im Kopf: Was kann dir die Welt an Ungeheuerlichkeiten noch bieten? Ja, natürlich, denke ich, deshalb ist er hier. Doch warum *unser* Wagen gerade vor D. stehenblieb, weiß ich nicht, kann ich nicht wissen.

In diesem Augenblick hebt, wie ein Dirigent, der seinem Orchester nun gleich das Zeichen zu einem unerhörten Einsatz geben will, Mimiddu Diagonale – ja, so hieß er – beide Arme hoch. *Das Kind mit dem Totenschädel im Kopf*, wie ich mir sage. *Das Opfer*, wie meine Frau wohl denkt. *Eines meiner besten Pferde im Stall*, denkt vielleicht der Kustode und tupft sich den Schweiß von der Stirn. Und der Engländer oder Amerikaner, das Fernglas an die Augen gesetzt, sagt sich: *Der Vertreter einer*

Gattung, die ich nun endlich fand. Während er für die Japaner *Das da* ist, das sie auf dem Bild haben wollen. So steht Mimiddu, der für sich selbst wohl *der Held* ist, oben auf dem Turm und weiß nicht, was er tun soll. Soll er wieder herabsteigen von der Brüstung, oder soll er springen? Und tatsächlich herrscht in diesem Augenblick, in dieser Gegend der Welt, angesichts dieser Frage eine solche Stille, daß man die einzelnen Laute – die Straßenlaute, die Naturlaute, die Menschenlaute, die Tierlaute, die Himmelslaute – genau unterscheiden kann. Das ist der Augenblick, auf den ich gewartet habe, auf den alles ankommt. Dein Augenblick, denke ich. Der Augenblick, um einzuschreiten, denn noch ist nichts geschehen. Der Augenblick, um aufzuspringen und mit ruhiger Stimme, der Stimme der Vernunft, den makabren Scherz, der nun schon viel zu lange dauert, endlich zu beenden. Doch ich bin dann zu müde, um aufzuspringen, auch ist mir zu heiß. Nein, sondern mit dumpf pochendem Herzen liege ich lang ausgesteckt in meinem Sessel, fahre mir mit einem Arm über die Stirn und stiere stumm zu meinem Turm empor. Und statt endlich einzuschreiten, gähne ich dann sogar, gähne zu dem Jungen hinauf. Dessen Einsamkeit, obwohl er in aller Augen ist, sehr groß ist und noch wächst. Denn wenn ich nun sterbe, sagt er sich (vielleicht), stirbt mit mir die Welt. Soll ich also springen oder nicht? Doch keiner sagt es ihm. Sondern die ganze natürliche Galerie, ohne einen Finger zu rühren, starrt stumm und verbissen nach oben. Daß dabei viel geschwitzt wird, läßt sich denken. Spring nicht, denke ich, spring nicht! Und halte still und schaue bloß und wage kaum zu atmen. Und auch die Natur hält den Atem an, weil der Tod seinen Schatten vorauswirft in den Wäldern, auf See, doch auch im Häuserinnern, wo er ihn auf die Teppiche und die Möbelstücke wirft. Und natürlich vor diesem Café, schon wegen des alten Hundes, der, wie es von den Meistern des Todes immer wieder dargestellt worden ist, den Tod ja riechen, ihn anbellen und, mit gesträubtem Fell, vor seinem stärkeren Willen schließlich zurückweichen müßte. Ja, wo ist der Hund? Mit zitternden Flanken und weit heraushängender Zunge liegt er vor uns im Kot. Da er völlig abgemagert ist, kann man sein Herz schlagen sehen. Doch wird kein Tod von ihm gerochen, auch weicht er nicht zurück. Nein, davon, daß die Natur den Atem anhält, kann keine Rede sein, sondern die Natur, an diesem Abend, atmet wie immer weiter. Es wird nichts geschehen, denke ich. Natürlich, *der Junge ist ein Künstler.* Und das sage ich dann auch.

Keine Angst, sage ich und zeige auf den Hund, es wird nichts geschehen. Der Junge ist ein Akrobat, es ist alles einstudiert. Jeder Schritt, den er tut, jeder Schritt.

Und da, im Augenblick dieses Satzes, kaum ist er gesagt, geschieht etwas Entsetzliches. In dem Augenblick dieses Satzes ergreift meine Frau, die schon seit dem allerfrühesten Morgen, als ich ihr in meinem Zorn über ihre Schwangerschaft mein uneheliches Kind hingeworfen habe, bis zum Hals, nein, bis an die Zähne in Entsetzen getaucht ist, bis jetzt aber still und nach innen gewendet, dagesessen hat, ohne das, was nun kommt, durch eine Bewegung oder durch ein Wort oder auch nur durch einen Laut einzuleiten – unter den hiesigen Menschenlauten fehlen ihre Laute ganz – kurz: sie stürzt sich, indem sie sich plötzlich viel zu weit über die zerfledderte und zerrupfte rechte Armlehne ihres Korbsessels hinauslehnt, wie ein Habicht, schießt mir durch den Kopf, auf die fleischige, rote, bis jetzt schlaff über die linke Armlehne *seines* zerrupften und zerfledderten Sessels herabhängende linke Kustodenhand, reißt sie mit einer Schnelligkeit, die ich nicht begreife – meine Frau, meine Frau! – an ihren Mund und beißt hinein. Der Kustode, den die Vorbereitungen für die Veranstaltung, wie sich nun herausstellt, doch tiefer erschöpft haben, als ich gedacht hatte und der ihr seine Hand arglos, wenn auch erstaunt, mit hochgezogenen Augenbrauen, überlassen hat, seufzt ein paarmal tief, fängt dann zu zittern an. Auch er begreift noch lange nichts, denkt noch lange nach. Wo kommt dieser Schmerz, mag er sich fragen, den du da fühlst, denn her, was geschieht denn mit der Hand?

Signora, sagt er schließlich, indem er tief Atem holt und meine Frau verstört betrachtet, aber Sie beißen mich ja. *Signora,* sagt er, hören Sie auf! Und dann zu mir: Schauen Sie doch, *signore,* Ihre Frau, was sie mit mir macht!

Langsam, mich in die Sessellehnen krallend, die Kameras im Schoß, reiße ich mich, widerwillig vom Turm weggezogen, aus meiner Dumpfheit, meinem Sesselgrab hoch. Auch ich bin überrascht. Wie eigenartig, denke ich, deine Frau, was macht sie da? Und denke erst, sie will, weiß Gott warum, die Kustodenpfote küssen, doch dann sehe ich, es läuft ihr ja Blut aus dem Mund. Blut, wie eigenartig! Ein Anfall oder *raptus* also, wie ich mir sage, der nach einem so langen Schweigen, einer so langen Zurückhaltung ja einmal kommen mußte. Und daß ich, wenn natürlich auch nicht wortwörtlich das nun eingetretene Entsetzliche, so doch etwas Entsetzliches dieser Art und dieses Umfangs von ihr eigentlich erwartet hatte. Und ich sage mir, du mußt etwas unternehmen, aber was, aber was? Maria, sage ich, indem ich meine eigene Hand, die von der Hitze sehr schlaff ist, ausstrecke und ihr auf den Arm lege, was machst du? Du tust dem Herrn ja weh.

Jawohl, stimmt mir der hochrot angelaufene, unnatürlich breite Kustode sofort zu, das stimmt, sie tut mir weh. *Signora,* hören Sie auf, faucht er, aber leise, weil er die anderen Zuschauer nicht auf uns aufmerksam machen will. Die so tief an den Turm verloren sind, daß sie den Biß gar nicht bemerken. Schauen Sie, *signore,* wendet der Kustode sich dann wieder an mich, sie tut mir ja weh. Sie denken vielleicht, es ist nur ein Spaß und sie neckt mich bloß und beißt ganz sachte, aber das stimmt nicht. Sie beißt, so scharf sie kann.

Maria, rufe ich nun etwas lauter, aber längst nicht so laut, wie ich hätte rufen sollen, hörst du? Was machst du da? Du tust dem Herrn ja weh! Also laß das, sage ich. Komm gehen wir! Und da sie sich nicht rührt: Komm, sage ich, wir wollen nun gehen.

Und da meine Frau immer noch nicht auf mich hört und nun auch nicht mehr gehen, sondern weiter auf der Terrasse sitzen und tiefer beißen will, wieder der Kustode, indem er vor Schmerzen – fast denke ich vor Lust – in seinem Sessel auf- und niederspringt: Sie hört ja nicht auf, sie hört ja nicht auf, sie denkt ja nicht daran! Tun Sie doch etwas, ruft er, sie ist ja gleich ... Da, schreit er, der Knochen! Und kippt, nun nicht mehr rot im Gesicht, sondern weiß wie sein Hemd, indem er die rechte Hand auf die linke legt, als sei es nun Zeit zu beten, plötzlich vor den Augen der Galerie, die aber zum Turm hinaufschaut, aus seinem Sessel heraus auf die Knie, um in meine Frau nun von unten her hineinzuflehen aus dem Staub heraus. Au, ruft er und rutscht in dem Gras hin und her und schaut entsetzt auf seine Hand und dann auf mich und dann auf meine Frau und dann wieder auf seine Hand. Au, ruft er, das tut weh! Au, ruft er, wenn Sie wüßten! Und richtet sich, vom Schmerz in die Höhe getrieben, der künstlich breite Mann, im Knien, im Gras immer höher, bis er seinen Höhepunkt erreicht und wieder zusammenfällt. Tatsächlich, ruft er, und wendet sich von ganz unten an mich, Sie haben keine Ahnung, wie sie beißt. Es ist nämlich ein großer Schmerz. Sie denken vielleicht, daß ich übertreibe, weil ich Sizilianer bin, doch ich übertreibe nicht. Und sieht aus, als er seine Augen schließt und seinen Mund weit aufreißt, so daß ich sein Zäpfchen sehe, als ob er seinen Schmerz tatsächlich maßlos übertriebe. Oh, *signora,* das sollten Sie nicht tun, ruft er und schüttelt den Kopf. Und dann, indem er sich ein paar Tränen über die Wangen laufen läßt, wieder zu mir: Oh ja, Ihre Frau beißt sehr schmerzhaft. Und da, genauso unvermittelt, wie sie sie ergriff – viel Zeit kann nicht vergangen sein, aber was für welche! – läßt meine Frau seine Hand wieder fahren. Und stößt sie, während der

Kustode noch eine Weile verstört vor ihr knien und dann würdevoll, wenn auch etwas mürrisch in seinen Sessel zurückfallen wird, von sich weg, sinkt, mit Blut im Mund, in ihren Sessel, sagt nichts, bewegt sich nicht. Und wird die letzten Spuren seines Blutes erst nach Beendigung der Veranstaltung, also auf unserem Weg ins Hotel, wenn wir, gejagt von dem Kustoden, durch die *vicoli* laufen, wegwischen von ihrem Mund.

Denn es springt nun gleich, das Kind. Die Arme wie zum Fliegen ausgebreitet, den Blick in den Himmel hinein, das Gesicht von Schatten überdunkelt, tritt Mimiddu, nachdem er einen letzten Blick auf die Welt – uns, uns! – geworfen hat, auf seiner Brüstung einen halben Schritt zurück, doch läßt er die Arme wieder sinken. Ein Seufzer des Unmuts, der Enttäuschung geht durch die Galerie. Da wird er also doch nicht springen? Gut, denke ich, er springt also nicht. Und bin enttäuscht, wie die andern. Was ist, denke ich, springt er nun endlich oder springt er nicht? Warum dauert das alles so lange? Worauf wird denn noch gewartet? Spring doch endlich, denke ich. Und tatsächlich, als hätte er meine Gedanken gehört, geht Mimiddu, nach einem letzten, sozusagen abschließenden Blick in die Richtung des Kustoden, der seine Pfote, aus der das Blut läuft, mißmutig in sein Taschentuch wickelt und dann beide Hände – beide Hände! – auf sein Geschlechtsteil legt, und der Engländer hat sein Fernglas längst auf den Jungen angelegt, und die beiden Japaner, die alles photographiert haben und von weither gekommen sind, um an diesem Abend endlich auch einmal den Tod, auch wenn es nur ein kleiner ist ... Gut, also der Junge geht, während ich mit dem Schweiß beschäftigt bin, der an mir herabläuft, oben in die Knie, beugt sich, um für den Sprung auch den rechten Schwung zu haben, ein wenig vor, aber da verläßt ihn der Mut. Und vielleicht hat er wirklich gar nicht springen wollen, aber da ist es dann schon zu spät. Da hat er durch den Schwung, den er genommen hat und den er wieder bremsen will, die Brüstung unter sich schon verloren, hat schon alles hinter sich und liegt, ohne es recht zu wollen, bereits in der Luft. Die ihn, denkt man, doch tragen sollte, aber die warme Luft, obwohl er seine Arme ausbreitet und sich leicht wie ein Vogel macht und wie ein Vogel steigen möchte, nein, die Luft trägt ihn nicht. So daß er nun, auch wenn er wollte, er kann nicht mehr zurück, sondern er stürzt, ein dunkler Fetzen in einem hellen Hemd, und nicht einmal mit Schwung, wie es die Absicht war, sondern kleinlaut, ein mutloser Hüpfer, mit angezogenen Knien, ein Schreckensschrei am Mund, die Landschaft umkreist ihn wild, das Haar flattert, die Finger spreizen sich, zur Erde, in den Tod. Mit einem schamlosen und unverwechselbar endgültigen und abschließenden Klatsch, der dem Schrei ein Ende macht und den du, sage ich mir sofort, nie vergessen wirst, schlägt Mimiddu ziemlich flach, das heißt mit vielen Teilen seines halbnackten Körpers gleichzeitig, auf dem Turmplatz auf. Und bleibt, weil in ihm nun vieles kaputt ist, für alle gut sichtbar, mit merkwürdig verdrehten, weit von sich gelegten Gliedern vor uns flach auf den Zähnen liegen. Vorbei, denke ich, vorbei. Während alles sofort aufspringt und, unter Rufen und Schreien und einander mit den Ellenbogen stoßend, entweder zu den hinter dem Café bereitstehenden Bussen – die Motoren laufen schon – oder auf den Platz, auf den toten Jungen zustürzt. Vorbei, denke ich, vorbei. Und sehe noch – auch ich bin aufgesprungen, auch ich möchte schnell weg – wie ihn zwei ältere Herren mit ihren silberbeschlagenen Stöcken auf den Rücken wenden und sich, auf der Suche nach der Todeswunde, ein wenig über ihn beugen. Aber diese Todeswunde, die ein schwarzes Tuch aus Fliegen nun gleich bedecken wird, sehe ich schon kaum mehr, sie wird mir von den anderen verstellt. Ohne das, was wir verzehrt haben, zu bezahlen, verlasse ich, hinter meinen zusammengebissenen Zähnen Ekel, Trauer, Scham und Übelkeit verbeißend, den Schrei in der Luft noch im Ohr, auch den Klatsch, das Platzen noch im Ohr, ohne mich um den Kustoden zu kümmern, unseren Tisch und folge meiner Frau. Die, nachdem sie aufgesprungen ist, sich vor Entsetzen dreimal tief gekrümmt und, wie ein mir unbekanntes Tier, laut aufgeheult hat, eine Hand vor dem Mund, weil ihr gleichfalls übel ist, die andere vor den Augen, damit sie nichts mehr sehen muß, sehr schnell, ich kann kaum folgen, durch die Menge, die vor ihr zurückweicht, mir um ein Haar davonläuft.

Wir sind dann, meine arme Frau und ich – die Krümel der bleichen Kuchen noch zwischen den Fingern, ein schon nächtlicher, von freischwebenden Sternen durchzogener Himmel über uns, die aber besser geordnet gehörten um unsere Erde herum – sofort, ohne auf den Kustoden zu achten, der, den Stock in der Luft, durch die natürliche Galerie hindurch laut: *Signori* rufend hinter uns herschießt, denselben Weg, den wir gekommen sind, doch mit Totengeschmack im Mund, schnell in unser Hotel zurückgelaufen. Dabei sind wir in den gleichen Etappen gegangen wie auf dem Hinweg, also schräg über den *mercato* – hier verliert uns der Kustode dann – und an dem engen Mauerloch am Findelhaus vorbei. Fröstelnd, mit hochgeschlossenen Hemden, kommen wir an dem *dammuso* mit den Weibern vorbei, wo das Fenster, in das der Kustode meinen Kopf schob, jetzt aber geschlossen und alles still und dunkel ist. Nur ein Winseln, ein kleiner Wind, geht durch die *dammusi,* durch alle, hindurch. Während in den Häusern in der Nähe des Turms noch alte schwarzgekleidete Frauen in den Fenstern gelegen und uns, sei es zugewinkt, sei es mit den Fäusten gedroht hatten, sind die Fenster hier leer. Und da, in diesem Augenblick, beginnt das Totenläuten. Selbstverständlich ducken wir uns sofort, ziehen unsere Köpfe ein. Ins Hotel, rasch ins Hotel, rufen wir einander innerlich zu, während wir den merkwürdig verdrehten Menschenkörper, der eben noch vor unseren Füßen gelegen hat, im Gehen in unseren Köpfen vor uns herschieben. Ins Hotel, ins Hotel, denken wir in der Hoffnung, daß wir, unter Vermeidung der Nacht, mit dem Hotel auch gleich den Morgen erreichen und in dem Bett, das auf uns wartet, sofort in einen ganz anderen Tag und, wenn möglich, in einen anderen Landstrich hinein erwachen. Während wir weiter hinten in unseren Köpfen natürlich fürchten, wir könnten statt dem Hotel einer Fremdenfalle entgegenlaufen. Denn immer wieder die Vorstellung, jemand stürzt hinter einem Baum hervor und sticht, weil er uns für die Schuldigen hält, mit einem Messer in uns hinein. Wir sind aber nicht schuldig, beteuern wir und ducken uns und laufen weiter. Um schließlich, ohne einzuhaken, dafür laufen wir viel zu schnell, auch ist die Entfernung viel zu groß zwischen uns, viel zu unüberwindlich, nein, jeder läuft für sich allein quer über die vor dem Hotel gelegene *piazza,* bis meine Frau schließlich auf den unter der Pinie gelegenen Schlachtort stößt. Als sie merkt, daß sie vor dem Schlachtort steht, zögert sie, hält inne und, mit eingezogenem Kopf, schleicht sie auf Zehenspitzen vorsichtig um den Schlachtort herum. Ohne zu rufen oder uns bemerkbar zu machen oder uns anzumelden oder auch nur mit dem Schlüssel zu klappern, stürzen wir Hals über Kopf in unser ebenerdiges Zimmer in dem Hotel hinein. Hier, ohne ein Wort zu verlieren, stecke ich sofort den Schlüssel in das Schloß und drehe ihn zweimal herum. Um, ehe ich noch meine Kameras und meine Gelenktasche abgelegt habe, ans Fenster zu treten und, unter Lärm und Getöse – die verrosteten Haken und Riegel wurden lange nicht benutzt – die hölzernen Läden vorzulegen. Warum? Um nicht mehr die inzwischen stockdunkle, von allen Seiten mit schweigsamen, unerwarteten Wolken verhangene *piazza* mit ihren nun versunkenen Bäumen und Bänken und Schlachtorten sehen zu müssen. Und natürlich um zu verhindern, daß *von draußen* jemand zu uns hereinschaut und das Ausmaß unseres Entsetzens an und um uns herum wahrnehmen kann. Denn wegen des Chaos in unseren Köpfen sind wir ja überzeugt, daß wir an der Veranstaltung mitschuldig sind und nun dafür zahlen müssen. Wie gut, daß unser kleines Zimmer nur ein Fenster hat! Andererseits kommt ein Duft von Pfefferminz und anderen Kräutern, vielleicht Thymian, von draußen herein. So daß wir keine zehn Minuten nach

Beendigung der Veranstaltung in unserem Zimmer im *Hotel Lucia* und, wenigstens für den Augenblick, erst einmal in Sicherheit sind. Erst jetzt nehme ich meine Kameras ab. Ich schiebe sie unters Bett. Und fange, ratlos, wie wir die vor uns liegende Nacht verbringen sollen, in dem kleinen Zimmer, teils der Länge, teils der Breite nach auf- und abzulaufen an. Während meine Frau, kaum daß sie die Schuhe abgestreift hat, sich, ohne nachzudenken, merkwürdigerweise mit dem Gesicht zur Wand in die Ecke bei der Tür stellt, um dort still vor sich hin zu schluchzen. Und als ich sie frage, warum sie sich nicht setze, und versuche, sie mit den Händen in die Richtung des einzigen in dem Zimmer vorhandenen Stuhles zu schieben, damit sie dir, denke ich, in ihrer Ecke nicht womöglich noch zusammenfällt, ist sie nicht von der Stelle zu bewegen. Schließlich fange ich, weil immer noch nicht geredet wird, an, unsere Koffer und Beutel und Taschen, die in der Fensterecke einen ortsfremden Haufen von Wohlstand bilden, eins nach dem andern aufzureißen und zu durchsuchen, ich weiß nicht wonach. Doch finde ich in unserem gesamten Gepäck, also in elf, zum Teil großen Stücken, nichts, das uns in der Lage, in der wir sind, hätte nützlich sein und uns über die bevorstehende Nacht hätte hinweghelfen können. Doch ist nichts von dem, was wir bei uns haben, für uns zu gebrauchen. Die Veranstaltung, aus verschiedenen Perspektiven, auch verschieden tief im Kopf, reißen wir uns in dem ungelüfteten Raum schließlich einige verschwitzte Kleidungsstücke vom Leib und treten, wenn auch von verschiedenen Seiten, wie auf ein Kommando, ans Bett. Was für ein wurmzerfressenes, hölzernes, dunkelbraunes, generationenaltes Bett, denken wir, in dem wahrscheinlich sowohl gezeugt wie geboren wie gestorben worden ist! Als wir es dann gemeinsam, wie mit einer abgesprochenen Bewegung, aufschlagen, ist das Bettuch kühl, fast feucht. Und als ich das feuchte Tuch und die feuchten Kissen nach Ungeziefer durchsuche, stoße ich in einer Bettuchfalte tatsächlich auf ein schwarzes, feingliedriges, längliches, dünnes, bei dem zweifelhaften Licht kaum sichtbares und mir übrigens unbekanntes, widerliches Insektenvieh. Daß ich es nicht kenne, besagt natürlich nichts, weil einem Menschen wie mir, der ja aus ganz anderen Verhältnissen kommt, jedes Insektenvieh neuartig und widerlich erscheint. Weil ein Mensch wie ich, im Laufe seines Lebens, wenn überhaupt, ja nur auf wenig Ungeziefer stößt. Alles, auch die Insektenviecher, hat so ein Mensch sich ja nur angelesen. Und nun, in der Fremde, stößt er in seinem Bett plötzlich auf so ein Tier. Doch in so einem Land, in so einem Landesinneren, *muß* damit ja gerechnet werden. Jedenfalls ist mir das Tier unbekannt, und ich beschließe sofort, es zu töten. Und meine Frau, die, der Sicherheit wegen, hinter mich getreten ist, schaut mir dabei zu. Erschlagen, ist mein erster Gedanke, ehe es dich beißt oder sticht. Und krempele mir die Ärmel hoch und frage mich: aber womit? Einen breiten, festen, gegen einen Biß oder Stich unempfindlichen Gegenstand suche ich also, den ich dann aber weder in dem bis auf den tiefen Schrank, den Stuhl, den kleinen Tisch und das Bett weiter nicht möblierten Zimmer noch an meiner Person, in meinen Taschen finde. Und selbst wenn ich so einen Gegenstand fände, könnte ich es nicht erschlagen, weil so ein Tier ja Flecke macht. Weil aus so einem Insektenvieh, kaum daß es verletzt ist, sofort ein schleimiger Saft, ein bräunliches Sekret herausrinnt, das meine Frau in Panik versetzen würde. So daß zu der Hysterie über die Veranstaltung dann noch die Panik über den Fleck im Bett käme. Niemals, und wenn ich sie auf Knien bäte, würde sich meine Frau auf ein mit Insektensaft verschmiertes Bett setzen, ja, sie würde sich so einem Bett nicht einmal nähern. Und daß sie sich in so ein Bett hineinlegen und die Nacht darin verbringen, darin womöglich *schlafen* könnte, ist völlig unvorstellbar. Was also anfangen mit dem Tier? Wie das Tier vertilgen? Denn das Tier, so klein es ist, ignorieren, ist gleichfalls nicht möglich, weil meine Frau durch das Aufsehen, das ich um das Tier gemacht habe, ja nun darauf aufmerksam geworden ist. Und wie aufmerksam sie ist, wie gebannt sie das Tier studiert! Wie wäre es, wenn du es mit einem entschlossenen Schwung einfach aus dem Bett, in dem es offensichtlich schon lange gelegen hat, auf den Fußboden wirfst und mit deinen festen Wanderschuhen einfach daraufspringst, es einfach zermalmst, denke ich. Und den zermalmten Rest, damit sie sich auch daran nicht stößt, einfach in eine der hölzernen Fußbodenritzen hineinschmierst? Jawohl, denke ich, heraus aus dem Bett und hineingeschmiert in die Ritze! Aber als ich aus einer unserer Reisetaschen dann eine alte Zeitung geholt habe und mich, die Zeitung in der Hand, dem Tier im Bett behutsam nähere, um die Zeitung geschwind darunterzuschieben und es mit einer einzigen Bewegung blitzschnell aus dem Bett zu werfen, um sofort daraufzuspringen, ist das Tier, das, wie mir nun einfällt, wahrscheinlich ein *Skorpion* ist, verschwunden und kann auch nach langem und sorgfältigem Durchsuchen aller Betteile nicht wiedergefunden werden. In dem Moment, da ich mir sage, wahrscheinlich ist es ein Skorpion, verschwindet es in unserem Bett und bleibt unauffindbar. So daß wir uns, da wir völlig erschöpft sind, später *doch* auf den Bettrand setzen, sie, bleich wie Leinen, weint vor sich hin, ich bin ruhig, möchte ruhig sein, gebe mich als ruhig aus. Und da, wie ich schon gefürchtet habe, fängt sie zu reden an. Sie fragt: Warum? Warum, fragt sie. Was meint sie, worauf will sie hinaus? Doch wovon sie auch spricht, sei es von der Veranstaltung, sei es von ihrer Schwangerschaft, sei es von dem Tier in unserem Bett, sei es von unserer Ehe oder von Mario, meinem Sohn, feststeht, sie will es wissen. Feststeht aber auch, in dem Zustand, in dem sie ist, kann ich es ihr nicht sagen. Ich sage also, daß ich sie nicht verstehe, daß ich nicht wisse, was sie meine, und daß ich, auch wenn ich es wüßte, es ihr nicht sagen könne. Zwar gebe es, sage ich, Erklärungen für alles, die aber, wenn man sie aus der Nähe betrachte, nichts erklären, gar nichts.

Warum, ruft sie, warum?

Nun, sage ich und wische mir über die Stirn, wenn du die Veranstaltung meinst, so war es ein Unfall. Der entsetzliche Ausgang, rufe ich und breite die Arme aus, war ja nicht vorauszusehen. Der Junge war, sage ich, ein Künstler, der gestürzt ist, als er oben hat tanzen wollen und dabei einen falschen Tritt getan hat, ich habe es gesehen.

Du meinst, fragt sie, er hat gar nicht springen wollen?

Springen, rufe ich, warum sollte er?

Ich habe aber, sagt sie, genau gesehen ...

Es war, rufe ich, ein Künstler, der gestürzt ist. Und lege ihr, weil ich plötzlich den Eindruck habe, daß man uns belauscht, die Hand auf den Mund und sage: Und nun nicht mehr sprechen! Doch obwohl darauf wieder geschwiegen wird, ist das Zimmer in dieser Nacht von Geräuschen, teils erklärlich, teils nicht, angefüllt, die, sei es durch den Fensterladen, sei es durch den Boden kommen. Durchs Fenster kommt, von den kahlen Wänden vergrößert, das Geheul eines Hundes, ein geräuschvolles, suchendes Tier, vielleicht eine Dogge, doch auch ein Wolf ist möglich, der auf der *piazza* streunt. Vielleicht, denke ich, um den Schlachtort herum, den er beriecht, beleckt. (Bis vor kurzem sollen in die Friedhöfe hier ja immer wieder Wölfe eingefallen sein, um, unter ähnlichem Geheul, nach frischen Leichen zu scharren. Warum also vorm Fenster kein Wolf?) Später dann – wir sind an das Heulen gewöhnt – von unten aus dem Boden ein Stampfen bis in den Morgen hinein, das unbegriffen bleibt. Nach einigem Zögern sagen wir uns: Eine Fabrik, es ist eine *Fabrik*! Doch wo, fragen wir uns, sollte in, *unter* D., das wir ja genau besichtigt haben, plötzlich eine Fabrik herkommen? Ist die Ziegelei, von der uns der Kustode erzählt hat, etwa doch nicht stillgelegt? Jedenfalls haben diese Geräusche, die, verbunden mit der abrupt einsetzenden, gleichfalls unbegreiflichen, gleichfalls grauenhaften, wenn nicht grauenhafteren Stille dazu geführt, daß sich meine Frau, mit verquollenem Gesicht und geröteten Augenrändern, gegen Mitternacht trotz ihrer Angst und ihres Ekels auf dem aufgerissenen und durchwühlten, von einem Skorpion bewohnten Bett lang ausstreckt, in das Bett einfach hineinfällt. Ja, an einem bestimmten Punkt der Nacht – ich stehe inzwischen am Fenster, schaue aber nicht hinaus, *kann* des Ladens wegen ja auch gar nicht hinausschauen – sinkt sie hinter meinem Rükken einfach ins Bett hinein, so daß ich dem vielfältigen Schrecken der Nacht nun allein gegenüberstehe. Da habe ich aus meiner Reisetasche das Briefpapier herausgeholt, habe es auf den dünnbeinigen Tisch gelegt, den Tisch vorsichtig unter das schwache Deckenlicht gerückt und habe, allerdings nicht auf dem Tisch, der ist ja viel zu wackelig gewesen, sondern auf den Knien, die ich übereinandergeschlagen habe, unter den mir durch Fleisch und Blut ziehenden Geräuschen an meine Frau, die hinter mir liegt, einen Brief geschrieben. Ohne mich in Einzelheiten zu verlieren, habe ich ihr über uns endlich die *Wahrheit* sagen wollen. Aber da ich ihr *die ganze Wahrheit* über uns natürlich nicht sagen kann – jedenfalls nicht in *einer* Nacht, nicht in der Ortschaft D., nicht in *einem* Brief, und mit ihr selber, mit weit offenstehendem Mund und Schweißtropfen auf der Stirn, hinter mir – welches Stück von der Wahrheit schreibst du ihr, habe ich mich gefragt. Wenn sie wüßte, wie weit du entfernt bist von ihr, innerlich, denke ich. Und schreibe ihr dann, daß ich ihr die Wahrheit, welches Stück auch immer, schon lange hätte sagen wollen, nur hätte ich dazu nie den Mut gehabt, »und aus diesem Grund teile ich dir Folgendes ja auch schriftlich mit, unbeeinträchtigt von deinen immer schon fertigen Antworten«. Nein, das mit den »immer schon fertigen Antworten« kannst du nicht schreiben, denke ich und zerknülle das Blatt und nehme mir ein neues und schreibe: Liebe Maria, du wirst überrascht sein über diesen Brief, da wir doch gerade drei Wochen lang zusammen auf Urlaub waren und Zeit hatten, über alles zu sprechen. Ich meine damit natürlich unsere Ehe, mit der es, das wissen wir ja beide, in letzter Zeit ja etwas im Argen liegt. Warum hast du dir nun auch noch, schreibe ich, obwohl ich dich über meine Ansichten und Wünsche ja nie im unklaren gelassen habe, ein Kind von mir machen lassen, *ich will es nicht.* Ich würde dieses Kind einfach nicht ertragen und würde, schreibe ich in einer meiner Lage, innerlich und äußerlich, entsprechend entstellten, kaum lesbaren, mir selbst ganz fremd gewordenen, entsetzlichen Handschrift, die ich ihr, wie ich mir dann sage, zusammen mit dem Inhalt des Geschriebenen nicht zumuten kann, ganz unmöglich. Nein, das mußt du sofort vernichten, denke ich und vernichte auch das zweite Blatt, knülle es zusammen und nehme mir ein neues, das dritte. Liebe Maria, schreibe ich dann ungefähr und nehme mir vor, jetzt einfach alles zu schreiben, was und wie es mir durch den Kopf geht. Und das habe ich dann auch getan. Warum hast du, gegen meinen ausdrücklichen Wunsch, letzten April, schreibe ich, mein Sofa aus meinem Arbeitszimmer herausgeholt und in das Wohnzimmer hineingestellt? Und das ist nur ein Beispiel. So daß es dir, ich weiß nicht wie, gelungen ist, mir mein Haus, in dem ich mich ja angeblich so wohl fühlen soll, nach und nach, schreibe ich, zu verleiden und für mich unbewohnbar zu machen. Du denkst vielleicht, schreibe ich, ich bemerke deine *Zuwiderhandlungen* nicht, aber da täuschst du dich. Nein, das Wort *Zuwiderhandlungen* geht zu weit, denke ich und will auch dieses Blatt schon zerknüllen oder wenigstens den letzten Satz streichen, aber ich streiche den Satz dann nicht, noch zerknülle ich das Blatt, sondern schreibe einfach weiter. Und zwar, weil es mir gerade durch den Kopf geht, daß es bei unserer Veranlagung, ihrer und meiner, schon nach kurzer Zeit mit Notwendigkeit zu einer solchen Lage der Dinge habe kommen müssen. Die aber, fahre ich dann plötzlich fort, zu überwinden sei. Weil wir bis jetzt, und das sei ein Fehler gewesen, statt über unsere Probleme zu reden, »die es gibt, was ich nicht bestreite«, jeder seine Probleme in sich hineingefressen hat. Es gibt teuflische Mittel, schreibe ich, mit denen Mann gegen Frau, Frau gegen Mann gegeneinander vorgehen, was auch für uns gilt. Andererseits bin ich dir, schreibe ich, natürlich unendlich dankbar, daß du dich unseres Kindes, das mir leider recht fremd ist, so tüchtig angenommen hast. Sollte es einmal zu einem ordentlichen Menschen heranwachsen, so wird es dafür allein dir zu danken haben. Und falls ich, was ich ja zugebe, gelegentlich einmal zu einer anderen Person ein Verhältnis gehabt habe – immer flüchtig, immer huschhusch – so habe ich das sorgfältig von dir ferngehalten, mit Absicht, schreibe ich. Aber nicht, um dich zu täuschen, sondern weil ich dich damit nicht habe belasten oder beunruhigen wollen. Auch lägen diese Dinge nun lange zurück und seien für mich erledigt. Die Frau, schreibe ich noch, hieß Barbara, falls du es noch nicht wissen solltest. Gut, also das schreibe ich, das habe ich dann geschrieben. Und da ich von den Ereignissen der letzten Stunden, auch von der Reise selbst erschöpft bin und mir mit der Zeit einfach nicht mehr genug durch den Kopf geht, was ich ihr noch hätte schreiben können, sind beim Schreiben immer längere Pausen entstanden, und ich habe mir immer öfter an den Kopf greifen und mich fragen müssen, was ich ihr denn noch schreiben könnte. So daß ich dann auch habe schreiben müssen, was ich unter keinen Umständen hätte schreiben dürfen. Zum Beispiel, daß es in unserem Fall ein Fehler gewesen sei, überhaupt zu heiraten. Aber dadurch, daß wir, durch deine Schuld, schreibe ich, seinerzeit haben heiraten *müssen*, hast du dir selber, wie du inzwischen weißt, ja keinen Gefallen getan. Nein, denke ich, also das kannst du nun wirklich nicht schreiben, *das nicht,* und will auch diesen Satz wieder streichen, aber dann streiche ich auch diesen Satz nicht, sondern schreibe weiter. Und lausche gleichzeitig auf die Nachtgeräusche, die ich auseinandernehme und wieder zusammenlege, während ich mit der Linken in dem vor mir liegenden Briefpapier blättere. Grauenhaft, so ein Trennungsentschluß, denke ich, gräßlich, so ein Brief! Später stehe ich auf, ziehe meine Schuhe aus, strecke meine Glieder und gehe mit bloßen Füßen herum, damit ich sie nicht wecke. Und stelle mir vor, wie ich, ein freier Mann, das Hotel mit den Koffern verlasse, während ich das Hotel in Wirklichkeit natürlich nicht verlassen kann, und schon gar nicht mit Koffern. Und als ich, Mitternacht ist nicht mehr fern oder schon vorüber, es ist aber noch nichts geschehen, das Wort *Versöhnung*, weil es mir eben durch den Kopf geht, allerdings kaum lesbar, niederschreibe, fängt meine Frau zu stöhnen an, sei's im Wachen, sei's im Traum. Ich stehe auf, trete zu ihr ans Bett. Sie liegt unbedeckt, schweratmend, mit Schweiß im Nacken in der leinenbezogenen Kuhle, wo eben noch das Insektenvieh lag, auf ihrer linken, mir zugewandten Seite und hat die Beine angezogen, die Hände auf ihrem Leib. Als ich mich zu ihr auf den Bettrand setze, spüre ich, wie warm ihr Körper ist. Deine Frau, denke ich und betrachte ihr sorgfältig gefärbtes, nein *getöntes* Haar, das sich trotz aller Sorgfalt so leblos anfühlt und leider auch so nichtssagend riecht. Und da muß ich, bei dem trüben Licht, ein Bein über dem anderen, im Rhythmus des unverstandenen Stampfens plötzlich an Mimiddu denken, aber *ehe* er tot war. Also an *seine* Haare, Rippen, Waden, Zähne, an *sein* Lächeln etcetera. Wie schrecklich, in einem Ort wie D. zu sterben und begraben zu sein, denke ich. Daß er dann so bald – und wie er! – gestorben ist, denke ich aber nicht, sondern wische es – das kann ich – beiseite. Als habe er gar nicht auf den Zähnen gelegen, so denke ich an ihn. Ich knöpfe mir das Hemd auf. Was für ein hübscher Junge! An den ich aber nicht denken will und an den ich dann auch nicht mehr denke. Doch da muß ich dann, ich weiß nicht warum, an den anderen Jungen denken, bei dem anderen Turm, bei dem vor zwanzig Jahren, der eher normannisch war. Und wie dieser Junge, mit bis zum Nabel aufgeknöpftem Hemd, unter dem Turm auf mich zukommt und lächelnd seinen kräftigen braunen Daumen erst in seinen, dann in meinen Mund steckt. Verdammt, denke ich, verdammt! Dagegen meine stets griffbereite, arme bleiche Frau, die in Lebensgröße gegen mein Knie atmet, mein linkes. Verdammt, denke ich, verdammt! Und atme tiefer, damit ich mehr Luft bekomme, die dumpfe, längst verbrauchte dieser Nacht. Dann ziehe ich sie näher. Ihr schlaffer Körper, ihr gefleckter Nacken, ihre runden Knie. Widerwillig öffnet sie die Augen, kommt aus ihrem Schlaf hervor. Ich sage nichts, nehme ihren Kopf, lege ihn mir in den Schoß. Sie bleibt starr, meine blondgetönte, nicht mehr ganz frische, nicht mehr ganz blutjunge Frau. Ich knöpfe meine Hose auf. Faß mal an, sage ich, greif mal her!

Nein, sagt sie, laß mich.

Doch ich halte sie fest. Ich zeige auf ihre Bluse. Knöpf mal auf, sage ich, das da, knöpf mal auf!

Bitte, sagt sie, faß mich nicht an. Und weicht mir mit ihrem Mund, dem Hals, den Brüsten, sooft ich sie mir zurechtlege, immer wieder aus. Nein, sagt sie, ich will nicht.

Da halte ich sie dann mit Gewalt fest und ziehe sie mir zurecht und drücke mir ihren Kopf zwischen die Schenkel. Da, sage ich, du weißt, was ich will. Und daß ich bis jetzt immer noch der Stärkere gewesen bin. Folgt mein grober Umgang mit ihrem Kopf, mit ihrem Mund, den Brüsten. Doch mache ich das alles wieder gut, wenn ich mit dem Zeigefinger sacht über ihre Lippen fahre.

Also, sag ich, jetzt tu's!

Nein, sagt sie, ich kann jetzt nicht. Ich will nicht. Du mußt ja verrückt sein.

Dann faß wenigstens an, sage ich, berühr es.

Nein, sagt sie, es führt zu nichts.

Tu's, sage ich, bitte tu's.

Weißt du, sagt sie, daß du mich noch ganz kaputtmachst? Weißt du das, fragt sie.

Ja, sage ich, immer mach weiter. Da, sage ich, leg den Kopf dahin. Ja, mach's so, sage ich.

Du Schwein, sagt sie, du Schwein.

Weißt du, sage ich, nachdem sie es mir eine Weile gemacht hat, früher habe ich manchmal solche Jungen gekannt wie den heute. Du kannst mich ruhig danach fragen.

Es interessiert mich nicht, wen du gekannt hast, sagt sie. Ich will es gar nicht wissen.

Trotzdem, sage ich, frag mich mal danach.

Nein, sagt sie.

Frag mich, sage ich, frag!

Also gut, sagt sie, wenn es nötig ist.

Ja, sage ich, es ist nötig.

Sind es, fragt sie mich, viele gewesen? Rühr mich aber nicht an, sagt sie.

Nur da anfassen, darf ich, frage ich, nur da. Und dann, nach einer Weile: Nein, sage ich, viele eigentlich nicht.

Nein, sagt sie, faß mich da nicht an.

Mach weiter, sage ich. Und frage mich.

Wonach soll ich fragen?

Nach ihnen, sage ich.

Wie hast du's mit ihnen gemacht, fragt sie.

Das letzte Mal, sage ich, vor ungefähr zwölf Jahren, da hast du mich noch nicht gekannt. Es muß irgendwo hier in der Nähe gewesen sein, es war auch ein Turm da, weißt du. Ich hatte gehofft, ich hätte ihn wiedergefunden, als dieser Mensch davon sprach, aber dann ist er es doch nicht gewesen. Weißt du, sage ich, damals vor zwölf Jahren, ich bin fast gestorben dabei.

Du Schwein, sagt sie, du Schwein.

Jedesmal, sage ich, bin ich fast gestorben dabei.

Du Schwein, sagt sie, rühr mich nicht an.

Gut, sage ich, aber frag mich weiter. Frag weiter, schreie ich.

Hast du sie geküßt, deine kleinen Ferkel, fragt sie.

Ja, sage ich. Und dazu gebracht, daß sie mich geküßt haben.

Du Schwein, sagt sie, du Schwein.
Frag doch mehr, sage ich.
Hast du sie berührt, fragt sie.
Ja, sage ich, jaja.
Du Schwein, sagt sie, du Schwein.
Mach weiter, sage ich. Frag, wo.
Wo, fragt sie, du altes Schwein.
Auf dem Land, sage ich, unter den Ölbäumen. Hier irgendwo in der Gegend. Im Schatten der großen Räder der alten Ochsenkarren.
Und da, fragt sie, hast du sie da berührt? Und berührt mich.
Ja, sage ich, da ja.
Und da, fragt sie, hast du sie da auch berührt? Und berührt mich.
Ja, sage ich, da auch.
Oh, sagt sie, oh.
Mach weiter, sage ich.
Faß mich nicht an, sagt sie.
Ich will dich ja nur, sage ich, ganz sachte ...
Nein, sagt sie, faß mich nie mehr an.
Willst du nicht wissen, was ich mit ihnen gemacht habe, frage ich.
Es ist mir egal, was du mit ihnen gemacht hast, sagt sie.
Frag doch, sage ich, bitte, frag.
Was hast du mit ihnen gemacht, fragt sie, aber faß mich nicht an.
Tut es denn weh, frage ich.
Das geht dich nichts an, sagt sie.
Frag mich erst, ob ich es *wirklich* gemacht habe, sage ich, du weißt schon, mit wem.
Es ist mir egal, ob du's gemacht hast und mit wem, sagt sie. Seit heute ist mir alles egal.
Frag mich trotzdem, sage ich.
Hast du's gemacht, fragt sie.
Jawohl, sage ich, habe ich. Frag doch, wie oft.
Wie oft, fragt sie.

Zwölfmal, sage ich, zwölfmal.

Mit verschiedenen, fragt sie, oder immer mit dem einen?

Mit verschiedenen, sage ich, aber meist mit dem einen.

Du Schwein, sagt sie, du Schwein.

Und nun frag mich, sage ich, ob ich es auch wirklich ... Oder nur in der Phantasie.

Hast du wirklich, fragt sie.

Ja, sage ich, ja, ja, ja. Wenn du willst, kann ich dir's genau erzählen, mit allen Einzelheiten. Ich habe nichts vergessen, sage ich, alles ist noch da. Soll ich dir's erzählen?

Nein, sagt sie.

Mach weiter, sage ich, mach immer weiter.

Denkst du oft an sie, fragt sie.

Ja, so ziemlich, sage ich. Und du, sage ich, und du? Sag mir, woran du immer denkst.

Ich weiß nichts, sagt sie, ich habe nichts gemacht. Ich hab nichts zum Drandenken.

Heul jetzt nicht, sage ich, wenigstens nicht so laut. Man kann ja alles hören. Mach einfach weiter.

Ich kann nicht mehr.

Was hast du, frage ich, bist du krank?

Ja, sagt sie, ich bin krank.

Was fehlt dir denn, frage ich.

Alles, sagt sie, ich bin einfach krank.

Warum, frage ich, etwa meinetwegen?

Ja, sagt sie, auch deinetwegen.

Wegen dem, was ich dir erzählt habe?

Ja, sagt sie, wegen dem auch.

Wegen dem, frage ich, wie ich mit dir bin?

Ja, sagt sie, wegen dem, wie du bist. Faß mich nicht an, sagt sie.

Wenn du nicht willst, sage ich, brauchst du nicht.

Gut, sagt sie, da höre ich jetzt auf. Ich will nicht, ich habe nie gewollt.

Meinetwegen, sage ich. Nur noch einen Augenblick.

Und sie, sagt sie, wie hast du sie rumgekriegt? Hast du sie auch bedroht? Hast du sie auch dazu gezwungen? Weil du stärker warst als sie?

Nein, sage ich, die nicht.

Sondern wie, fragt sie.

Für Geld, sage ich.

Immer für Geld, fragt sie.

Ja, sage ich, immer für Geld, das ist doch ganz natürlich. Und du, hast du es nie getan?

Was getan, fragt sie.

Für Geld, frage ich.

Nein, sagt sie, nie.

Mach weiter, sage ich, hör jetzt nicht auf.

Faß mich nicht an, sagt sie, faß mich nie wieder an.

Wie du aussiehst, sage ich.

Wie sehe ich denn aus, fragt sie.

Als ob du krank wärest, sage ich, Fieber hättest.

Da bin ich eben krank, sagt sie, da werde ich eben sterben.

Maria, sage ich, sag das nicht.

Rühr mich nicht an, sagt sie, rühr mich nicht an.

Und weil sie, wenn sie krank war, es sonst nie getan hat, frage ich noch: Machst du es denn jetzt auch, wenn du krank bist? Und dann, durch den Schweiß hindurch: Nur noch einen Moment jetzt, nur noch einen Moment! Nicht aufhören jetzt, hör jetzt nicht auf! Und als sie dann fertig ist und in der Kuhle hockt, leicht zuckend, leicht gekrümmt, und vielleicht etwas sagen will, kann sie es nicht sagen. Sie bekommt keine Luft. Ich streiche ihr flüchtig über die Stirn, die tatsächlich etwas warm ist. Und ihre länglichen, leicht angespitzten Nägel, die immer zartrosa gewesen sind, sind, sehe ich, ganz weiß. Während um ihre Augen herum der Schrecken als dunkle Ringe ... Ja, vielleicht hat sie Fieber. Ich schiebe ihren Kopf weg von mir, hebe ihn aus meinem Schoß heraus und strecke meine Beine aus und frage sie, wie sie sich fühlt, aber sie gibt mir keine Antwort. Also nicht gut, denke ich. Und daß ich sie in einer solchen Verfassung nicht hätte beanspruchen, in dieser Nacht nichts von ihr hätte verlangen sollen.

Willst du mir etwas sagen, frage ich sie.

Aber sie will nicht, nein. Oder vielleicht *will* sie auch, *kann* aber nicht. Und wieder gebe ich der Luft die Schuld, die in dieser Nacht in dem niedrigen, merkwürdig drückenden Raum tatsächlich sehr abgestanden, sehr dick, in sehr ungenügendem Maße vorhanden ist. Und da sie schluchzt, kleine Laute macht, sozusagen *piepst,* lege ich ihr meinen Arm um die Schulter und sage: Kopf hoch, Maria! Und daß alles, wenn wir nur erst dieses Zimmer und diesen Ort D. verlassen haben, wieder besser werden wird. So wie früher, will ich erst sagen, sage es dann aber nicht. Und bitte sie, sich endlich zu beruhigen und auch nicht immerzu an den gräßlichen Unfall zu denken, der uns Gott sei Dank nicht persönlich betrifft und uns eigentlich gar nichts angeht.

Schnell, vergiß ihn, rufe ich und klatsche in die Hände.

Sie schaut mich mit großen Augen an, nickt auch, hört aber nicht zu und vergißt den Unfall auch nicht, vergißt gar nichts, sondern denkt, wie ich immer klarer erkenne, immer hemmungsloser daran und an alles andere auch. Während ich ihr über ihre Schulter weg mit der hohlen Hand, damit sie endlich sprechen kann und das, was sie quält, aus sich herausholt, Luft, nicht viel, zufächeln will. Doch kann sie, sehe ich, ja nicht der fehlenden Luft, sondern ihres Zustandes wegen nicht sprechen, sich nicht äußern. Und da plötzlich, nachdem sie sich, die Augen geschlossen, in dem tiefen Bett, wo auch das Tier ist, das ich ja, wie mir einfällt, ganz vergessen hatte, so weit wie möglich von mir weggedreht, die Beine so dicht wie möglich angezogen, das Entsetzen so entschlossen wie möglich von sich geschoben hat: Wegen dem anderen, sagt sie, indem sie sich ihr kleines nasses, kugelrund gepreßtes Batisttuch vor den Mund hält, *mei-*

nem, sagt sie, brauchst du dir nun keine Sorgen mehr zu machen.

Ich, in meiner Begriffsstutzigkeit, Tölpelhaftigkeit, Torheit, Erschöpfung, frage sie: Was meinst du?

Was du so gefürchtet hast, sagt sie und dreht sich noch weiter weg, das Kind. Ich blute nämlich nun, sagt sie, faß mich nicht an!

15

Und läßt mich, nachdem wir ein paar Minuten schweigend, in grundverschiedene, ja entgegengesetzte Empfindungs- und Gedankengänge vergraben, nebeneinander auf dem viel zu niedrigen Bett gehockt haben, vom Bett aufstehen und in eine Ecke treten, weil sie sich nun, wie sie sagt, *frischmachen* will. Frischmachen, also gut, denke ich. Nein, sie will nicht, daß ich ihr dabei helfe, nein, geh, geh, geh, schreit sie. Und stößt mich, weil ich nicht gleich höre, dann sogar aus dem Bett hinaus. Langsam, indem ich meinen Hosenbund schließe, erhebe ich mich, fahre in meine Schuhe, stampfe mich in den Schuhen fest. Und trete, nachdem ich noch einmal durchs Zimmer gegangen bin, zur Tür. Und stehe nun lange, auch in ganz ähnlicher Haltung in der Ecke, in die sie, bei Betreten des Zimmers, unter Schluchzen hineingelaufen war. Und höre, wie sie hinter meinem Rücken dann selber aufsteht vom Bett und zu ihren Koffern geht, wie sie sich bückt, sie öffnet. Dreh dich nicht um, sagt sie.

Und, immer mit dem Gesicht zur Wand, höre ich, wie sie wieder ans Bett tritt, etwas aus- und etwas anzieht, langsam, mutlos, widerwillig.

Dreh dich nicht um, sagt sie immer wieder, hörst du, dreh dich nicht um.

Sie blutet, denke ich, wie eigenartig! Nun, denke ich, indem ich die an dieser Stelle besonders fleckige Wand studiere, die sie nach unserer Rückkehr so lange angeschluchzt hat, *die* Sorge ist vorbei. Und sage mir, es war der Schock, dem Schock verdankt sie die Blutung. Ohne Schock, jawohl, da bin ich sicher, würde sie noch schwanger sein. Und daß sie, wahrscheinlich gleich nach unserer Ankunft beim Turm, lege ich mir zurecht, also noch ehe sie dem Kustoden in die Hand biß, gespürt hat, daß so ein Schock nun gleich auf sie zukommen und in ihrem Leib die Menstruationstropfen auslösen würde. Vielleicht, denke ich, *während* sie ihn biß, vielleicht hat sie ihn *deshalb* gebissen. Ja, sage ich mir, indem ich die Wand studiere, erst die Angst, dann die Übelkeit, dann der Schock. Und nun das Blut, denke ich. Weil sie in ihrer behüteten Art auf so eine Veranstaltung einfach nicht vorbereitet war. Weil sie einfach nicht damit gerechnet hatte, daß in unserer Zeit, sozusagen vor unserer Haustür, eine solche Veranstaltung erwogen und dann auch durchgeführt wird. Und auch jetzt, in diesem Augenblick, liegt D. noch nicht hinter uns. Den Kustoden hast du nämlich nicht zum letzten Mal gesehen, der kommt wieder, denke ich. Andererseits kann ich alle Argumente, die ich gegen ihre Schwangerschaft und das Kind gesammelt habe, nun vergessen. Die Sache hat sich von selbst, das heißt naturgemäß, durch spontanen Abgang erledigt. Auch der Brief, den du ihr geschrieben hast, hat sich nun erledigt, nur darf er ihr nicht in die Hände fallen, du kannst, nein, du *mußt* ihn vernichten. Und nehme mir vor, so bald wie möglich, also sobald sie mich aus der Ecke herausruft, an den Tisch zu treten, den Brief, den ich unter dem Briefpapier versteckt habe, zusammenzuknüllen und, ohne etwas zu erklären, einfach in meine Tasche zu stecken. Und ihn bei Gelegenheit, wenn sie einmal nicht schaut, in tausend Stücke zu zerreißen. Und die Stücke in eine Toilette hinein und weggespült, denke ich. Oder aus dem Fenster des fahrenden Wagens hinaus in alle Winde.

Als sie mich aus meiner Ecke herausruft, bin ich dann doch etwas betroffen über ein blutiges Kleidungsstück, das meine Frau, die in diesen Dingen sonst der Takt, nein, die Prüderie selber ist, wahrscheinlich um mich zu bestrafen, mitten auf dem Bett hat liegenlassen. Zur Erinnerung an das, was du mir angetan hast, soll dieses Kleidungsstück in dieser Nacht zwischen uns liegen, wird sie gedacht und es auf das Bett gelegt haben. Ich schaue das Kleidungsstück lange an, sage aber nichts, sondern gehe in der Hoffnung, daß sie es *versehentlich* liegengelassen haben könnte, einige Male vor dem Bett hin und her, ohne sie darauf hinzuweisen oder mich darüber zu beschweren oder es selber aufzuheben und in ihren Koffer zu stecken. Jedenfalls scheint sie stark zu bluten. Sogar in dem Bettuch ist ein Fleck, den sie gleichfalls nicht zugedeckt hat. Überhaupt herrscht in dieser Nacht, besonders in der zweiten Hälfte, wegen des verriegelten Fensterladens, in dem Zimmer ein übler Geruch. Sonst geschieht nun lange nichts, es wird auch nichts mehr gesprochen. Ja, nicht einmal Bemerkungen werden gemacht, sei's von ihrer, sei's von meiner Seite, sondern zwischen uns, sie auf ihrem Bett, ich auf meinem Stuhl, bleibt alles ungesagt. Erst als sich durch das Grauwerden des Fensterlochs der Morgen anzeigt und Licht durch die Ritzen dringt und wir uns, mit hastig übergeworfenen Kleidern – es ist kühl geworden – die Schuhe verschnürt, wie zwei bleiche Tiere der Nacht in der Dämmerung stumm gegenüberhocken, können wir etwas hören. Nicht das Stampfen, das von unten kommt, auch nicht das Hundeheulen – die sind uns selbstverständlich geworden –, sondern ein Schlurfen, das wir erst aus uns selbst heraus zu entwikkeln glauben, das dann aber auch ein Schlurfen außerhalb unser, wahrscheinlich am Hotel hin ist. Jemand, der unter einem Geräusch, als zöge er einen Reisigbesen hinter sich her, langsam an dem Hotel entlangstreicht. Meine Frau, fahl, wie man sich denken kann, mit eingefallenen Wangen, eine Art Pferdedecke, die ich in der Tiefe des Schrankes entdeckt und hervorgezogen und ihr übergeworfen habe, um die Schultern, läßt mich nicht merken, daß sie es hört, oder hört es vielleicht wirklich nicht oder *will* es einfach nicht hören und denkt, es geht vorbei, wenn sie nur nicht darauf achtet, doch statt dessen kommt das Schlurfen näher. Als es dann so nahe ist, daß sie es hören *muß*, versteinert sie sozusagen.

Horch, flüstert sie. Und: Mach das Licht aus! Und: Was es sei, fragt sie.

Nun, sage ich und stehe gemächlich auf und knipse das Licht aus, so daß wir fast wieder im Dunkeln sind. Und um, auch ohne zu sprechen, die Harmlosigkeit des Schlurfens anzudeuten, das Schlurfen vor ihr zu entschärfen, gähne ich dann sogar. Nun, sage ich noch einmal mit einem täppischen, von ihr im Keim erstickten Versuch einer Zärtlichkeit in ihre Richtung hin, wer wird es schon sein?

Der *meccanico,* der den Wagen bringt, fragt sie hoffnungsvoll.

Möglich, sage ich, obwohl ich es besser weiß, denn ich habe längst, nein, *schon immer* gewußt, daß wir dem Kustoden so einfach nicht entgehen und D. nicht verlassen werden, ohne noch einmal auf ihn zu stoßen. Dem wir nach der Veranstaltung, nachdem sie sich krummgebeugt hatte und heulend, daß es schallte, davongestürzt war und ich, laut: *Maria, Maria!* rufend, hinterher, ja entkommen waren in die *vicoli* hinein. Und da fällt mir ein, daß ich das Schlurfen vor unserem Fenster ja auch während der Nacht, als sie schlief und ich über dem überflüssig gewordenen Brief gebrütet hatte, gelegentlich schon gehört zu haben glaubte, der Sache aber, weil ich sie für eine Einbildung hielt, nur nicht nachgegangen war. Also hatte ich es mir doch nicht eingebildet, sondern der Kustode war wahrscheinlich auch nachts, nur verhaltener und stiller, um das Hotel gestrichen und hatte, wie wir, bloß unter freiem Himmel, aber mit der gleichen Inbrunst auf die Dämmerung, den Morgen gehofft. Und nun, da es dämmert, schlurft er deutlicher an unserem Hotel entlang. Wie peinlich, denke ich. Und dann, etwas später, vielleicht gegen fünf, meine Frau hat sich, mit eng zusammengepreßten Knien, im Bett aufgesetzt, von dem sie das Blut, weil kein Wasser im Zimmer ist, nicht entfernen kann, sondern das Bett mit dem dunklen Fleck, der in der Dämmerung allmählich rot wird, sieht nun entsetzlicherweise so aus, als sei darin etwas umgebracht, etwas abgeschlachtet worden. Also: Ungefähr gegen fünf, während ich vor meiner Frau leise auf und ab gehe und ihr, um sie zu beruhigen, die Geschichte unserer Heimreise erzähle und wie die Insel schon hinter uns liegt und wir schon auf der Fähre sind und ihr auch immer wieder, wenn auch nur flüchtig, eine Hand an die Wange lege, können wir die Schritte des Kustoden dann ganz deutlich hören. Den ich durch die Fensterritzen zwar nicht sehen kann, der dann aber, deutlich hörbar, durch die Vordertür in unser Hotel hereintritt.

Hörst du, flüstert sie. Und nach einer Weile, als der Kustode, um sich anzukündigen, vielleicht auch um zu drohen, auf dem Hotelflur sich ein paarmal geräuspert hat, noch einmal: Hörst du, da!

Nun, sage ich und zucke mit den Achseln, ich weiß nicht, ob sie es sieht. Na und, frage ich, na und?

Nein, sagt sie, als sie mit vorgestrecktem Kopf noch einmal zur Tür hingehört hat, es ist nicht der *meccanico.*

Nein, sage ich so gleichgültig wie möglich. Und warum, frage ich und stelle mich arglos, soll es nicht der *meccanico* sein?

Nein, nicht der *meccanico,* sagt sie leise und schüttelt, nachdem sie noch einmal kurz zur Tür hin- und dann, länger, in sich hineingehorcht hat, den Kopf. Und fragt, ob *er* es sei.

Er, frage ich.

Du weißt schon wer, sagt sie.

Nun, sage ich, indem ich mich hoch vor ihr aufrecke, wenn es nicht der *meccanico* ist, wäre es schon möglich. Und daß er wahrscheinlich gekommen sei, um Abschied von uns zu nehmen.

Abschied, ruft sie.

Jawohl, sage ich. Und weil ich die nun fast vergangene Nacht sonst überall in dem Zimmer schon gelegen und gesessen, auch freihändig und angelehnt überall schon gestanden habe, trete ich dann noch einmal an das immer noch verschlossene Fenster und schaue, ohne viel wahrzunehmen, ich weiß nicht, wie lange, durch die Ritzen.

Langsam gibt die Dämmerung die Schirmpinie in ihren von mir erinnerten Umrissen frei, und auch die Kiefern und Zypressen erstehen, so wie sie in meinem Kopf sind, nun draußen wieder auf. Eine klassische, eine unvergleichliche Landschaft, doch D., denke ich, was für ein Nest! Und als ich mich dann selbst in der Fensterscheibe erblicke – ich hatte so lange wie möglich durch mich hindurchgeschaut – erkenne ich mich erst kaum. Merkwürdig, denke ich, wie du nach einer einzigen schlaflosen Nacht, nach einer einzigen solchen Veranstaltung, im Gesicht gleich aussiehst! So siehst du nach so einer Veranstaltung, nach so einer Nacht also aus! Und schaue mich lange erschrocken an, studiere mich entsetzt. Und als ich vor meiner Frau, die hinter mir hockt, dann noch einmal ausspreche, wie gerne ich uns diesen Aufenthalt erspart hätte, steht, wie mir durch ein erneutes Schlurfen und Scharren klar wird, der Kustode dann auch schon vor unserer schlecht schließenden Zimmertür. Ich halte sofort den Atem an und trete zu meiner Frau und stelle ihn mir – und auch meine Frau, da bin ich sicher, stellt ihn sich – sofort genau vor, wie er in seiner Trauertracht, ausgepolstert, mit dem unfrischen Hemd, das überall an ihm hervorquillt, breitbeinig vor unserer Tür steht. Und sich in seinem runden Schädel vollkommen sicher ist, daß wir hinter der Tür sind und ihn uns vorstellen, ihn erwarten. Vielleicht kann er uns sogar atmen hören. (Obwohl sowohl meine Frau wie auch ich in diesen Minuten nur sehr wenig, ja fast gar nicht atmen.) Was wird er noch wollen, denken wir gemeinsam, wenn auch jeder für sich, während draußen, damit wir uns fürchten, neuerlich gescharrt wird. Und dann wird, mit angespitzten Klauen, von oben nach unten, also auf Hundeart, leicht an unserer Tür gekratzt, dann auch waagerecht, zwischen den Pfosten. Ich, aufrecht vor meiner Frau am Bett, ziehe, auf ihr stummes Verlangen, ihren Kopf an mich heran und antworte lange nicht in der Hoffnung, daß das Kratzen aufhört und er denkt, das Zimmer sei leer und wir seien schon abgereist, und auch er selber wieder weggeht, was dann aber nicht geschieht, sondern er kratzt weiter. So daß ich dann nicht länger schweige, sondern, indem ich ihr beruhigend über das blondgetönte Haar streiche, laut frage, wer es sei.

Er, gleichzeitig hüstelnd und scharrend und kratzend: Er sei es, der Herr Hans, wer sonst?

Da antworte ich natürlich, daß wir niemand sehen wollten, und schon gar nicht ihn. Wir seien müde, hätten kaum geschlafen, lägen noch im Bett. Vielleicht später, rufe ich.

Doch der Kustode läßt, wie bei seinem ersten Auftritt, nicht locker und ruft zurück, daß er uns *jetzt gleich* sprechen muß.

Also sprechen. Sonst nichts, rufe ich und trete an die Tür.

Ja, sprechen, ruft er, sonst nichts.

Und worüber, frage ich und lege mein Ohr an die Tür.

Weil da, ruft er, eine Frage ist.

Überflüssig, rufe ich, ganz überflüssig.

Nun, ruft er, dann eben eine Nachricht.

Von wem, frage ich.

Ein Vorschlag, sagt er.

So früh, rufe ich, das Ohr an der Tür.

Ja, sagt er, so früh.

Da muß es also, frage ich, jetzt gleich sein?

Ja, sagt er, jetzt gleich.

Machen wir ihm auf, er weiß ja, daß wir da sind, sage ich leise zu meiner Frau und habe trotzdem das Gefühl, daß er jedes Wort versteht.

Nein, ruft sie, nein, niemals! Und springt dann sogar aus dem Bett heraus und stellt sich mit ausgebreiteten Armen vor die Tür. Und will, was vielleicht verständlich, aber ausgeschlossen ist, das Zimmer vor dem Kustoden dann sogar *verbarrikadieren,* also den klapprigen Tisch, den tiefen Schrank, ja, am liebsten auch das niedrige, aber breite Bett gegen die Tür rücken.

Ja, willst du dich denn, rufe ich, auch im Ausland lächerlich machen!

Und erkläre ihr ganz kategorisch, daß, wer immer vor der Tür steht, und wenn es der Teufel selber wäre, die Möbel bleiben, wo sie sind. Und wir ihm die Gelegenheit zu einer *Aussprache*, wenn ich auch nicht wisse, worüber, denn der Unfall, sage ich, ist ja nun einmal geschehen, nicht verwehren könnten. Und ja auch gar keine Möglichkeit hätten, sie ihm zu verwehren. Denn wenn wir je wieder aus diesem Zimmer und aus dieser Ortschaft D. hinauswollten, flüstere ich ungefähr, müßten wir durch *diese* Tür und, falls er sich vor der Tür aufstellt, an ihm vorbei, sei es jetzt, sei es später. Und gehe, nachdem ich meine Kameras und die Gelenktasche wieder unter dem Bett hervorgeholt und sie mir umgehängt und, für alle Fälle, das Klappmesser aus dem Picknickkoffer herausgenommen und in die Hosentasche, die rechte, gesteckt habe und meine Frau, vollständig angezogen, die Bluse bis oben zugeknöpft, das Kleidungsstück in einen Koffer gesteckt, den Blutfleck mit einem Kissen bedeckt und sich, mit zusammengebissenen Zähnen, aufrecht auf den Stuhl gesetzt hat, zur Tür und drehe, nachdem ich zwei- oder dreimal tief Atem geholt habe, den Schlüssel um im Schloß. Und stoße die Tür, um dem Kustoden sofort meine ganze Verachtung zu zeigen, *mit dem Fuß*, nicht den Händen, auf und winke ihn wortlos – ich werde noch lange schweigen – zu uns ins Zimmer herein. Der Kustode, im Flur noch schattenhaft, kaum ist er über die Schwelle, findet rasch zu den uns bekannten Konturen zurück und konsolidiert sich vor unseren Augen zu der uns bekannten Dichte. Auch in seinem Gesicht, das ein wenig verstörter, ein wenig blasser und, bis in den Hals hinab, nun mit kräftigeren Bartstoppeln bewachsen ist, finden wir uns bald zurecht. Jawohl, da ist das Doppelkinn, ganz recht, das ist sein Schnurrbart! Und da ist das Komödiantenhafte, da das Schmierige an dem Menschen. Dem eine tiefe und augenfällige, womöglich tragische, durch die entsetzliche Veranstaltung bewirkte Veränderung nicht anzumerken ist. Doch der Anzug, sehen wir, ist noch zerknitterter, und die hastig auf den Schädel getürmte Frisur noch zerstörter, und die weinroten Schuhe, weil er uns erst durch D. geführt und uns dann durch D. verfolgt hat, sind noch verdreckter als gestern. Eine Schärpe trägt er nicht. Und dann, kaum ist er eingetreten, das perverse Ritual der Freude und der Herzlichkeit, das er um uns entwickelt. Zuerst werden, im Sinne der Umarmung, die Arme ausgebreitet, doch ich winke schon von weitem ab. Nein, rufe ich.

Nein, fragt er.

Nein, rufe ich.

Also nein, sagt er und läßt die Arme sinken. Nun, sagt er, vielleicht später. Und geht, als nächstes, zu meiner Frau und vergißt ihren Biß und verbeugt sich tief vor ihr und will ihre Hand nehmen und küssen, doch da trete ich auch schon dazwischen, und, mit einer einzigen Bewegung meiner Rechten, nagle ich ihn auf der Stelle fest.

Nein, sage ich.

Auch nicht, fragt er.

Nein, sage ich, auch nicht.

Und warum auch nicht, fragt er und schaut schräg zu mir hoch.

Weil wir das nicht brauchen, sage ich. Und stoße zur gleichen Zeit mit der Linken, da ich denke: Sondern Licht brauchen wir, Licht, die Fensterläden auf. Und stelle mich, da es auf einmal hell ist und das Zimmer mit einem Schlag so schäbig und unbewohnbar aussieht, wie es immer gewesen ist, breit vor dem Kustoden auf, der, in Rede und Lauf gebremst, den Stock zwischen den Beinen, stumm dasteht. Gut, denke ich, und jetzt? Daß irgendwann an diesem Morgen – hoffentlich kommt der Wagen bald – über die Veranstaltung gesprochen werden muß, liegt auf der Hand. Und daß ich ihm dabei unser Entsetzen, Grauen, Abscheu, etcetera ausdrücken und endlich mit der Faust auf den Tisch oder auf das Fensterbrett schlagen muß, auch. Die Frage ist nur: Jetzt oder später? Und *wie* ich unseren Abscheu formulieren, das Grauen vortragen soll. Soll ich es laut und erregt und grob und von oben auf ihn herunter, oder dringlich und leise und von unten herauf, mit beschwörendem Unterton bringen? Schreie ich oder schreie ich nicht? Nein, denke ich, schreien kannst du nicht, schon wegen der anderen Gäste, die es in dem Hotel vielleicht noch gibt, denn wenn es draußen nun auch hell ist, so ist für die Leute hier wahrscheinlich noch Schlafenszeit. Also, sage ich und stampfe ein wenig mit dem Fuß, dem rechten, auf.

Bitteschön, sagt der Kustode, indem er sich leicht verbeugt.

Also dann, sage ich und wippe mit dem Fuß.

Wir haben uns gestern, sagt er, verloren.

Verloren, rufe ich und lache auf.

Jawohl, sagt er, gestern nacht.

Hörst du, gestern nacht haben wir uns verloren, rufe ich und suche den Blick meiner Frau, die aber zu Boden schaut.

Jawohl, sagt er, beim Turm, im Gedränge.

Nein, mein lieber Herr, wir haben uns nicht *verloren*, wie Sie sich ausdrücken, rufe ich, indem ich mich noch höher aufrichte, sondern wir haben uns entfernt. Weil wir niemand mehr sehen wollten, sage ich, sehen konnten.

Aha, sagt er.

Und jetzt, stellen Sie sich unsere Überraschung vor, sage ich und breite meine Arme aus, ist der, von dem wir uns entfernt haben, plötzlich wieder da. Überflüssig, rufe ich, völlig überflüssig.

Aha, sagt er, aha. Und nach einer Weile, indem er sich einen Finger an die Nase legt: Wer, fragt er.

Wie, frage ich.

Wer, fragt er, ist überflüssig?

Der, sage ich, der so früh am Morgen an unsere Türe klopft.

Sie meinen, fragt er, zu nachtschlafender Zeit?

Jawohl, sage ich.

Da meinen Sie, fragt er, also mich?

Das wird der, der so früh klopft, schon selber wissen, rufe ich scharf an ihm vorbei in unser Zimmer.

Er schweigt. Er scheint nachzudenken.

Da haben Sie also, fragt er später, auf mich gewartet?

Wie kommen Sie darauf, daß wir auf Sie gewartet haben, rufe ich. Was bilden Sie sich ein? Und auch noch um diese Zeit. Und stampfe mit den Füßen auf.

Also haben Sie, fragt er und zieht seine Jacke fester, *nicht* auf mich gewartet?

Doch, sage ich, natürlich.

Aha, sagt er.

Aber ob wir nun auf Sie gewartet haben oder nicht, ist hier gar nicht die Frage, sondern, rufe ich, die Frage ist ...

Selbstverständlich, sagt er und schweigt.

Nein, denke ich, so geht es nicht, du fängst die Sache falsch an. Und was, frage ich mich, machst du nicht richtig? Deine Sätze, denke ich, sind zu kurz! Mit solchen kurzen knappen Sätzen, so bedrohlich du sie auch bringst, kommst du an einen solchen Kustoden überhaupt nicht heran. Sondern du mußt viel längere, härtere, *wirklichere* Sätze machen und ihm diese Sätze sozusagen um den Hals wickeln. Und dann zuziehen, denke ich. Und hole zum Zuziehen auch schon Luft, denn seit ich die Fensterläden aufgestoßen habe, ist ja nicht nur viel mehr Licht, sondern auch viel mehr Luft in dem Zimmer. Und setze also zu so einem langen, sozusagen unentrinnbaren Satz, in dem unser ganzes Entsetzen enthalten ist, an, aber nun macht sich die vergangene Nacht, die ich ja ohne Schlaf verbracht hatte, was ich ja bloß vergessen hatte, bemerkbar, und ich kann den Satz nicht sagen. Nicht einmal *beginnen* kann ich den Satz. Du wirst doch um Himmels willen, denke ich, nicht schon wieder ein Opfer deiner Kraftlosigkeit werden? Los, denke ich, fang den Satz an! Aber noch während ich das denke, bin ich dieses Opfer dann schon. Tatsache ist, ich bin einfach nicht mehr gewöhnt, eine Nacht ohne Schlaf zu verbringen. Und daß das Physische bei mir immer alle Gefühle, auch das Abscheu-, das Empörungsgefühl, verdrängt, ist ja schon bekannt. So daß ich vor Müdigkeit und Kraftlosigkeit plötzlich nicht den kleinsten Protest äußern, nicht die kleinste Erklärung fordern, sondern eben nur laut gähnen kann und dadurch in dem hellen, aber schäbigen Zimmer eine große moralische Leere entstehen lasse. Und dem Kustoden das Schweigen, zu dem ich ihn mit meinen Blicken eben noch gezwungen habe, schon fast wieder übelnehme. Warum sagt *er* denn nichts? Schließlich gebe ich den Gedanken auf, ihn über die Veranstaltung zur Rede zu stellen. Auch kann ich in Gegenwart meiner Frau, die ja an einen *Unfall* glaubt, von einem Sprung nicht reden. Doch auch den Gedanken, ihn *wegen Gefährdung eines jungen Menschenlebens* – mindestens hat er ihn auf den Turm geschickt, hat ihn oben tanzen lassen – zurechtzuweisen und dann bei den Schultern zu packen und im Zimmer umzudrehen und durch unsere schlecht schließende Tür wieder hinauszuschieben, gebe ich auf. Sondern ich mache dann etwas ganz anderes. Sondern ich ziehe, als wäre der Mensch gar nicht im Zimmer – irgendwas muß ich ja tun – den größten und schwersten unserer Koffer aus seiner Ecke hervor und klopfe ein paarmal darauf und schnalle seine Riemen fester und ziehe den Koffer dicht an den Füßen des Kustoden, der mir im Weg steht, vorbei zur Tür. Ja, fast *über* seine Füße weg ziehe ich den Koffer zur Tür. Und dann, als ich alle Koffer und Beutel und Taschen und alles, was sonst noch am Fenster aufgetürmt war, geprüft und an den Füßen des Kustoden vorbei zur Tür gezogen habe und die ganze Zeit, von allen, pausenlos geschwiegen worden ist, sage ich leise, vom Fenster her, wo ich mich, mit dem Blick auf die Pinie, hoch, doch leer, aufgestellt habe: Was ich sagen wollte, weil Sie ja von draußen kommen: Sind Sie zufällig dem *meccanico* begegnet? Oder haben Sie vielleicht unseren Wagen, der ja nun repariert ist und jeden Moment kommt, gesehen?

Aber der Kustode hat weder das eine noch den anderen gesehen, und ich sage: Nun, eigentlich hatte ich damit auch noch nicht gerechnet, aber andererseits wäre es ja möglich gewesen.

Nein, sagt der Kustode, ich habe gar nichts gesehen, und Ihr Wagen wird, glaube ich, auch lange noch nicht kommen, aber etwas erklären möchte ich Ihnen nun.

Erklären, rufe ich und tue überrascht. Hoffentlich, rufe ich, dauert diese Erklärung nicht lange, denn wir wollen, wie Sie sehen, sage ich und zeige auf die Koffer, schon sehr früh, ja, eigentlich *jetzt gleich* aufbrechen.

Jetzt gleich, sagt der Kustode, können Sie aber nicht aufbrechen.

So, sage ich und recke mich, und wer sollte uns daran hindern?

Der Wagen, sagt er, ist ja noch nicht hier.

Der Wagen, sage ich, machen Sie sich darum nur keine Sorgen, wird schon kommen.

Bitteschön, sagt der Kustode. Wenn ich inzwischen aber vielleicht meine Erklärung, die eigentlich eine Frage ist ...

Aber rasch, sage ich.

Also, sagt der Kustode, bitteschön. Und verbeugt sich erst vor meiner Frau, dann vor mir und holt, den Stock zwischen den Beinen, nun selber zu einem dieser langen Sätze, deren ich meiner Kraftlosigkeit wegen nicht fähig bin, aus, aber da habe ich es mir schon anders überlegt und bin, egal ob kurz, ob lang, *gegen* die Erklärung. Und rufe, die Rechte in der Tasche, wo das Messer ist, mitten in seine Verbeugung hinein: Nein, keine Erklärung, nein.

Und warum nicht, fragt er und schaut mich verwundert an.

Weil ich es mir, sage ich, anders überlegt habe.

Und fragen, fragt er, darf man etwas fragen?

Nein, sage ich, auch nichts fragen. Und gehe durch das

ganze, von tief unten herauf hallende Zimmer hindurch zu meiner Frau, die aufrecht und tränenlos dasitzt und stelle mich, die Hände auf ihren Schultern, als sollte nun gleich ein morgendliches Doppelportrait von uns angefertigt werden, hinter ihr auf. Eine eigenartige, tief unglaubwürdige und lächerliche Pose, das gebe ich gerne zu. Und denke, Mimiddu ist ja gar nicht gestürzt, Mimiddu ist ja gesprungen! Und daß ich, sei's gesprungen, sei's gestürzt, von der Sache nun nichts mehr hören will. Bin aber, gerade weil ich davon nichts mehr hören will, wenn auch nur in meinem Kopf, sofort wieder bei der Veranstaltung, also auf der Naturgalerie, als der Junge, mit lebhaft bewegter Miene, als ob er über etwas lache, leichtfüßig auf die Brüstung hüpft und nun gleich für uns springen wird. Um gleich darauf, den Schrei voran, haltlos in der Luft zu liegen und, mit seltsam verdrehten Gliedern, die Todeswunde sieht man nicht ... Das alles, die Hände auf Marias Schultern, stelle ich mir also vor. Als ob ich nicht aus Vergnügungs-, sondern aus Peinigungsgründen in den Süden gefahren sei. Bis es mir mit zwei, drei Stößen der Arme, erst rechts, dann links, gelingt, meine Erinnerungen von mir weg- und, mit gespreizten Fingern, in die Fensterecke hineinzuschieben, wo bisher das Gepäck gewesen ist. Draußen, zum Zeichen, daß die Zeit vergeht, kommt rasch der neue Tag. Und warum kommt der Wagen nicht? Schließlich, nachdem ich, ich weiß nicht wie lange, mit finsterer Miene und lang niederhängenden Armen herumgestanden habe, sage ich mir: Mach ein Ende! Und das geht so. Ich stecke, um sie aus dem Weg zu haben, die Hände in die Taschen, und auf Zehenspitzen wippend, rufe ich, mit Pausen dazwischen: Also! Also! Also! Und will nun, trotz Müdigkeit, Kraftlosigkeit, Schlaffheit, Ausgeleertheit, etcetera, dem Kustoden endlich meine Empörung, meine Fassungslosigkeit über den »Unfall«, wie ich sagen will, klarmachen, aber wie? Wie jeder, der täglich seine Zeitung liest, habe ich ja ständig Anlaß, über alle Arten von Katastrophen, Bestialitäten, Unmenschlichkeiten zu erstarren und fassungslos zu sein, weil immer häufiger Dinge, mit denen ich nicht fertig werde, in mich hineingeschwemmt werden. Gut, ich bin also fassungslos, gut, ich bin starr vor Entsetzen. Ich sitze da, die Augen sind geschlossen, die Zeitung liegt auf dem Boden, während die Katastrophen längst in meinen Kopf übergegangen sind, aber was kann ich tun? So daß ich mich, die Katastrophen im Kopf, nun schon jahrelang nicht mehr geäußert, sondern die Katastrophen schweigend mit mir herumgetragen habe. Was den Glauben an die Wirksamkeit eines Aufschreis betrifft, so habe ich diesen Glauben nicht mehr. Weshalb ich den Aufschrei, den ich vorhatte, auch jetzt sein lasse und statt dessen nur ein paarmal hilflos sage: Ein Kind, ein Kind, ein Kind! Und dann, weil der Mensch mich nicht versteht: Gefallen, rufe ich, vom Turm gefallen! Was hatten Sie denn, rufe ich schließlich sehr laut, muß aber sofort wieder gähnen, mit dem Jungen, fahre ich dann viel leiser fort, gesprochen, als Sie auf der Leiter standen? Warum haben Sie denn, frage ich, gestern so kräftig an den Turm geklopft? Sie haben doch an den Turm geklopft, frage ich, oder?

Ja, sagt er und nickt, das stimmt.

Und von der Leiter aus haben Sie doch auch mit dem Jungen gesprochen?

Ja, sagt er, gesprochen haben wir auch.

Na also, sage ich und gähne noch einmal und vergesse meine Frage und rufe statt dessen noch einmal: Ein Kind! Ein Kind! Ein Kind! Aus der Gegend, nehme ich an, frage ich.

Ja, sagt er, aus der Gegend.

Dessen Familie Sie vermutlich sogar kennen, frage ich.

Die Familie, sagt er, ist mir bekannt.

Viele Kinder, nicht?

Ja, sagt er, das stimmt.

Und arm, frage ich.

Jawohl, sagt er.

Hörst du, Maria, sage ich, es gibt hier zu viele Kinder. So daß die Kleinen, kaum daß sie laufen können, alle möglichen Kunststücke lernen müssen. Wie das Tanzen auf einem alten Turm, auf seiner Brüstung, rufe ich. Nur damit etwas Geld ins Haus kommt, nicht, frage ich.

Ja, sagt er, für Geld.

Hörst du, sage ich zu ihr. Es ist genau so, wie ich dachte. Der Junge ist zu einer Art Akrobat ausgebildet worden, zu einer Art Künstler.

Ihr seid mir beide widerlich, sagt sie, der eine so wie der andere.

Maria, rufe ich.

Ja, sagt der Kustode, die Rechte auf seinem Geschlechtsteil, und jetzt ist er tot. Und dann, nach einigem Zögern: Ob wir mit der Veranstaltung also – er schaut auf seine Fingernägel – zufrieden gewesen seien.

Wie meinen Sie das, frage ich.

Nun, sagt er, ob die Vermittlung dieses außergewöhnlichen Erlebnisses gelungen sei.

Erlebnis, rufe ich, aber hören Sie! Wie können wir denn zufrieden sein, wenn so ein gräßlicher Unfall ...

Also nicht zufrieden, ruft er und zieht seine Zigaretten heraus.

Aber Sie wollen, rufe ich, doch nicht sagen ... Und denke: Das kann doch nicht möglich sein! Er wird, im Beisein deiner Frau, bei dem Zustand, in dem sie ist, uns doch nicht erzählen wollen, daß der Junge gar nicht gefallen, sondern, nun ... gesprungen ist! Da meine Frau auf ihrem Stuhl zwischen uns sitzt, kann ich nicht einmal Pst! zu ihm sagen, doch *zwinkere* ich ihm dann zu. Und sage: Ein Unfall, ja, ein Unfall.

Aber gar nicht, ruft er und steckt sich eine Zigarette in den Mund.

Dochdoch, sage ich und blinzele nun auch. Ein Unfall, wie er eben manchmal geschieht und sich nicht vermeiden läßt. Da, rufe ich, schauen Sie meine Frau an, wie mitgenommen sie von dem Unfall ist. Reden wir also, sage ich, von etwas anderem.

Warum, fragt er und zündet sich die Zigarette an.

Sie meinen also, sage ich und mache eine längere Pause, um die Stille unseres Zimmers auf die beiseitegeschobene und totgeschwiegene, nun aber mit Gewalt hervorbrechende und nicht mehr zu verheimlichende Wahrheit übergehen, sich darauf niedersetzen zu lassen. Daß, sage ich, der Junge ... Ich meine Mimiddu ... Ich meine, sage ich, da hat er also gar nicht tanzen wollen?

Nein, sagt der Kustode und zieht an seiner Zigarette, tanzen hat er nie gewollt. Tanzen hat er ja auch gar nicht wollen können, er hat es nie gelernt. Er hatte ja, ruft er und zieht und qualmt, überhaupt nichts gelernt.

Da wäre er also, sage ich, *falls* Ihre Behauptung ...

Jawohl, sagt er, sie stimmt.

Gar nicht, sage ich, gefallen, gar nicht abgestürzt.

Nein, sagt der Kustode mürrisch und hat seine Hand, nachdem er die Asche von seiner Zigarette in unser Zimmer gestreift hat, sofort wieder auf seinem Geschlechtsteil liegen, gefallen, gestürzt ist er nicht.

Also müßte er, rufe ich, gesprungen sein?

Das stimmt, ruft er düster, gesprungen ist er.

Also gesprungen, sage ich und schaue auf meine Frau hinab, um zu sehen, wie sie es aufnimmt, aber ihre Augen sind geschlossen, der Atem ist unhörbar, das Gesicht ausdruckslos. Und auch sagen wird sie nichts, denn sie hat sich, um den Schrei zu verhindern, welcher bei ihr immer möglich ist, das Taschentuch in den Mund gesteckt, um darauf herumzukauen. In dem ersten Morgenlicht – gewiß wird wieder ein klassisch schöner Tag – hat sie sich das weiße Batisttuch, das ich ihr in Brügge gekauft habe, zwischen die Zähne geschoben und *beißt* fest hinein.

Maria, rufe ich, was machst du?

Denn es ist kein Irrtum möglich: Meine Frau, an diesem schönen Morgen, *frißt* ihr Taschentuch. Dabei hat sie, so wie die ganze Galerie, ja eigentlich schon immer gewußt – nur hat sie es nicht wissen wollen – daß der Junge nicht gefallen, sondern, aus einer unbegreiflichen Perversität heraus gezwungen oder überredet, absichtlich und für unsere Augen von dem Trum gesprungen ist. Laßt ihn, um der Barmherzigkeit willen, hat sie sich gesagt, damit ich nicht mehr daran denken muß, bitte, laßt ihn gefallen sein! Und nun, da ihr der Kustode auch diesen Gedanken zerstört, frißt sie, so wahr mir Gott helfe, einem Wink ihres Kopfes gehorchend ihr Spitzentaschentuch. Maria, rufe ich, dein Tuch.

Und stehe unschlüssig, was nun zu tun sei, da. Warum geht der Kustode nicht, warum läßt er uns nicht in Frieden? Wenn man bedenkt, daß wir den Menschen gestern um diese Zeit noch gar nicht gekannt, noch gar nichts geahnt hatten von ihm! Und natürlich auch früher nicht, als er noch in Frankfurt wirkte. Wie selten wir doch nach Frankfurt kommen, anscheinend nicht ohne Grund! Und jetzt? Was will er noch von uns, warum läßt er uns nicht in Frieden? Statt schon wieder anzufangen und uns schon wieder zu fragen – es ist ja, als ob er unsere Köpfe an einen Schleifstein hielte! – ob wir mit der Veranstaltung, ja oder nein, nun zufrieden seien oder nicht. Gesprungen, gesprungen, rufe ich und breite die Arme aus.

Ja, sagt er, für Sie.

Aber haben wir denn, rufe ich, je erwartet, uns je vorgestellt ... Möglich, gebe ich zu, daß vielleicht ein anderer ... Doch warum, rufe ich, warum?

Der Vereinbarung wegen, sagt er und raucht.

Da ist also, sage ich, eine Vereinbarung mit dem Jungen getroffen worden?

Mit der Familie, sagt er. Und langt, während er die Zigarette zwischen den Lippen hält, in seine Jackentasche und zieht ein Papier heraus und will mir die getroffene und, wie ich sehe, von einem der beiden Partner, also wohl von der Familie, mit drei Kreuzen unterfertigte Vereinbarung, die ohne Zweifel auch den hiesigen Gesetzen zuwiderläuft, in die Hand drücken.

Hier, sagt er. Und, mit schief von der Lippe hängender Zigarette: Warum schauen Sie nicht?

Nein, lassen Sie, sage ich.

Und warum nicht, ruft er, indem er mir das Papier vor der Nase hin- und herzieht. Und daß er alles übersetzen und uns erklären wird.

Nein, rufe ich, das will ich nicht, und schiebe die Vereinbarung zurück. Ja, nicht einmal anfassen will ich die Vereinbarung dann, weil mir schon das bloße Anfassen, das bloße Berühren einer solchen Vereinbarung ekelhaft ist. Und rufe, ein Kind zu zwingen …

Aber er ist nicht gezwungen worden, sagt er und steckt die ungelesene, von mir nicht einmal berührte Vereinbarung wieder in seine Jacke zurück.

Sondern, rufe ich.

Das andere, sagt er.

Sie meinen?

Ich meine das andere Wort, sagt er und zieht an seiner Zigarette. Das entgegengesetzte meine ich.

Das entgegengesetzte, denke ich. Was will er sagen? Freiwillig, frage ich.

Jawohl, sagt er, freiwillig. Auf Grund seiner Einsicht und der der Familie in die Notwendigkeit.

In die Notwendigkeit, rufe ich.

Jawohl.

Und *Sie* haben dabei, sage ich, *Sie,* rufe ich …

Jawohl, sagt er und raucht. Und erklärt uns, indem er zwischen meiner Frau und mir, sie aschfarben im Gesicht, ich grotesk behängt, welche Farbe mein Gesicht hat, weiß ich nicht, weil ich nicht mehr ins Fenster schaue, beide sind wir, wie man sich denken kann, äußerlich verschwitzt, verschmutzt, während wir innerlich, auch das steht fest, vertrocknet und verödet sind. Kurz, er schlurft zwischen uns hin und her und ruft: Jawohl, jawohl! Und daß er auf den *Gedanken der Veranstaltung* in der sehr kalten Nacht vom 13. auf den 14. Januar dieses Jahres, also in dem Moment gekommen sei, als man ein für allemal *und wissenschaftlich* festgestellt hatte, daß in D. und um D. herum an alten historischen Überresten nichts mehr vorhanden sei. Der Boden unter uns, ruft er, Sie erinnern sich, plötzlich war er für immer leer.

Überreste, Überreste, rufe ich und stampfe mit den Füßen auf.

Ja, immer diese Ausgrabungen, nicht, sagt er und schüttelt sich.

Und worauf, rufe ich, wollen Sie hinaus?

Auf die Not, sagt er.

Auf welche, frage ich.

Die unsere.

Kommen Sie doch lieber, rufe ich, zur Sache.

Aber das ist sie, sagt er. Alles in D. und um D. herum ist am 13. Januar aufs allergründlichste aufgewühlt und umgegraben und durchgesiebt gewesen, aber nichts, nichts, nichts.

Weiter, weiter, rufe ich.

Und von einem Boden, der D. ernähren könne, könne nicht die Rede sein. Steine, schauen Sie, sagt er und qualmt und schlurft ans Fenster und zeigt aufs freie Land hinaus, das wir ja schon kennen. Und nun denken Sie, sagt er, ja, ich weiß, was Sie denken, ich sehe es Ihnen an, nun denken Sie beispielsweise, sagen wir, an die Fische im Meer. Aber Fische im Meer gebe es, wegen der in den letzten Jahrzehnten vor ihrer Küste geübten Fangpraktiken, ja auch nicht mehr. Mit Dynamit, ruft er und qualmt und schlurft umher. Und als dann auch die ihnen von Rom immer wieder zugesagte Fabrik, die sie hätte retten sollen, und nun schon jahrzehntelang, immer wieder nicht gekommen, sondern schließlich, weil die Mittel fehlten, gestrichen worden sei, hätten in D. und um D. herum neue Wege des Überlebens …

Ha, rufe ich, haha.

Touristen also, ruft er, indem er mit den Schultern zuckt, *è be*, was sonst? Doch nun folgendes Dilemma, sagt er. Keine Landschaft, keine Überreste. Doch mit irgendwas wollen die Touristen ja in die Gegend gelockt sein, oder? Und, wenn sie in der Gegend sind, dann in den Ort hinein. Und, wenn sie in dem Ort sind, muß er rasch zugemacht und sie müssen unterhalten werden. Etwas, sagt er, müssen wir ihnen ja bieten, damit sie das Geld aus der Tasche ziehen und auf unsere Tische legen und, wenn wieder Ferien sind, vielleicht wiederkommen. Und natürlich muß das, was geboten wird, neu, außergewöhnlich und einmalig sein. Und Opfer, und nicht nur von Tieren, sagt er, indem er mit den Achseln zuckt, hat es in dieser Gegend, Sie erinnern sich, ja eigentlich schon immer gegeben.

Was Sie da sagen, ist absurd, mein Lieber, rufe ich und klopfe mit dem Fingerknöchel laut an meinen Kopf.

Ja, nun fragen Sie sich natürlich, wer die unglaubliche Lüge von unserer Kinderfreundlichkeit in die Welt gesetzt hat, sagt er. Andererseits, sagt er, sind Ihnen die Tragödien, die sich hier immerzu, aber nicht nur beim Turm, sondern hinter verschlossenen Fenstern und Türen, abspielen, natürlich unbekannt. Auf Grund von Verhältnissen abspielen, die Sie sich gar nicht vorstellen können.

Hören Sie, rufe ich und trete vor ihn hin, ich fahre nun schon seit Jahrzehnten in den Süden, den ich liebe, und selbst ...

Die Tragödien, sagt er scharf, sind Ihnen unbekannt.

Und selbst, rufe ich, in Nordafrika bin ich gewesen.

Die Verhältnisse, ruft er, indem er seine Rechthaberei auf die Spitze treibt, können Sie sich nicht vorstellen.

Bitte, sage ich, wie Sie meinen.

Jawohl, sagt er, das meine ich. Tragödien, sagt er und macht mit seinem freien Arm eine Bewegung, als zöge er einen Vorhang (Bühnenvorhang) zur Seite, die in der Welt längst Aufsehen erregt hätten, wenn in der Welt überhaupt noch etwas Aufsehen erregen würde. Nur hätten sie bis jetzt kein Publikum gehabt, weshalb diese

Hunderte und Tausende verborgener Tragödien – alle mit blutigem Ausgang – ganz überflüssig gewesen seien. Weil sie, ruft er, indem er sein Zigarettenende auf den Boden wirft und drauftritt, dem ersten Gesetz eines jeden Theaters widersprochen hätten, das da hieße: Die Tragödie (auch Komödie, Farce, Maskenspiel, Charakterstück etcetera) will *gesehen* sein. Und dann, sagt er, habe ich lange genug in anderen Teilen der Welt, beispielsweise in Frankfurt, gelebt, um mit den Ansprüchen des modernen Publikums vollkommen vertraut zu sein. Er kenne dieses Publikum viel besser, als das Publikum sich selber kennt. Es hat keinen Sinn, zu so einem Publikum zu sagen: Stell dir dies oder jenes vor! Dieses Publikum, *signor*, stellt sich nämlich gar nichts vor, kann sich gar nichts vorstellen, denn dieses Publikum, ruft er, hat keine Phantasie. Dieses Publikum, statt sich etwas vorzustellen, will alles selber sehen, betasten, hören, riechen. Dieses Publikum, sagt er und zeigt auf unsere Koffer, sei so anspruchsvoll, so verwöhnt, hätte alles schon erlebt, gesehen, ausprobiert, gekostet, berochen, sei an allem schon vorbeigefahren, -geschoben, -getragen, auf alles schon hinauf*gehoben* worden. Und daß er, daß es, daß wir, sagt er, will sagen, sagt er, daß der Ort D., der für uns natürlich der Mittelpunkt der Welt ist und bleiben soll, für dieses neue Publikum dann eben etwas Neues aus sich heraus habe hervorbringen müssen, was es anderswo nicht gebe, etwas, das noch nie dagewesen ist und das, was die Seltenheit angeht, wenn auch auf einer ganz anderen Ebene, auch mit den Kapitellen von Monreale oder mit dem Dom von Palermo zu vergleichen und, wie sie, nur mit dem größten Staunen aufzunehmen sei. Etwas, sagt er, das uns so leicht keiner …

Nachmacht, frage ich.

Nachmacht, sagt er, jawohl.

Also gut, sage ich und wische mir den Schweiß von der Stirn.

Und weshalb sind Sie jetzt gekommen?

Um Sie, sagt er, zu der Beerdigung des Kleinen einzuladen. Der Zug, sagt er und greift nach einer neuen Zigarette, kommt nämlich hier vorbei.

Und tatsächlich, in diesem Augenblick, bei meinem Schreckenslauf durch das schwere Zimmer, auf dessen Decke, wie ausgeschnitten, nun ein Sonnenstreifen klebt, kommt von draußen ein Gedudel, vielleicht eine Musik, vielleicht *ein Signal* herein. Ich bin sofort am Fenster. Und als ich meinen Kopf in die Morgenluft hineinstecke, sehe ich, daß der Leichenzug, auf den der Kustode also die ganze Zeit hinausgewollt hat, am Horizont auch schon erschienen ist und sich anschickt, die *piazza* zu überqueren. Und tatsächlich ist er, wie ich aus der Ferne sehe, genau so ergreifend, wie er ihn uns gestern unter dem Turm dargestellt hat, nein, noch viel ergreifender, noch viel schöner. Denn über Nacht oder auch erst gegen Morgen, als der Kustode bereits vor unserer Tür stand und uns seinen Vorschlag machen wollte, der, wie wir nun sehen, auf eine Einladung zum Begräbnis von Mimiddu Diagonale hinausläuft, welche wir aber ablehnen werden, jawohl, jede Teilnahme lehnen wir ab, und nicht nur aus Mangel an Zeit, sondern grundsätzlich und mit Empörung. Jedenfalls sind über Nacht oder gegen Morgen die ganze bühnenmäßig erhöhte und nun, durch eine rosa Wolke hindurch, von oben her bestrahlte *piazza* wie auch die Straße vor unserem Hotel und alle anderen Straßen mit Blumenblättern bestreut und mit frischen Palmenzweigen belegt worden. Wie eine Straße doch gleich aussieht, wenn sie mit Blumen bestreut ist, denke ich. So daß der Trauerzug, der sich nun nähert, auf, über Blumen, meist Rosen, zieht. Die ich, da mein Kopf aus dem Fenster gesteckt ist, dann sogar riechen kann.

Schau, Maria, rufe ich, sie haben Blumen gestreut. Schau, da überall!

Ja, für den Zug, antwortet der Kustode statt meiner Frau, die, wie immer, schweigt. Und daß es eine alte Sitte sei, die Erde für den letzten Gang mit Blumen und Blüten zu belegen. Gut, daß sie nicht ausgestorben ist, sagt er und kommt mir ans Fenster nach.

Ja, sage ich, indem ich mich im Fenster hoch aufstelle, und man sieht sie nicht nur, man riecht sie auch.

Haben Sie gehört, *signora,* Ihr Mann riecht sie auch, ruft der Kustode, der sich hinter mir am Fenster aufgestellt hat. Sie sollten also auf ihn hören und auch ans Fenster kommen, sonst werden Sie es bereuen.

Das stimmt, vielleicht solltest du diesmal wirklich auf den Herrn Hans hier hören, sage ich, obwohl ich sonst in vielen Punkten mit dem Kustoden nicht einer Meinung bin, aber die Veranstaltung und der Trauerzug sind ja zwei ganz verschiedene Dinge. Was hat es da für einen Sinn, trotzig auf seinem Stuhl zu hocken und zu allem nur *nein* zu sagen. Immerhin wird einem so ein Zug ja nicht alle Tage geboten. Also komm, rufe ich vom Fenster her und winke meiner Frau, während draußen, durch die Blumenblätter, der Trauerzug näher wallt.

Weißt du, daß ich nun gleich wahnsinnig werde, sagt meine Frau ganz ruhig und wendet sich ab von mir. Ja, sie dreht mir auf ihrem Stuhl dann sogar den Rücken zu. Was heißen soll, sie kommt nicht ans Fenster, auch auf den Zug verzichtet sie. Und steht schließlich, mit ihrem von Schmutz und Tränen gefleckten Gesicht, sogar auf und tritt, um sich von dem Zug so weit wie möglich zu entfernen, zu ihrer, inzwischen auch mir bekannten Wand bei der Tür, vor der sie sich, dünn und leichenfahl, aufstellt. Während der Kustode über meine Schulter schaut und mir warm in den Nacken atmet.

Der Zug also. Da er aus der Richtung der Mauer kommt, durch deren Riß ich gestern, was ein Fehler gewesen ist, in den Ort D. gesprungen bin, kommt er schräg auf uns zu. Ihm voraus, so daß es lange ungewiß ist, ob er auch dazugehört, schreitet mit langsamen todtraurigen Schritten, einen Arm an der Hüfte, sein langes, glänzendes, standartenbehängtes Instrument am Mund, ein junger Fanfarenbläser und bringt, um den Ort aufzuwecken, dann und wann ein paar für mich noch nie gehörte Töne, immer dieselben, hervor. Ab und zu blickt er im Schreiten zurück, um zu sehen, ob ihm der Trauerzug auch folgt, dann bläst er beruhigt weiter. Und tatsächlich: es gelingt ihm. Er weckt die Ortschaft auf. Die Fenster, die Türen, die winkligen, engen, noch gestern wie abgestorbenen Gassen sind plötzlich bewegt, belebt. Leute, meist Frauen, kommen aus den *dammusi* hervor und stellen sich, ein Tuch über Kopf und Schulter, an den Straßenrändern auf. Auch die Balkone der Häuser, die ich für verlassen hielt, beleben sich, wie ich sehe, wenn ich mich nur weit genug aus dem Fenster beuge. Ganze Familien, die Männer in Hosenträgern, die Frauen unter schwarzen Tüchern, haben Stühle herausgeholt und sitzen, die Ellenbogen auf den verrosteten Geländern, mit großgeöffneten dunklen Mündern, verschlafen, doch erwartungsvoll da, während sich andere vor dem Fanfarenbläser – ist das nicht lächerlich – auf die Knie werfen und Kreuze schlagen, ganz wild. Wieder andere, auch Hinkende und Lahme, schlurfen dem Zug entgegen und ordnen sich in seine Reihen ein oder kriechen, auf einen Nachbarn gestützt, wenigstens ein Stückchen mit. So viele Menschen! Wer hätte das gedacht! In D. so viele Menschen! Nach und nach, während die Zikaden wieder zu feilen beginnen, richte ich mich an meinem Fenster ein, das niedrig und schmal, aber zum Schauen wie geschaffen ist. Wenn der Kustode hinter mir mir nur nicht so nahekäme! Wirklich, es ist kaum zu fassen! Er wird mich noch, bullig und schwer, wie er ist – ja, merkt er das denn nicht selber – rechts in die Fensterscheibe drücken, in der wir uns gemeinsam spiegeln.

Schieben Sie doch nicht so, rufe ich.

Aber ich schiebe doch gar nicht, sagt er und will sogar beleidigt sein und weiß selber nicht, daß er schiebt, oder will es nicht wissen.

Dochdoch, Sie schieben, es hat keinen Sinn, es zu leugnen, rufe ich ärgerlich in den Mundgeruch, den er mir auf die Schulter legt, hinein. Statt über meine Schulter zu sehen, werden Sie mich noch in die Scheibe drücken. Und dann, als er endlich ein wenig zurückweicht: Und bitteschön auch nicht so in meinen Hals hineinzuatmen, rufe ich.

Aber wieso denn, ruft der Kustode, ich atme doch nicht in Ihren Hals hinein.

Dochdoch, sage ich, Sie atmen in meinen Hals hinein.

Also der Trauerzug. Der mit den Fahnenträgern anfängt, alles breite oder eben künstlich verbreiterte, stämmige, schnurrbärtige Männer mit mürrischen, auf Würde bedachten Mienen und mit Lederhalftern über der Brust, in die sie ihre Standarten, die sie senkrecht tragen, stützen. Dann kommt, Schulter an Schulter, in breiten Reihen, alle im gleichen Schritt, entweder in ihren Sonntagsanzügen oder in Uniform, wie sie hier die Postboten tragen, die Kapelle, also die Trommeln und das Blech, die einen getragenen, meilenweit in die *macchia* hinein rasselnden und scheppernden, von den simplen Fanfarentönen weit entfernten, wahrscheinlich sizilianischen Trauermarsch spielt. Und nun brauchen wir unsere benommenen Köpfe nur ein wenig in die Richtung der Schirmpinie zu drehen, um in die offene Flanke des flimmernden, pompösen, feierlich bewimpelten und bekränzten und pervers garnierten Todeszugs hineinzuschauen. Also in die Reihen der Ministranten, einer mit einem silbernen Topf mit einem silbernen Quirl darin, der später wahrscheinlich noch gebraucht wird. Oder in die Reihen der Kerzen- und Girlandenträger, die eher ungeordnet sind. Oder in das häuserbreite Gestell – wie kann man das denn tragen? – mit den zentnerschweren Heiligen- und Büßerfiguren, die aus den Blumen wachsen. Holzfiguren, die, die Hände mahnend erhoben, leer und starr und falsch, auf unser Fenster herniedersegnen oder, ganz in Weiß, kniend, in vorgetäuschtem Schmerz, die Hände kummervoll gerungen, auf den Schultern ihrer Träger an uns vorüberwallen. Oder auf den Priester, der, weißbehemdet und schwarzbebrillt, im Gehen seine Stola ordnet und nun jeden Augenblick – da öffnet er die Arme schon – in Gesang ausbrechen wird. Und natürlich in den verglasten Leichenwagen mit dem weißen Sarg, der von vier Schimmeln gezogen wird, die auf der Stirn schwarzweiße Federbüsche tragen und nicht wissen, was sie erst zur Kirche und dann auf den Friedhof ziehen. Welcher, flüstert mir der Kustode ins Ohr, Ihnen ja bekannt ist. Also gehen wir.

Wohin frage ich und erwarte tatsächlich, daß der Mensch jetzt: *Zum Turm,* sagen wird. Statt dessen leckt er sich über die Lippen und sagt: *Natürlich zum Friedhof.*

Nein, nicht zum Friedhof, sage ich.

Nicht zum Friedhof, fragt er erstaunt.

Nein, sage ich und schüttele den Kopf.

Und warum nicht zum Friedhof, fragt er, indem er sich, knapp hinter meinem Ohr, über den Schnurrbart streicht.

Unmöglich, sage ich.

Ja, sagt er, doch warum?

Keine Zeit, sage ich.

Und warum keine Zeit, fragt er zurück.

Weil wir, sage ich, nun nach Hause müssen.

Und wo ist das, fragt er.

Im Norden, sage ich, sehr weit.

Aha, sagt er, bei Frankfurt.

Ja, sage ich, in dieser Richtung.

Gut, ruft er, aber gehen wir erst noch den Friedhof schauen. Gehen wir erst noch, sagt er, zum Begräbnis.

Nein, sage ich, ausgeschlossen.

Und warum ausgeschlossen, fragt er mich. Den Friedhof kennen Sie ja, nicht?

Ja, sage ich, den Friedhof kenne ich, er ist hinter dem Café. Und dann sage ich ihm, ich weiß nicht warum, es geht mir gerade durch den Kopf, daß wir ihm gestern, als er auf der Leiter stand, um an den Trum zu klopfen, um ein Haar davongelaufen wären, in den Friedhof hinein. Ja, sage ich, um ein Haar wären wir Ihnen gestern abend vor Beginn der Veranstaltung durch den Friedhof davongelaufen.

Wieso, fragt er.

Nur haben wir, sage ich, dann den Mut nicht gehabt. Doch gebe ich Ihnen gerne zu, daß dieser Friedhof, alles in allem ein schönes Fleckchen Erde ist.

Ja, sagt er, indem er sich, auf altbekannte Weise, die Rechte auf sein Geschlechtsteil legt. Ein Fleckchen Erde, sagt er, wo wir alle enden werden.

Wieso, rufe ich, wir reisen gleich ab.

Nun, sagt er, Sie reisen vielleicht gleich ab oder glauben, gleich abzureisen, während jemand wie ich, verstehen Sie, eben nicht abreisen kann.

Nun, sage ich, auch in Ihrem Fall hat es sicher noch etwas Zeit.

Das, sagt er, kann man nie sagen. *Er* kann sehr plötzlich kommen.

Wer, frage ich töricht.

Er natürlich, wer sonst, sagt er streng. Und streckt, während er seine Rechte zwischen den Beinen liegen läßt, an seiner Linken den Daumen und den Zeigefinger vor und stößt damit, zwei kleine Hörner, in die Richtung des nun langsam entschwindenden, nun langsam dem äußersten Saum der *piazza* sich nähernden Leichenwagens.

Nun, sage ich, der beste ist jedenfalls *Der,* bei *Dem* nicht gelitten wird.

Sie sprechen, fragt er, von *Dem* im Schlaf?

Ja, sage ich, obwohl *Jeder* eine Schande ist, da haben Sie völlig recht. Und da der Kustode wieder schweigt, muß ich wieder daran denken. Armer Mimiddu, denke ich. Und daß er, mit seinen zwölf, dreizehn Jahren, in der Tat nicht lange hier war. Sondern, kaum hatte er sich umgeschaut, hat er seinen Blick hoch über unsere Köpfe hinweg auf den unsichtbaren Punkt gerichtet und sich uns, ehe wir begriffen, rasch wieder entzogen. Nein, hat er sich gesagt und hat ein paarmal aufgestampft und seine Zukunft als Stiefelputzer, Kräutersammler, Arbeitsloser oder *pistolero* entschlossen von sich gestoßen, um, statt sein Leben lang für uns zu tanzen, lieber einmal zu springen für uns. Und nun ziehen hinter ihm, in großer Verlegenheit, mit Kränzen und Krepp behängt, tränenlos, mit kurzen Schritten, seine Freunde, die nicht gesprungen sind, den Atem angehalten, die Blicke gesenkt, und begreifen nichts oder wenig. Und das, was sie begriffen haben, sagen sie mir nicht. Da will der Kustode, der immer wieder vergißt, was ich ihm immer wieder sage, und mich wieder viel zu dicht bedrängt und viel zu heiß beatmet, mir, was sie denken, ins Ohr hineinflüstern, doch ich stoße ihn einfach weg und rufe: Pst! Ein Toter! Und dann: Bitte, nicht so nahekommen! Und dann: Still, keine Erklärung! Und ziehe, da man sich auf der Straße schon nach uns umdreht und zu uns hereinschauen will, die Vorhänge, die schmutzig sind, vor. Während draußen, auf der Bühne, dort, wo der Schlachtfleck ist, ein alter Mann niederkniet, die Mütze aufs Knie setzt und zu beten anfängt, malerisch und fromm. Und was nun, denke ich.

Also gehen wir, sagt der Kustode, indem er seinen Bleikamm aus der Jacke zieht und sich damit durch sein Haar fährt.

Wohin, frage ich.

Betrachten, sagt er.

Was betrachten, frage ich.

Das Begräbnis, sagt er.

Unmöglich, sage ich.

Aber er glaubt mir nicht. Er denkt, wenn ich *unmöglich* sage, ist es trotzdem möglich. Und daß, wenn er nur nicht zu fragen und mich zu quälen aufhört, ich doch noch mit zum Friedhof komme, das Wetter sei ja schön, und der Tag, der vor uns liege, sei noch einer der längsten. Also, sagt er, gehen wir.

Nein, sage ich.

Warum, fragt er.

Weil, sage ich, wie lang der Tag auch ist, unmöglich unmöglich ist. Und als ich mich in der Annahme, daß draußen nun nichts mehr kommt, anschicke, das Fenster zu verlassen, um, aus einem Bedürfnis nach Ordnung, wieder zu unseren Koffern zu gehen, die aber alle schon geordnet und reisefertig sind, erscheinen draußen, in kleinen Gruppen, die Zuschauer von der natürlichen Galerie. Schau an, denke ich, die nehmen also auch noch das Begräbnis mit! Denn offenbar gehören sie zum Zug, offenbar wollen sie zum Friedhof. Und ich rufe, über meine Schulter weg, meiner Frau, die ich in ihrer Ecke schon fast vergessen hatte, zu: Schau, Maria, wer da kommt! Die von der Galerie. Sie gehen zum Begräbnis. Und tatsächlich haben sich alle, der Engländer mit dem Glas, die Japaner mit den Kameras, der Schweizer mit seiner Frau, ehe der Zug zu Ende geht – ist das nicht eigenartig – schnell an den Zug noch angehängt und laufen, zum Teil mühsam, schon am frühen Morgen schwitzend, mit dem Zug noch mit, knapp hinter Mimiddu. Sie möchten, koste es, was es wolle, auch bei dem Begräbnis noch dabeisein.

Sehen Sie, ruft der Kustode, indem er mir sein Stachelkinn von hinten in den Nacken legt, alle gehen sie zum Friedhof. Als dann, sagt er.

Nein, sage ich, Sie täuschen sich.

Und warum nicht, fragt er und ist mit seiner Lippe plötzlich an meinem Ohr.

Schluß nun, sage ich und schiebe ihn weg.

Zwei, drei alte Autos folgen dann noch, mit Trauerflor an den Antennen, drei, vier Mal wird noch gehupt, dann ein junger Mann im Schritt auf einem Motorroller, schließlich eine alte Frau mit einem Korb voll frischer Kringel, dann ist der Zug zu Ende.

Bitte, gehen wir das Begräbnis schauen, sagt er und legt mir seine Pfote auf die Schulter. Und will mich nun tatsächlich *mit Gewalt* vom Fenster weg- und durch das leere Hotel hindurch- und im letzten Augenblick rasch noch in den am Rand der *piazza* sich allmählich verflüchtigenden, in der Morgensonne sozusagen verdampfenden Trauerzug ziehen, aber da schiebe ich seine Hand einfach weg und rufe: Nein! Und wende mich in meinem Fenster um und schaue ihm in die Augen. Als er merkt, daß ich stark und entschlossen bin, schweigt er einen Augenblick still, aber wieder sage ich dann ein Wort zu viel.

Sie kommen, sage ich, am allerfrühesten Morgen einfach in unser Zimmer, reißen uns aus dem tiefsten Schlaf, indem Sie an unserer Türe kratzen, und versuchen nun etwas ganz Aussichtsloses. Sie versuchen uns stundenlang zu überreden, uns etwas anzuschauen, was wir gar nicht sehen wollen und aus vielen Gründen auch gar nicht sehen *können*. Wo Ihnen die Gründe, sage ich, doch längst kein Geheimnis mehr sind. So ist es doch, Maria, nicht, rufe ich in die Ecke zu meiner Frau hinein, aber meine Frau, so wie es ihre Art ist, antwortet mir nicht, sondern schweigt.

Bei der Darstellung des Morgens spielen Sie, nicht, auf das Begräbnis an, fragt er.

Ja, sage ich, auf das Begräbnis.

Und warum wollen Sie, fragt er, das Begräbnis, *bei dem auch ganz wunderschön gesungen wird*, nicht sehen?

Weil, gesungen oder nicht, rufe ich und setze zu einer Antwort an, will und kann dann aber nicht erklären, warum ich das Begräbnis nicht sehen will, sondern sage einfach: Nein.

Aber immer wieder, ja merken Sie das denn nicht, schreit der Kustode und klopft sich mit der Faust an den Kopf, sagen Sie das Gleiche. Immer wieder sagen Sie *nein*.

Weil Sie mich, schreie ich und klopfe auch an meinen Kopf, ja auch immer das Gleiche fragen.

Ja, sagt der Kustode, aber ich frage doch bloß, ob Sie …

Und die Antwort lautet *nein*, rufe ich und blicke auf die *piazza* hinaus, die sich inzwischen, teils besonnt, teils beschattet, wieder geleert hat, nur der Blumenteppich liegt noch da zum Zeichen, daß ich mir den Zug – was natürlich das beste wäre – doch nicht bloß eingebildet hatte. Ja, ein Blumenteppich. Der aber nun, als hätte sich ein vielfüßiges Tier rücksichtslos darüber weggewälzt, ganz zermatscht und zertreten ist. Nein, kein schöner Anblick! Ja, rufe ich später, sehen Sie denn nicht, meine Frau und ich, wir warten ja! Sehen Sie denn nicht, rufe ich und wende der *piazza* den Rücken, *wie* wir warten, ich und meine Frau? Sonst stünden wir ja nicht so herum, wenn wir nicht so warten würden. Auf unseren Wagen, rufe ich, der ja nun jeden Augenblick aus der Garage kommen und hier vorfahren muß. Ach, wenn er doch endlich käme!

Aber das Begräbnis, sagt der Kustode und hört mir gar nicht zu, hat viel Geld gekostet.

Sie meinen, frage ich.

Die Blumen meine ich, sagt er, die Kerzen, die Kränze.

Ja, sage ich und nicke, das ist teuer. Und hat doch, denke ich, zu nichts geführt, hat dem Ort doch nicht geholfen. Auch wenn wir längst wieder zu Hause sind, wird sich hier nichts geändert haben. Ich meine, sage ich zu dem Kustoden, der nach all dem, was er hinter sich hat und weil wir nicht mit zum Friedhof kommen, natürlich sehr enttäuscht ist. Man muß sich aber einfach damit abfinden, sage ich, daß dann und wann etwas mißlingt. Zwar kann man einen Menschen von einer Leiter aus zu etwas überreden und ihm den letzten Anstoß geben, ja, man kann ihn schließlich *zu allem* überreden, aber dann mißlingt der Versuch aus ganz anderen, gar nicht vorhersehbaren Gründen.

Ja, sagt er, indem er sich am Ohr kratzt, es hat viel Geld gekostet.

Da schreit meine Frau plötzlich in ihrer Ecke: Gib ihm nichts!

Wie, frage ich und drehe mich um.

Er will Geld, schreit sie. Gib ihm nichts!

Aber ich denke ja nicht daran, sage ich und fasse meine Gelenktasche fester. Und trete einen Schritt von dem Kustoden zurück, dessen Bettelei, die mir nun peinlich ist, ich erst gar nicht begriffen hatte. Aber auch das Benehmen meiner Frau, ihr Schreien ist mir peinlich. Und in diesem Augenblick, wie ich mich frage, was ich tun soll und wie ich die beiden, den einen jetzt, die andere später, wieder loswerden kann, sehe ich zu meiner unbeschreiblichen Freude und Erleichterung tatsächlich den *meccanico* am gegenüberliegenden Rand der *piazza* erscheinen und, wegen der Blumen, auf Zehenspitzen die *piazza* überqueren. Hier, hier, rufe ich ihm aus meinem Fenster zu und recke mich, so hoch ich kann, und winke ihn näher. Der *meccanico,* kaum hat er mich erblickt, beschleunigt seinen Gang auch gleich und eilt mit langen federnden Schritten auf unser Hotel, auf mich zu. Wie jung, wie schön, wie stark er ist, als er dann näherkommt. Meine Hand läßt seine Hand, die er mir durch das Fenster entgegenstreckt, lange nicht mehr los. Gerettet, denke ich. Und tatsächlich geht, als er einmal da ist, dann alles sehr schnell. Kaum halte ich seine Hand in meiner, ruft er mir auch schon zu, daß wir um unsere Weiterreise nun nicht mehr fürchten müßten, daß unsere Panne, ein Defekt an der Kupplungsscheibe, wie er mir in ordentlichem Deutsch erklärt, fürs erste, wenn auch nur provisorisch, behoben und der Wagen fahrbereit sei, wenn er ihn wegen des *Aufmarschs* und der vielen schönen Blumen, die hier überall gestreut seien, auch nicht vors Hotel gebracht, sondern ihn an der Mauer abgestellt habe. Und zwar an dem Fleck, wo er ihn sich gestern nachmittag abgeholt habe, also am Mauerriß. Und da sind Ihre Autoschlüssel, und hier ist Ihre Rechnung, ruft er. Und hilft mir dann sogar, als ich die Rechnung, die mir zwar hoch, aber angesichts unserer Lage sehr vernünftig vorkommt, durch das Hotelfenster hindurch beglichen habe – ich stelle mich so, daß weder der *meccanico* noch der Kustode in meine Brieftasche schauen kann – unser Gepäck über die *piazza* und durch den Mauerriß hindurch zu unserem Wagen zu bringen, während meine Frau im Zimmer bleibt und mit kurzen, nun viel schärferen und entschiedeneren Schritten um die restlichen Koffer herumgeht. Während der Kustode, der mit dem plötzlichen Erscheinen des *meccanico* natürlich nicht gerechnet hatte, verstört herumsteht und nicht weiß, was er tun, wie er sich benehmen, was er uns noch erklären soll. Soll er mir beim Tragen oder soll er meiner Frau beim Bewachen unserer Koffer helfen? Aber weder meine Frau noch ich wollen ihn und schieben ihn immer wieder beiseite, so daß er, nachdem er lange grollend, erst *in,* dann *vor* dem Hotel, zwischen uns hin- und hergelaufen ist und sich vergeblich angebiedert hat, mitten auf der *piazza,* ebenso weit von *mir* wie von *ihr* entfernt, zur Ruhe kommt und sich mit Mütze, Stock, breitgestellten Beinen unweit der Pinie aufstellt, um hin und wieder aufzuseufzen oder ein Rosenblatt zu zertreten. Und unseren Bewegungen und Gängen mit trüben mißtrauischen Blicken aus den Augenwinkeln heraus nachgeht. Ich, nachdem ich unter lautem Reden bei der Köchin unsere Übernachtung beglichen und dem *meccanico* noch einmal die Hand gereicht und von ihm, ehe er davongeht, den defekten Teil unserer Kupplungsscheibe, eine verformte Feder, entgegengenommen habe, die ich sofort in die Hosentasche stecke und, bis zu unserer Rückkehr nach R., in dieser Tasche mit mir herumtragen werde, nehme unseren letzten Koffer in die Linke und führe meine wächserne und ausgeblutete und sowohl außen wie innen total kaputte Frau zum letzten Mal an den zusammengestutzten schwarzen Baumstrünken vorbei über den Platz. Noch einmal die Verwandlung. Noch einmal das Theatermäßige der Szene, das Gefühl, hier bloß eine Erscheinung zu sein, die nach ihrem kurzen Auftritt gleich wieder verschwindet. Da schließt sich uns, auf unserem Auszug aus D., wenn auch zögernd und in der Ferne, der Kustode, den wir schon erledigt glaubten, an. Er folgt uns, kommt uns nach. Jawohl, das Tappen seines Stockes ist nicht zu überhören. Ich, mit meiner freien Rechten, packe mit festem Griff meine Frau am Oberarm und sage: Also jetzt hör mir gut zu! Also jetzt dreh dich nicht um! Sondern tu so, als wäre er gar nicht vorhanden! Hast du mich gehört, frage ich, hast du mich begriffen? Und hoffe, auf diese Weise den Kustoden abzuschütteln. Und auf diese Weise, also rücksichtslos, also mit Gewalt, schiebe ich und ziehe und schleppe ich meine Frau erst über den Platz und dann, indem ich den Mauerriß benutze und sie leicht vom Boden hebe, aus der Ortschaft D. hinaus. Wohin? Zu unserem Wagen.

17

Beim Einsteigen, ich habe den Autoschlüssel noch in der Hand, kommt es, zwischen dem Kustoden und mir, zu dem folgenden abschließenden Mißverständnis. Er hat uns inzwischen eingeholt, erreicht den Wagen gleich nach uns, kommt schnaufend, mit überlangen Sätzen, auch schwankend, auch erregt auf uns zu. Und will mir nun wohl etwas sagen, ist aber zu atemlos. Ich, als ich mich ihm entgegenstelle, bin, des Mißverständnisses wegen, auf das Allerschlimmste gefaßt und stecke meine Hand in die Hosentasche. Aber nicht in die mit der geborstenen Feder, der wir, wie mir plötzlich klar wird, unser ganzes Dilemma verdanken. Denn offenbar geht unsere ganze Not ja auf eine Panne zurück. Sondern in die andere stecke ich sie, in die rechte, wo das Messer ist. An Herrn Hans sehe ich zwar keine Waffe, doch hat er einen Stock, während ich im Gegenteil wieder an den Kameras trage, die, in einer Lage wie dieser, von großem Nachteil sind. So daß, als er mir den Knauf seines Stockes plötzlich vor die Zähne hält oder doch zu halten scheint, ich dem Mann mit meiner ganzen Kraft plötzlich ans Schienbein trete. Ein harter Tritt, doch hätte ich nie gedacht, daß dieser Mensch so schwächlich, unten so verletzlich ist. Wie hätte ich denn ahnen können, daß er gleich zusammenfällt. So daß, als dieser stämmige Mann dann mit geschlossenen Augen und weit von sich gestreckten Gliedern unter mir im Farn liegt, ich ihn schon tot und mich selber in diesen Tod gefährlich verwickelt sehe. Und die Gefängnisse in Sizilien sind kein Vergnügen, wie man weiß. Aber dann ist er gar nicht tot, im Gegenteil, er klagt über Schmerzen. Schmerzen? Ja. Ich trete näher, erleichtert, nein, erfreut, auf jeden Fall ganz ungerührt, kaum daß ich die Brauen runzle. Wo? Was das für eine Frage sei. Natürlich in dem Bein, in das ich getreten habe. Da sei etwas zerbrochen.

Zerbrochen, frage ich, indem ich noch nähertrete.
Ja, sagt er, kaputt.
Kaputt, frage ich und beuge mich über ihn.
Ja, sagt er, wahrscheinlich. Also seien Sie bitteschön so gut, sagt er, indem er das von mir angeblich verletzte Bein absichtlich sehr weit von sich streckt, und helfen Sie mir.
Helfen? Schon wieder? Immer noch? Also helfen, gut! Und rufe nach meiner armen Frau, winke sie von ihrem Wagen zurück. Und beuge mich über ihn und erkundige mich nach dem Schmerz. Wo soll dieser Schmerz denn sitzen? Bis der unter uns im Farn liegende Kustode sich mit hochrotem Kopf und unter Stöhnen tatsächlich die wie gewichste Hose, die ihm – wir ahnten es – viel zu eng ist, aufreißt und sie sich vom Leib zerrt mit dem Ruf: Aber hier, aber hier! Und da sehen wir, meine Frau und ich, Schulter an Schulter gelehnt, uns sicherheitshalber bei den Händen haltend und tief über ihn gebeugt, was uns bis jetzt entgangen war. Nämlich der Kustode ist ein Krüppel, er hat ein Bein aus Holz! Was für eine *Überraschung*! Erst fassen wir es kaum. Erst greifen wir uns an die Köpfe. Er soll ein Krüppel sein? Ja, wie ist denn das möglich? Ein so fixer und flinker, ein so starker und breiter, ein so *rücksichtsloser* Mensch! Andererseits kann es uns nicht überraschen. Nichts überrascht uns mehr. Deshalb also, denken wir, hat er immer so geschwitzt. Und wissen sofort alles. Auch daß er das eine Bein etwas nachzog, war uns ja nicht unbekannt. Sofort denken wir an seinen Gang, an die Leiter und wie er hinaufstieg. Und auch an das Knirschen, wie Sand, denken wir, das auf unserem Gang zum Turm aus seiner Person immer herauskam. Doch hatten wir dieses Knirschen für einen Charakterzug, nicht für Krüppelhaftigkeit gehalten. Und nun ist dieses Knirschen, wie es sich herausstellt, das des Scharniers gewesen, denn auch sein Knie ist künstlich. Unser *Entsetzen*, als wir sehen, daß es künstlich und das ganze linke Bein gar nicht mehr vorhanden ist! Und unser *Abscheu*, als wir – die Hose hat er sich weggezerrt –

den Stumpf dann selbst erblicken! Und auf diesen Stumpf weist uns der Kustode nun mit großer Geste hin. Da, sagt die Geste, ein Krüppel bin ich! Als sei das *meine* Schuld! Als hätte *ich* ihm das Bein abgerissen! Wie die meisten Einbeinigen ist der Kustode um die Hüften herum sehr weich, sehr fett, sehr weiß. Viel weicher und viel fetter natürlich, als wir es uns vorgestellt hatten. Weil er sich zu wenig Bewegung macht, denken wir. Andererseits ist er mit uns in großen Sprüngen ja erst gestern noch zum Turm gehüpft und in der größten Geschwindigkeit uns eben noch zum Wagen hinterher. Und an diesem entsetzlichen rosaroten, rohen oder doch halbrohen Stumpf ist, mit Haken und Riemen und Schnallen, ein handgeschnitztes künstliches, aber künstlerisch hochwertiges Bein aus hellem Holz, vielleicht Linde, festgeschnallt. Oder wenigstens festgeschnallt *gewesen*, denn, sei es durch meinen Tritt, sei es auch durch seinen Fall, hat das Bein sich losgerissen und hängt lose von dem Stumpf herab. Unser *Ekel*, als wir sehen, wie lose das Bein hängt! Sofort, als er unseren Ekel sieht, will er uns alles erklären.

Ein Unfall, der zurückliegt, so daß ich gar nicht mehr daran denke, ruft er aus seinem Farn heraus. Aber jetzt, da Sie mir vollkommen grundlos, entschuldigen Sie, doch es ist ja wahr, gegen das Bein getreten haben, kommt plötzlich alles wieder. Ein Sturz von einem hohen Gebäude herab, ruft er, den ich, wie durch ein Wunder überlebte, aber unten ist selbstverständlich alles kaputt gewesen.

Und setzt zu einer neuen Geschichte an – Worte, alles Worte! – doch da winke ich schon ab, denn von einem weiteren Sturz von oben wollen wir heute nichts hören. Statt dessen wird nun der untere, also der eigentlich phantastische und künstliche, wenn nicht kunstvolle Teil seines Beines, der, samt Kniescharnier, aus dem Stumpf geglitten ist, erst einmal abgenommen, weil er sonst nicht festgeschnallt werden kann. Und wer nimmt das Kunstbein ab? Nun, da *ich* ihm, wenn auch ohne Absicht, das

Bein abgetreten habe, muß ich ihm das Bein auch wieder anschnallen. Also auch abnehmen, wer sonst? Erstaunlich, denke ich, während ich mich – die Kameras hängen tief – über den Kustoden neige und die Schnallen vollends löse und das Bein herunternehme und, den Fuß mit dem Schuh nach oben, an die Mauer lehne. Und an dieser Mauer, in der Morgensonne, im kniehohen Farn wird das Kunstbein, während ich an den Riemen ziehe, also nun eine Weile lehnen. Während unter dem Kustoden eine Eidechse hervorkommt und sich neben ihn setzt und längere Zeit völlig regungslos auf einem warmen Stein sitzen wird. Bis ich das Bein wieder, wortlos, versteht sich, ergreife – was sollte ich auch sagen? – und, unter dem ungläubigen Blick meiner Frau, wieder in den Stumpf, den Stummel stecke. Und mit Hilfe der Schnallen, die die Riemen haben, wieder mit dem Stummel verbinde. Unbegreiflich, wie einer durch den Ort D. hindurch mit so einem Bein bis zum Turm und dann noch den Turm hinauf sich bewegen, laufen, klettern kann.

Das kommt daher, weil ich immer wieder vergesse, daß ich nicht mehr zwei, sondern eben nur noch dieses eine Bein hier habe, sagt der Kustode und zeigt darauf.

Sie wollen sagen, frage ich.

Daß ich Sie, ruft er, indem er sich die Hosen wieder hochzieht, auf mein Gebrechen sicher überhaupt nicht aufmerksam gemacht hätte, wenn Sie mich nicht soeben, ich weiß nicht warum, so stark getreten hätten. Im Schienbein fühle ich natürlich nichts, der Schmerz sitzt bei mir weiter oben.

Entschuldigen Sie, sage ich, es war ein Mißverständnis. Ich hatte keine Ahnung. Wenn ich auch nur die leiseste Vermutung, den leisesten Verdacht ... Und dann hatten Sie ja den Stock, sage ich.

Aber den Stock, ruft er, brauche ich ja.

Wozu, frage ich.

Zum Gehen, sagt er.

Dann entschuldigen Sie, sage ich. Mein *Zorn* auf den

Kustoden in diesem Augenblick! Warum fehlt ihm auch ein Bein? Mein *Haß* auf ihn! Fehlt denn mir ein Bein? Fehlt denn meiner Frau ein Bein? Und da ich gerade mit seinen Beschädigungen beschäftigt bin, fällt mein Blick dann auch auf seinen Kopf. Wenn der nun gleichfalls künstlich ist? Lassen wir's denke ich. Als die Hose dann wieder verschlossen ist, reiche ich ihm den Stock, doch statt mit seiner Hilfe aufzustehen, schlägt er damit bloß ein paarmal auf sein Bein. Auf das künstliche, versteht sich, so daß die Eidechse ganz verschreckt wieder unter die Erde schlüpft. Ob er Schmerzen hat, verzweifelt ist, daß er sich so schlägt? Ja, wer das sagen könnte! Wie bei vielem, das uns an diesem Morgen durch die Köpfe geht, sprechen wir die Frage nicht einmal aus, sondern stehen verlegen da und schweigen ihn hilflos an und sind im Grunde nicht um ihn, sondern immer noch um unseren Besitz, zum Beispiel das offenstehende Auto und die Kameras, besorgt. Man weiß ja nie, wozu so einer fähig ist, selbst wenn er im Farn liegt. Schließlich klaube ich ihn – ich kann ihn ja schlecht liegenlassen – aus dem Farn wieder auf. Für einen, der so schwitzt wie er, hat er sehr kalte Hände.

Also, rufe ich, auf, hopphopp, wandeln Sie! Und dann, indem ich in die Hände klatsche: Bewegung, rufe ich, Bewegung!

Und säubere ihm, da er sich *nicht* bewegt, sondern er steht einfach da, erst rasch noch den Rock und klopfe ihm die Hose ab. Ja, sogar seine Mütze, die bei seinem Sturz zur Erde gefallen war, hebe ich auf und gebe sie ihm zurück. Ein merkwürdiges Kleidungsstück! Doch auch das habe ich ihm ausgeschüttelt und gesäubert und ausgeklopft.

Da, aufsetzen, rufe ich.

Und als er sie sich über seinen mir verschlossenen Schädel gezogen hat, frage ich, wie er sich fühlt.

Fühlen, fragt er, indem er sich erst an einen Arm, dann an den Schädel greift, wie soll ich mich fühlen? Und humpelt ein paar Schritte vor mir hin und her. Natürlich wie immer, ruft er, es hat sich nichts verändert, natürlich ausgezeichnet.

So daß wir uns nun mit gutem Gewissen von ihm trennen, ihn hinter uns lassen können. Für meine Frau ist das leicht. Sie geht einfach weg, läßt ihn einfach stehen. Maria, rufe ich ihr hinterher, ja sagst du denn nicht Auf Wiedersehen? Nein, sie will nicht Auf Wiedersehen sagen, sie dreht sich nicht einmal um. Während ich ihm, weil ich *der Mann* bin, auch habe ich ihn ja getreten, wo er doch schon ein Krüppel ist, nicht nur die Münzen und die kleinen, von den sizilianischen Banken in Umlauf gebrachten, mir ohnehin verdächtigen Scheine, die ich mir schon zurechtgelegt hatte, gebe, sondern etwas umständlich ziehe ich dann auch noch mein Portemonnaie aus meiner Gelenktasche hervor und stecke ihm einen nicht gerade großen, aber auch nicht gerade kleinen Geldschein zu. Den er, bei ausgebreiteten Armen, mit einer Verbeugung entgegennimmt und seltsamerweise küßt. Was er später mit dem Schein tut, weiß ich nicht, jetzt küßt er ihn erst einmal. Und nun gehen Sie, gehen Sie, sage ich und will ihn, ohne ihm die Hand zu geben – ich zische nur ein wenig – rasch weg –, durch den Mauerriß hindurch –, den steinigen Weg hinauf – und in die Ortschaft, an deren Namen ich mich nicht erinnern will, zurückscheuchen, aber er besteht darauf, daß wir uns die Hände schütteln. Die Hände? Jawohl, die Hände! Gut, wir stellen uns also auf. Gut, wir stehen uns gegenüber. Und schauen uns noch einmal an und reichen uns die Hände. Gott, denke ich, wo hast du jetzt hingefaßt, als ich seine Rechte schüttele. Doch ist an seiner Hand – und an meiner ja auch! – wie ich nach dem Händedrücken mit einem verstohlenen Blick feststelle, nichts Ungewöhnliches, sondern sie ist ziemlich sauber, ziemlich trocken, ziemlich rein. Und ich denke, daß sowohl *Die auf der Stange* wie Marias Schwangerschaft wie auch Mimiddus Todesnummer und dieses Bein aus Holz, das Herr Hans unter seiner Hose trägt, eben Dinge sind, an die man eine Weile denkt, die man aber, wenn man zu Hause ist, auch rasch wieder vergißt.

Gut, und dann sind wir wieder allein, ich und meine Frau. Stumm stehen wir uns gegenüber. Schnell werden ein paar Lügen gewechselt, ein paar Seufzer hervorgebracht. Einander in den Armen hängend, küssen wir uns auch. Von Scheidung soll nun nicht mehr die Rede sein, wir sehen unserer Heimkehr entgegen. Das heißt unserer vorübergehend bei ihrer Mutter untergebrachten, uns und die von uns versprochenen Reisegeschenke hysterisch erwartende achtjährige Tochter Adriana. Vielleicht sollten wir uns nicht immer so viel mit uns selber beschäftigen, sage ich, indem ich meine Kameras in den Wagen lege. Ich bin nun etwas über vierzig, so daß die gute Hälfte dessen, was man *ein Menschenleben* nennt, schon überschritten ist. Ganz unmerklich habe ich dieses Alter erreicht, das ich mit Grauen kommen sah. Das war es also, muß ich mir jetzt sagen, das ist es also gewesen. Mit diesem Gedanken sitze ich in letzter Zeit immer öfter bei den Ärzten herum. In ihren weißen Wartesälen schaue ich mir ihre Zeitschriften an. Doch sind die Befunde, wie sie mir versichern, bis jetzt negativ. Noch sind Sie gesund, rufen sie und schieben mich wieder zur Tür hinaus. Auch beruflich kann ich noch weiterkommen, wenn auch nur innerhalb der Abteilung. Für einen Aufstieg nach B. in die Zentrale bin ich schon zu alt. Nun, ich will mich nicht beklagen, schließlich ist es egal. Und dann, während ich meine Frau zur Wagentür bringe, in der Sonne, in den Bäumen, im Gras, wieder das Feilen der Zikaden. Ja, es wird ein schöner Tag! Nur weit in der Ferne ein kleines Gewitter, überm Meer bricht eine Wolke auf. Eigenartig, daß die wenig verschiedenen Scheiben der Sonne und des Monds mich durch ihre Fahlheit so erschrecken. Dabei ist jede Furcht hier unbegründet, sie gehören nicht unserer Erde an. Während von der einst reichen Fauna der Gegend nur wenig geblieben ist, die Ratte, der Fuchs, vielleicht der Wolf. Eine Marotte, uns immer nur mit uns selbst und mit unseren Beziehungen zueinander zu beschäftigen, rufe ich, glaube ich, noch und steige rasch in den Wagen. Plötzlich ein Vorgefühl der Wahrheit über die Verfassung der Welt, über Maria, Mario, M. Diagonale, den Kustoden, über mich.

Thomas Bernhard im dtv

Foto: Isolde Ohlbaum

Die Ursache
Eine Andeutung

»Thomas Bernhard schildert die Jahre 1943 bis 1946, als er eine drückende, geistabtötende, zuerst nationalsozialistische, dann katholische Internatszeit erlebte ... Wenn etwas aus diesem Werk zu lernen wäre, dann ist es eine absolute Wahrhaftigkeit.« (Frankfurter Allgemeine Zeitung)
dtv 1299

Der Keller
Eine Entziehung

Die unmittelbare autobiographische Weiterführung seiner Jugenderinnerungen aus ›Die Ursache‹. Der Bericht setzt an dem Morgen ein, als der sechzehnjährige Gymnasiast auf dem Schulweg spontan beschließt, sich seinem bisherigen, verhaßten, weil sinnlos erscheinenden Leben zu entziehen, indem er »die entgegengesetzte Richtung« einschlägt und sich im Keller, einem Kolonialwarenladen, eine Lehrstelle verschafft ...
dtv 1426

Der Atem
Eine Entscheidung

»In der Sterbekammer bringt sich der junge Thomas Bernhard selber zur Welt, auch als unerbittlichen Beobachter, analytischen Denker, als realistischen Schriftsteller. Aus dem Totenbett befreit er sich, in einem energischen Willensakt, ins zweite Leben.« (Die Zeit)
dtv 1610

Die Kälte
Eine Isolation

Mit der Einweisung in die Lungenheilstätte Grafenhof endet der dritte Teil von Thomas Bernhards Jugenderinnerungen, und ein neues Kapitel in der Lebens- und Leidensgeschichte des Achtzehnjährigen beginnt. Bis schließlich sein Lebenswille die Oberhand gewinnt, bedarf es vieler schmerzhafter Erfahrungen.
dtv 10307

Ein Kind

Die Schande einer unehelichen Geburt, die Alltagssorgen der Mutter und ihr ständiger Vorwurf: »Du hast mein Leben zerstört« überschatten Thomas Bernhards Kindheitsjahre. »Nur aus Liebe zum Großvater habe ich mich in meiner Kindheit nicht umgebracht« bekennt Bernhard rückblickend auf jene Zeit.
dtv 10385

Alois Brandstetter im dtv

Die Abtei

Eine große Klage wird da von Alois Brandstetter in Gang gesetzt, ein circulus lamentationum, der keine Problematik ausläßt, seien es nun die mangelnden Fähigkeiten der Politiker, sei es die betrübliche Situation der gymnasialen Schulbildung oder die Depravation des Mönchtums. dtv 10218

Über den grünen Klee der Kindheit

Brandstetter erinnert sich an die Sorgen und Freuden des bäuerlichen Lebens in seiner Heimat, an Landschaft und Menschen, die sich ihm eingeprägt haben. dtv 10450

Altenehrung

Dünkel und Überheblichkeit, Besserwisserei und Beckmesserei werden dem Ich-Erzähler nach seiner »Untat« vorgeworfen. Doch er wollte nichts anderes, als auf den »Mißstand der vielen politischen und damit unsachlichen und unfachlichen Entscheidungen« bei Besetzungen öffentlicher Ämter aufmerksam machen. dtv 10595

Zu Lasten der Briefträger

Der Herr, der hier in jeder Hinsicht das große Wort führt, bleibt anonym. Sein imaginärer Gesprächspartner ist der Postmeister eines niederbayerischen Dorfes, der drei Landbriefträger unter sich hat, über deren Schwächen Klage geführt wird. dtv 10694

Vom Schnee der vergangenen Jahre

Früher waren die Winter irgendwie kälter, schneereicher, glanzvoller. In diesen autobiographischen Skizzen untersucht Brandstetter, warum das so war. Ob er von seinen ersten Ski-Erlebnissen oder vom Eisstockschießen zur Zeit seiner Kindheit in dem kleinen österreichischen Dorf Pichl erzählt, oder ob er humorvoll die Anschaffung des ersten Radioapparats kommentiert, immer geht er den Dingen auf den Grund. dtv 11149

Lars Gustafsson im dtv

Foto: Isolde Ohlbaum

Wollsachen

Nach einem gescheiterten Selbstmordversuch schreibt der Lehrer Lars Hedin seine eigene »Krankheitsgeschichte« über sein verpfuschtes Leben. Da verliebt er sich in die Freundin eines seiner Schüler. dtv 1273

Die Tennisspieler

Als tennisspielender Gastprofessor im sonnigen Texas stößt Gustafsson auf das Buch eines Anarchisten, das die bisherige Forschung in Frage stellt. Um der Sache auf den Grund zu kommen, bedient er sich heimlich des Zentralcomputers der Luftabwehr. dtv 10008

Erzählungen von glücklichen Menschen

Die Suche nach den Glücksmöglichkeiten des Menschen hat Gustafsson auf ganz neue, zuweilen labyrinthische, scheinbar abseitige und verschlungene Pfade geführt. dtv 10175

Die Stille der Welt vor Bach

»Den Übersetzern ist es gelungen, das Energetisch-Zupackende, Ausgreifende und den schnellen Gedankengang dieser Lyrik vorzüglich wiederzugeben.« (Süddeutsche Zeitung) dtv 10299

Trauermusik

Im Frühjahr 1958 kreuzen sich die Wege dreier Menschen. Gustafsson verfolgt ihre Lebensgeschichten bis in die achtziger Jahre. dtv 10566

Der eigentliche Bericht über Herrn Arenander

In diesem frühen Roman geht es »nicht um die möglichst umfassende Lebensbeschreibung eines Individuums, sondern allenfalls um das Modell eines intellektuellen Portraits«. (Süddeutsche Zeitung) dtv 10863

Die dritte Rochade des Bernhard Foy

Ein junger amerikanischer Rabbiner, mit dem Zug unterwegs von Stockholm nach Paris, gelangt zufällig in den Besitz einer Mikrokassette für eine Mittelstreckenrakete... dtv 11155

Angelika Schrobsdorff im dtv

© Isolde Ohlbaum

Die Reise nach Sofia

Die Begegnungen zweier Jugendfreundinnen, von denen die eine heute in Paris, die andere in Sofia lebt, werden zum Ausgangspunkt amüsant geplauderter, aber mit analytischer Ironie erfaßter Beobachtungen über Konsum und Liebe, Freiheit und Glück in Ost und West. »Der Sinn dieser Geschichte ist so uneindeutig wie die Wirklichkeit selbst. Sie gestatten dem Leser, zu seinem größten Vergnügen, sie durch seine eigenen Gedanken, seine eigene Phantasie weiterzuspinnen«, schrieb Simone de Beauvoir in ihrem Vorwort. dtv 10539

Die Herren
Roman

Die Herren, das sind nicht nur die politischen Machthaber, sondern auch die Männer, die das Leben der jungen Eveline Clausen geprägt haben: Boris, die erste Liebe, der Engländer Julian, der amerikanische Offizier, der sie heiratet, der Regisseur Werner Fischer, an dem ihre Ehe zerbricht und dessen Künstlerpathos sie doch so rasch leid wird. dtv 10894

Jerusalem war immer eine schwere Adresse

Der Staat Israel ist in den Augen von Angelika Schrobsdorff »das interessanteste, irrwitzigste Land der Welt«, er fasziniert und erschreckt sie zugleich. Ihre genaue Beobachtungsgabe, ihre Ehrlichkeit und ihre sanfte Ironie geben diesem Bericht über einen scheinbar aussichtslosen Konflikt zweier Völker seine befreiende Wirkung. dtv 11442

Der Geliebte
Roman

Zwei Menschen von gänzlich verschiedener Lebensauffassung suchen nach einer Perspektive für ihre Beziehung. Während er sich energisch bemüht, eine dunkle Vergangenheit zu vergessen, weiß sie, daß die einfachen Lösungen nicht für sie taugen. – Im Schicksal der Personen spiegeln sich, Angelika Schrobsdorffs Züge aus eigenem Leben. dtv 11546

Julien Green im dtv

Junge Jahre
Autobiographie

Aufgewachsen zwischen zwei Kulturen, früh vom Tod seiner Mutter betroffen, mit siebzehn als Kriegsfreiwilliger schon an der Front, sucht ein ebenso sensibler wie arroganter junger Mann seinen Weg ... dtv 10940

Jugend
Autobiographie 1919 – 1930

In Amerika, dem Land seiner Väter, erhält der junge Julien Green den Schlüssel zu seinen geheimen Wünschen und Sehnsüchten. Doch das Bewußtwerden seiner homoerotischen Neigungen stürzt ihn in eine tiefe Krise. dtv 11068

Paris

In 19 Abschnitten streift Green durch die verschiedensten Viertel der Stadt, besucht Museen und Straßen, erlebt Jahreszeiten und Gesichter. dtv 10997

Leviathan

Als Gueret begreift, daß die »Liebe« der hübschen Angèle durchaus zu erlangen ist und daß zahlreiche Männer von dieser Möglichkeit Gebrauch machen, gerät er außer sich ... dtv 11131

Von fernen Ländern

Elisabeths Begegnung mit Jonathan, einem unberechenbaren Abenteurer und Frauenhelden, weckt unerfüllbare Wünsche in ihr. Aus dem verträumten Mädchen wird eine leidenschaftliche, zielstrebige junge Frau. dtv 11198

Foto: Isolde Ohlbaum

Meine Städte
Ein Reisetagebuch
1920 – 1984

Julien Greens Städte besitzen eine zusätzliche Dimension; die Einbildungskraft eines Dichters sorgt für Entdeckungen, die kein Reiseführer zu bieten hat.
dtv 11209

Der andere Schlaf

Die Erinnerungen eines Arztsohnes an seine Jugendtage in Paris, die verhaltene Geschichte einer ausklingenden Kindheit und einer Knabenliebe.
dtv 11217

Mont-Cinère

Ein Anwesen in der Nähe von Washington wird Gegenstand einer alles verzehrenden Leidenschaft: Der Geiz ergreift langsam von all seinen Bewohnern Besitz.
dtv 11234